月は怒らない

垣根涼介

集英社文庫

目次

月は怒らない

一章　遊星

1

電車が阿佐ヶ谷を通過した。そこで、彼は気づいた。

中央線快速の下り。金曜の夜十一時過ぎ——車内は寿司詰《すしづ》めの状態だ。中年男たちのスーツから滲《にじ》み出る饐《す》えた臭い。酒臭い息。脂の浮いた額。化粧の剝《は》げかけたＯＬたちの憂鬱そうな顔。真綿で絞められていくような虚無感。どれもこれもみんな同じだ。今日の倦怠と絶望を、かろうじて明日という微《かす》かな希望に繋《つな》げていく。

が、彼のすぐ近くに立っている女の横顔は、やや様子が違った。

女は小柄だ。頭部は、彼女から一人置いて立っている彼の肩口ぐらいまでの高さしかない。眉間の皺《しわ》。強張《こわば》った表情を浮かべている。小さな顔の中に、雛《ひな》人形のようなちんまりとしたパーツが散らばっている。いかにも気の弱そうな二十代前半のＯＬ。

は、はーん。

その時点で、彼はなんとなく腑《ふ》に落ちていた。この雛人形が、どのような状況に置かれているかを。

そして内心、思わず笑った。

彼女の背後に固まって立っている男たちを覗《うかが》う。

七・三分けの銀行マンふうの三十男が一人。黒いニット帽を被《かぶ》ったフリーターふうの若い男。四十代と思《おぼ》しき、薄禿《うすは》げの小男……この三人のうちのいずれかだ。

立ち位置をずらしてみる。小柄な女の少し後方から、現状を把握しようとする。

ややあって気づいた。

七・三分けの男の立ち姿が、少し不自然だ。ごくわずかに右肩が落ち、しかも肩口が若干強張っているように見える。右腕。ほとんどの日本人の利き腕だ。

その時点で電車は西荻窪《にしおぎくぼ》を通過していた。

電車は数分ほど一定の速度で走り続けたあと、ゆっくりとスロウダウンしていく。車内に次の停車駅を知らせるアナウンスが流れる。と同時に、じわり、と人垣がさざめいた。降りる者が早くも爪先をドアに向け始めている。

その隙間に、ようやく見えた。

七・三分けの男の右腕が、小柄な女のスカートを捲《まく》り上げている。咄嗟《とっさ》に彼は一歩踏み込み、その右腕を摑《つか》んだ。相手の男が顔を上げる。ぎょっとしているその青白い顔に、にやりと笑いかけた。と同時に、さらに相手の右腕を捻《ひね》り上げながら、

「おい。ねえちゃん」

と、女の背中に呼びかけた。

「ねえちゃん」

二度目でようやく女が振り返った。相変わらず強張った表情をしている。

「ダニは摘《つま》んだ」彼は笑って話しかけた。「次の駅で降りなよ。こいつと話をしたほうがいい」

周囲の乗客が何事かと、彼と女を覗っている。

一瞬躊躇《ためら》ったあと、女が微かにうなずいた。

電車がプラットフォームに停車した。ドアが開く。人波に押されるように、彼は男の腕を摑んだままドアのほうに向かおうとした。七・三分けの男がその場に踏ん張るようにして少し抵抗を示す。さらに強引に腕を捻り上げ、男を振り返って睨《にら》みつけた。相手は苦痛に顔をゆがめたまま、反抗的な視線でこちらを見上げている。つい手が出た。左手で男の頰を思い切り張った。

「ふざけんな。このイナゴ野郎」

そう彼が吐き捨てると、男の視線は床に落ちた。捻り上げた右腕を引っ張ると、今度はすんなりと引き摺られ始めた。

電車を降りる。吉祥寺駅はプラットフォームが二階にある。一階の改札へと続く階段に、乗客が列を成す。その人の流れとは逆に、彼は男をプラットフォームの端に引き摺っていく。後ろを振り返ると、女が無言のままついてきていた。

プラットフォームの端にある自動販売機の陰まで来た。駅舎の死角。周囲に客はいない。

「さて、と」

彼は男を自販機に押しつけると、自分の脇に立っている女とを交互に見た。

そう、まずは女に話しかけた。

「あんた、どうする？」

女は束の間戸惑ったような表情を浮かべ、

「どうするって？」

と、小さくつぶやいた。

彼はふたたび笑った。

「つまりは、この馬鹿を鉄道警察に突き出すかどうかってことだ」

女は案山子《かかし》のように突っ立ったまま、しばらく何の返事もしなかった。

なるほど、と彼は思った。

仮に鉄道警察に突き出したところで、裁判でこの男を有罪まで持っていくには、長い時間と費用、おまけに彼女自身の手間もかかる。周囲の好奇の目にも晒《さら》される。そしてそこまでして相手から有罪を勝ち得たとしても、女に入ってくる慰謝料は、現行法でいけば雀《すずめ》の涙だ。

だから、この女は迷っている。今後起きうるだろう面倒と、自分自身の傷ついたプライドを秤《はかり》にかけたまま、戸惑っている。

男は自販機に押しつけられたまま、依然無言でいる。彼と女を、怯《おび》えきった表情で交互に見ている。こちらの出方を覗っている。

彼は言った。

「このまま放してやるか？」

あえて女にそう訊《き》いた。

「いえ……」

女は首を振る。

「じゃあ、警察に突き出してやるか？」

「………」

不意に彼は笑い出したくなった。

くだらねえ。くだらなすぎる。この七・三分けの男も男なら、この女もこの女だ。だが所詮《しょせん》、世の中なんてこんなもんだ。

不意に目の前の男が崩れた。

「ゆ、ゆるしてくださいっ」案の定、甲高い声だった。彼が依然として右腕を捻り上げているにも拘《かかわ》らず、男はヘナヘナとその場にへたり込もうとする。「ほんの出来心なんです。許してくださいっ」

が、彼は許さなかった。座り込もうとする男の胸倉を掴み、もう一度強引に起き上がらせた。

くそっ。

「馬鹿野郎。あんな慣れた手つきで、なにが出来心だ」

そう言うや否や、男の顔面に正面から拳を見舞った。ぱしっ、と弾けるような音がする。鼻骨が折れた。声にならない呻《うめ》き声を洩らし、男の膝がカクリと折れる。ちょうど彼の膝の位置に来た相手の顔。早くも鼻孔《びこう》から血が噴き出ている。一瞬、膝頭で蹴り上げてやろうかと思ったが、止《や》めた。ジーンズにこの汚物野郎の鼻血が付く。トレッキングシューズの爪先で顔を蹴り上げた。男の後頭部が自販機の表面に叩きつけられる。男の脇に落ちている黒い鞄。尻餅をついている相手の髪を鷲掴みにし、手荒く体を裏返す。男をコンクリートの上にうつ伏せにさせ、右腕を背中で締め上げる。

「おい。あんた」

彼は茫然として突っ立っている女に呼びかける。

「こいつの鞄の中を漁《あさ》れ。財布と名刺入れがあるはずだ。取り出せ」

言い終わった瞬間、彼に組み敷かれている男が激しく抵抗した。

ちっ。

仕方なく、側頭部に拳を振り下ろした。

男はまた抵抗を止めた。

視界の隅で捉える。女はまだ戸惑っている。

「ホームに人が増えてくる。早くしろっ」

彼はつい苛立ち、低く怒鳴った。

弾かれたように女が動いた。鞄の脇にしゃがみ込み、開口部に白く細い腕を突っ込んだ。それを横目で見た男が彼の下でまた抵抗を始める。押さえ込んだまま、二度、三度と後頭部をこづいた。女が鞄の中から腕を抜いた。その手に茶色い財布と名刺入れが握られている。女が黙ったまま彼を見上げる。

「よし」

彼は女にうなずき返し、組み敷いている男の右手首を左手で持ち直した。さらに捻り上げる。閉じていた相手の指が徐々に開いていく。

こいつのイタズラをする指。ロクでもない。

その人差し指と中指を握り、相手の手の甲に向けて一気に捻り切った。乾いた音が響き、二本の指が手の甲にぺたりと貼りついた。骨が折れた。

ぎゃっ。

たまらずに男が悲鳴を上げ、自販機の前で七転八倒する。たかが指を二本折られたぐらいで大げさな奴――。だが、まあこれぐらいでいいだろう。

彼は立ち上がり、周囲を見回した。ホームに佇《たたず》んでいる数人の男女。怖々とこちらを見ている。

「痴漢だ。おれの女に手を出した」彼は呼びかけた。「懲らしめてやった」

そして呼びかけた人々の反応も見ず、女の手を摑んで場を去り始めた。ホームを足早に横切って行く。手を引かれている女は特に抵抗を示さない。一階改札への階段を降り切り、改札を抜ける。そこで女の手を離した。

振り返ると、女は俯《うつむ》き加減のまま改札を抜けて彼の脇まで来た。

「とにかく、もう少し駅から離れる」

彼は言った。女はうなずいた。

パークロードへと出て、ワンブロックほど歩いたところに狭い路地があった。その路地に数歩入り込み、女を振り返った。

「財布と名刺入れ、持っているな」

女は無表情のまま、もう一度うなずく。

「出しな」

女は肩にかけていたバッグの中から、財布と名刺入れを取り出した。彼に差し出してくる。手に取り、まずは財布の中身を見た。札を引っ張り出してみる。四万五千円あった。そのうちの三万を女に押し付ける。

「取っておけ」彼は残る一万五千円を自分の尻ポケットに捻《ね》じ込みながら言った。「あんたの迷惑料だ」

「え、でも……」

「いいから取っておけ。電車はもう使わないほうがいい。住まいがどこかは知らないが、タクシーで自宅に戻るんだ。三万あれば足りるだろ」

言いながらさらに財布の中身を見た。クレジットカードが二枚。レンタルビデオの会員証が一枚。病院の診察券が一枚。全部使えない。カード類は使うとアシがつく。それこそ洒落《しやれ》では済まなくなる。

カード類を財布に戻し、女に差し出した。

「あんたが捨てるか。おれが捨てるか？」

女は小さく口を開いた。

「あなたに、捨ててもらえれば助かります」

彼はうなずき、財布をもう片方の尻ポケットに捻じ込んだ。

次に名刺入れを開いた。そのうちの一枚を抜き出す。二流どころの生保の社員だった。

役職名は課長補佐となっている。名前など、どうでもいい。

「これはあんたが持っておけ」そう言って女に名刺入れを押し付けた。「御守《おまも》り代わりだ。電車の中でまた出会ったときに、こいつの名前を呼んでやれ」

「……………」

「奴は、二度とあんたに手を出せない」

女とはその場で別れた。一本先にある井ノ頭通りにあるタクシー乗り場を教えると、ぺこりと頭を下げて雑踏の中に消えた。

彼もまた逆側へとパークロードを去った。しばらく西に歩いて、井ノ頭通りと吉祥寺通りがぶつかる駅前交差点へと出た。

横断歩道の信号は赤。目の前を行き交うクルマはタクシーがほとんどだ。無理もない。もう零時近くだ。相変わらず出口の見えないこの国。夜はいつだって重く深い。

信号待ちをしながらも一人薄く笑った。

なんであんなおせっかいを焼いたのか。満員電車では珍しくもないことだ。放っておけばいい。

が、気がついたときには、あの男の腕を捻り上げていた。挙げ句、鉄道警察に突き出すのを躊躇った女を尻目に、暴力をふるった。財布の中身を奪い、女と分けた。そしてその行為を、女から感謝されたとも思えない。

自己満足のためにやっただけだ。茶番だ。半端モノの、とんだ正義漢ぶりっこだ。

もう一度自分を嘲笑《あざわら》う。

――そもそも生まれ落ちてきたときから、おれは茶柱《ちゃばしら》程度の存在だったのだ。

信号が青に変わった。

吉祥寺通りを南下する。井の頭公園を左手に見ながら、冬枯れの欅《けやき》の並木道をゆっくりと歩いていく。

歩きながらも、なんとなく昔のことを思い出す。ガキの頃《ころ》。どこにも行くあてがなく、木枯らしの吹く公園のベンチや公衆便所の前に日が暮れるまで蹲《うずくま》っていた。そして、遠くに見える山々……思い出すたびに心底ウンザリとしてしまう。


彼……梶原《かじわら》彰《あきら》は、三十数年前に群馬県の高崎で生まれた。当時でさえ築二十年以上経っている公営住宅で物心がついた。

父親は、その頃にはもういなかった。地元の、構成員七名という弱小暴力団に属していたという。梶原が三歳のとき、盗品売買というショボい罪で実刑五年を喰《く》らった。

母親は、父に愛想を尽かし、別れた。もともと結婚などしていなかった。単に一緒に住んでいて、たまたま梶原を身籠ったただけの話だ。父と母の細やかな愛情の所産ではなく、単なる性欲の所産だ。

母親は母子家庭の申請をし、梶原の記憶に残る公営住宅に移り住んだ。当時母親は二十六歳だった。父と知り合う前は市内の小さなキャバレーに勤めており、そこで知り合った。道ばたに落ちている犬の糞《くそ》みたいにありふれた話だ。

収入のなくなった母親は働きに出た。息子のためということもあったが、まずは自分が食うためだったらしい。昔取った杵柄《きねづか》で、市内にあるちっぽけな歓楽街にふたたび舞い戻った。ホステスとして働き始めた。

が、二十五を過ぎ、子供を産んで早くも腰の線が崩れ始めていたホステスが、そうそう人気など出るはずもない。ヘルプばかりの接客で、それが母親には屈辱だったらしい。深夜、酒臭い息を撒《ま》き散らしながら帰ってきた母親が、隣室の台所で、くそっ、とか、馬鹿にしやがって、などと低く罵《ののし》る声を、梶原はよく耳にした。そのたびに暗い寝室の中、布団に包《くる》まったまま壁際に寝返りをうった。時おり、何かモノに当たっているような鈍い音が響いてきた。そのたびに梶原はびくりとした。

母親。梶原の記憶にある限り、家事のほとんどできない女だった。梶原の脱いだ服は、いつも洗濯機の前で山のように積み重なっていた。着るものがなくなってようやく洗濯をする。

食事も滅多《めった》に作らなかった。食べ物は、母親が外出のたびに大量に買ってくるコンビニの弁当やサンドイッチ、マックのセットだった。それを朝、昼、晩と分けて食った。羽振りが良いときだけ、近所のファミレスに行く。そういう暮らしだった。

そんな母親が坂を転げ落ちていくのに、たいして時間はかからなかった。

キャバレーで稼げなくなると、川口にあるピンサロに勤め始めた。酔った客に陰部をいじられ、ディープキスをし、最後には客の股間に顔を埋《うず》めて口内発射させ、一人につき四千円のマージンを貰う。性病の危険込みで、二人で八千円、四人で一万六千円だ。

二年間勤め、その実入りの少なさにいい加減ウンザリしたらしい。

次に、大宮にある安ソープ店に移った。当時八十分でのマージンは一万円だった。ここは五年くらい続いた。

三十歳を何歳か過ぎ、鶯谷《うぐいすだに》のホテトルに辿《たど》り着いた。ノースキンと中出しがウリの店だった。マージンは拘束時間によって一万から一万五千円の間。現在なら二万から三万ということになるだろうか。母親はこの当時、いつもピルを服用していた。

中学生になった頃、梶原は地元のヤンキーたちとの付き合い――主に喧嘩や恐喝だが――を除く時間は、日が暮れるまで市立図書館に入り浸るようになった。町の裏通りにある、蔵書もそんなに多くないしけた図書館だった。それでも、当てもなく公園で時間を潰《つぶ》すよりははるかにいい。

明るいうちに団地に帰ると、近所の目が待っている。

噂とは、ごく自然に滲んでいくものだ。

売春婦の息子。

その無言の嘲《あざけ》りと軽蔑の視線に耐えられなかった。

だから、日がとっぷりと暮れるまで図書館で過ごした。暖房も冷房も効いているし、金もかからない。

やがて無聊《ぶりょう》に任せて本を読むようになった。恋愛物や家族物、私小説などは、一ページ読むだけでウンザリした。梶原に言わせれば、自分よりはるかに高い生活レベルの立ち位置から、取るに足らない悩みを延々と垂れ流しているだけの、念仏踊りに等しい内容だった。

今にして思えば、嫉妬だったのだろう。

自分には到底望めない、はるかなる高みの世界。恵まれた世界の中だけで通用する感覚……共感など覚えるはずもなかった。

代わりにのめり込んだのが、犯罪小説だ。近年ではノワール小説とも言うらしい。古くはジム・トンプスンやジョゼ・ジョバンニ、新しいところでは、アンドリュー・ヴァクスやジェイムズ・エルロイ……どうせ虚構の世界だと分かってはいたが、それでも『お涙頂戴』の恋愛物や時代小説を読むより、はるかに共感を覚えた。

今の母親がどうしているのか、梶原は知らない。何故《なぜ》なら十五歳のときに家をおん出て、それっきりになったからだ。電話もかけないし手紙も書かない。

吉祥寺通りを歩きながら、ふん、と鼻を鳴らす。

嫌いだから家を出たわけではない。いたたまれなかったから出ただけだ。自堕落でもおれを育ててくれた。高崎線の各駅停車で一時間以上かけて都内まで通っていた。男に中出しされるために。

梶原はその精液まみれの金で育った。嫌いになれるわけがない。しかし憎んでいる。憎しみと愛は表裏一体だ。

そして、もう一つ。

生まれ育つ環境など千差万別だ。だから、今という時間にどう落とし前を付けていくか。

過去への照射はそれで変わっていく。記憶の中の原風景は変質していく。

分かっている。過去は現在の立ち位置の言い訳にはならない。

井の頭公園を過ぎ、さらに南へと下っていく。

歩き始めてからもう二十分ほどが経つ。彼女の住まいは、さらにここから十分ほど下った場所にある。駅からおよそ二キロの距離だ。

以前に訊いたとき、彼女は笑って言った。駅から十五分以内の場所など、公務員の給料では高くてとても住めない、と。

駅からのバスは一時間に何本も出ているが、梶原は彼女の家に行くとき、いつも決まって徒歩を選ぶ。あの女の家に行くときは、さっぱりした気分で歩きたい。だから電車で来る。今夜のようなオマケがついた夜ならなおさらだ。冷たい夜風に当たりながら延々と歩道を歩いていく。

吉祥寺通りが、東西に走る二本目の大通りとぶつかった。交差点を渡り、さらに三十メートルほど進んで、右斜めに走っている路地へと入る。クルマがすれ違えるかどうかの狭い路地だ。二ブロックを過ぎ、ようやくそのアパートの前まで辿り着いた。

よくある軽量鉄骨造りの、二階建てのアパートだ。今年で築六年目だと聞いた。敷地内に駐車場はなく、建物の脇に申し訳程度の駐輪場がある。その駐輪場の端に、屋根からの蛍光灯を受けて彼女の自転車がひっそりと停まっている。役所まではこの自転車で通勤している。

一階の一番奥のドアの前まで歩いていき、ドアの脇についているチャイムを押す。押したあと、相手が玄関までやってくるまでしばらく佇む。彼女が玄関に出てくるまで、今夜は多少の時間があった。

なんとなくドアノブ脇の鍵穴の形式を見つめる。ありがちなディスクタンブラー錠だ。ピッキングの道具さえあれば、ものの一分で開けることができる。

つい苦笑する。こんなことを今も思いつくこと自体、おれはロクデナシだ。

腕時計をちらりと見る。零時二十分。

カシャリと軽い音がドアの内側から響き、扉が開いた。小さな頭部がその隙間から現れる。一重の切れ長の瞳が、梶原を見てくる。

「ごめん」梶原は軽く笑ってみせた。「少し遅くなった」

零時までには着けるだろう、と梶原は昼のメールで伝えていた。

相手は目元で少し笑った。

「大丈夫よ」と、ドアをさらに開ける。「寒かった?」

「まあ……」

彼女に促されるまま、玄関で靴を脱いで室内に入った。

両脇に台所と浴室のある短い廊下を抜けると、そこが十畳ほどのワンルームになっている。カーペットを敷いた部屋の中央には小さなテーブルがあり、その上にある土鍋から湯気がうっすらと上がっている。あらかたの仕込みは終わっているようだ。土鍋の横にある皿には、野菜が盛られている。彼女はいつもそうだ。梶原が来るときは、どんなに遅くなってもご飯を食べずに待っている。

「お風呂、さっき私が入ったばかりだけど」彼女は梶原が脱ぎ捨てたダウンを壁のフックにかけながら訊いてきた。「どうする?」

いいや、と梶原は答えた。「今日はいい。来る前に近所のサウナに行ってきた」

彼女はうなずいた。

「じゃあ、すぐにご飯ね」

「うん」

彼女が台所に行く。棚の上から小皿を取り出し始めている。やや背伸びしている。白いうなじが見える。彼女はうなじに限らず、肌が異常に白い。そしてその剝《む》いた肌には、染み一つないことを梶原は知っている。二十五歳の彼女。

小皿を取り出し終えた彼女は、今度は冷蔵庫の扉を開け、その中からビールや肴《さかな》を取り出し始めた。

梶原はテーブルの前に胡坐《あぐら》をかいたまま、そんな彼女の挙措をぼんやりと眺めている。他にやることがない。この部屋にはテレビもなかった。彼女はテレビというものを見ない。昔からそうだったらしい。ニュースはネットや新聞から得るので、必要ないと言う。それを初めて聞いたとき、そんなものかと梶原は思った。少なくとも日本人で、テレビは必要ないと断言する人間を初めて知った。

「でもさ、ときどきは見たくなったり、部屋に帰ってなんとなく点けたりしたくなるもんじゃねーの」

梶原がそう訊くと、彼女は一瞬黙り、口を開いた。

「私は、そんなことはないみたい」

それでなんとなく理解した。

孤独に慣れているのだ。一人でも淋しいとは思わない。梶原も日常テレビというものはほとんど見ないが、それでも持っている。そのぶんだけ、くだらない人間同士の無意味な会話でも、人恋しいのだ。

テーブルの隅に小さな箱があり、その中に小間物が詰まっている。開封したＤＭの封筒に書かれている文字。三谷恭子《みたにきょうこ》。彼女の名前だ。

恭子が盆を持って戻ってくる。梶原の横に座り、鍋に火を入れる。すでに煮えている鶏肉や根菜類が透明な汁の底に眠っている。

彼女の作る料理は、いつも美味《うま》い。贔屓目《ひいきめ》ではない。梶原の母親とは大違いだった。

食事中の会話はあまりない。

最初の頃はそれが気詰まりだった。

だから、梶原はよく話の接ぎ穂を見つけるために、いろんな話題を矢継ぎ早に口走っていたものだ。

が、何度目かに会ったとき、恭子はあっさりこう言った。

「黙っていると、気まずい？」

思わぬ問いかけに梶原はやや口ごもった。

「……いや。別にそんなことはねえけど」

彼女はやや微笑《ほほえ》んだ。

「だったら、無理して喋ることはないと思うよ」

そんなもんか、と、このときも思った。

以来、梶原は意識的に話題を提供することもなくなった。それでも彼女は特に不都合がないようだった。無言の時間を過ごしても、平気でいることのできる女……。

彼女に初めて会ったのは、去年の夏の終わりに、この街の市役所でだった。

梶原の仕事の一つに、戸籍の売買がある。多重債務で首の回らなくなった人間たちの戸籍を、借金の形《かた》に取得し、それを暴力団や行政書士崩れのブローカーに卸す。時には多重債務者たちをマグロ漁船に乗せ込んだり、山の中の飯場、つまりタコ部屋に放り込んだりもする。それらの手数料や差額で食っている。

かと言って梶原は闇金《やみきん》業者ではない。暴力団の構成員でもない。いわば、そうした世界の惑星の周囲をぐるぐると軌道に乗って回っている衛星のようなものだ。彼らとの繋がりから、日々の生活の糧《かて》を得ている。それら組織からの誘いは今までも多々あったし、現に今もある。あるが、どこかの組織に属することなど、真っ平だった。

安定的に金を稼げる仕事ではないが、おれにはこの気楽な立場が、やはり一番いい。

そう思っていた。

去年の九月に、この街の市役所を訪ねた。

戸籍係の窓口まで進み、謄本取得の為に申請用紙と多重債務者から脅し取った委任状を差し出した。その受付をしたのが、この女……恭子だった。

肌が驚くほど白く、小振りな頭部の女だった。そしてその頭部より、顔の横幅が明らかに小さい。顔の輪郭は下にいくに従って細くなる。鋭角的な顎《あご》に向かってすっきりと絞り込まれている。くっきりとした鼻梁《びりよう》の下に、ほどよく引き締まった薄い唇があった。

しかし、それだけなら、単に見目のいい女だな、というほどのものだっただろう。

彼女が戸籍謄本を持ってふたたび梶原の前に座ったとき、視線が合った。相手の顔をまともに正面から見た。

こめかみにまで届くかと錯覚しそうな、恐ろしく切れ長の瞳だった。瞳孔の中心がごく微かに動き、梶原を見上げてきた。心臓が喉元までせり出しそうになった。春霞《はるがすみ》に煙《けぶ》る灰色の波間。そんな眼差しだった。

お待たせしました。どうぞ。

そう相手が言うと、自分でも情けないことだが、梶原は声も出せなかった。ただ無言でうなずき、謄本を手に取っただけだ。

そのまま役所を出て、ふらふらと歩道を歩いた。

初めての体験。自分は一体どうしちまったんだ。

結局は五十メートルほど離れたデニーズに行き、腰を下ろした。

コーヒーを啜りながらも、あの戸籍係の女の顔つきを反芻《はんすう》した。

いわゆる、好みではない……。

梶原は昔から、いかにも水商売風で、桃汁《ももじる》のように色気の滴っているような女が好みだった。くどいほど目鼻立ちのはっきりした女で、ちょっと崩れた感じがあればなおいい。そんな女と、やや捨て鉢な快楽だけを求めてセックスをする。それが梶原のやり方だった。中身を求めようなどとは思わない。むしろ、脳味噌はくだらなければくだらないほど良かった。無意味な中にこそ、享楽はある。

が、あの女は違う。

顔立ちこそすっきりとはしているが、情欲を感じさせるかと言えば、そんな雰囲気とはほど遠い。むしろ梅雨時の陶磁器のようにじわりと冷たく、そして人を寄せつけぬようなひんやりとした印象がある。

かと言って、ヒトをあからさまに拒否し、自分の殻に閉じこもっているわけでもない。ごく自然な振る舞いだった。

うまく言えないが、そこに梶原は精神の練度《れんど》を感じた。

梶原の今いるハッタリだらけの世界には、ほぼ皆無の人間性。それでも、ごくまれに例外は存在する。

ヒトは、その中身が成熟すればするほど、その言動や眼差しはより目だたないものに、地味に、つまり、外連味《けれんみ》がないものに落ち着いていく。それは一見、何も考えず素朴に行動する人間の持つ雰囲気と同様に見えるが、内実は全然違う。ごく自然に自分を抑制でき、常に理性が感情を支配する。

あの女のセックスする様子を懸命に想像しようとした。下衆《げす》なやり方だが、それでもなんとなく摑めるものはある。

全然思い浮かばなかった。

梶原はフロアーの中心にもう一度コーヒーを注ぎに行った。ふたたび席に腰を下ろし、タバコに火を点ける。

二、三口カップに口をつけ、ふと気づいて腕時計を見た。

四時四十五分。たぶん役所の仕事など、ほとんどが定時で終わる。

そして梶原の今日の予定は、この役所で戸籍謄本を取るだけだ……。

テーブルに俯き加減のまま、思わず苦笑した。

馬鹿な。

いったい何を考えている。

それでも思いついた考えは消えなかった。じりじりと時間だけが過ぎていった。

四時五十五分になると、梶原は一つため息をつき、デニーズを出た。

役所の敷地まで戻り、その大きな建物の周囲をぐるりと一周し始めた。正面玄関には用はない。どうせ定時の五時になれば閉じられるだろう。夢遊病者のような足取りで、さらに建物の裏手のほうに回り込んでいく。

あった。

駐車場に面した外壁に、職員専用と思しき出入り口があった。梶原はやや距離を置き、駐車場の真ん中に突っ立ったまま、その出入り口を眺めた。

おまえはいったい何をやっている——。

ふたたび自分を嘲る声が聞こえる。とんだストーカー野郎だ。

五時を五分ほど過ぎた頃から、職員たちがぱらぱらとその出口から出始めてきた。

梶原が五本目のタバコを携帯灰皿のなかに捻じ込んだとき、ようやくあの女の姿がガラス扉の向こうにある廊下に現れた。近づいてくる。腕時計に視線を落とした。五時三十五分になっていた。

何も考えていなかった。吸い寄せられるようにしてガラス扉の前まで進んでいった。

女は出口を出てくると、梶原のほうをコンマ何秒かだけ見た。その隙を逃さず、梶原は咄嗟に口を開いた。開かなければ彼女はすぐに視線を逸《そ》らし、一瞬のきっかけを永遠に失う。

「さっき窓口で初めてお会いしました」

なるべく落ち着いた声音を出すように、梶原は努めた。気負ってはならない。衒《てら》ってもならない。気がついたときには麻ジャケットの内ポケットから財布を取り出していた。

「免許証も、当然お金も入っています。あなたに預けます」少し早口で梶原は言った。「不躾《ぶしつけ》なのは分かっています。ただ少し、あなたと話をしたいだけです。いきなりこんなことを言い出す自分がおかしいのも分かっています。自分でも、不思議です」

女は黙って突っ立ったまま、梶原の顔と彼が差し出した財布を交互に見つめている。

梶原はさらに言い募った。

「五分だけの立ち話でもいいですから、お願いできませんか」

そう言って、さらに財布を相手に差し出した。

分かっていた。異常極まりない自分の言動。相手は九割九分、梶原を無視して足早に立ち去るだろう。

が、観念したように足元を見つめている梶原の耳に、立ち去っていくパンプスの音は響かなかった。視線を上げると、女はまだ梶原を見ていた。切れ長の瞳が、じっとこちらを覗っている。

ややあって、女は口を開いた。

「市役所の前に交番があります」女は冷たい口調で言った。「警察を、呼びますよ」

「……ですか」

「どうします?」女は早くも携帯を取り出していた。「今ここで、電話をしましょうか」

最悪。

梶原は観念した。それでも両足は動かなかった。

「どうぞ」ついそう口走った。「それも覚悟の上で、声をかけましたから」

「いいんですか？」

半ばヤケクソで梶原はうなずいた。

「どうぞ」ふたたび繰り返した。「ま、断られた以上、なるようになれ、ですわ」

すると相手は初めて白い歯をちらりと見せた。剃刀《かみそり》のように残酷な笑みだ。

「電話するより、そこの交番まで一緒に行ってもらったほうが早いですね」梶原が差し出している財布に手を伸ばしながら、淡々と女は言った。「行きましょうか。それともここで引き下がりますか？」

一瞬迷った。

ただでさえ脛《すね》に傷のある身だ。警察に突き出されれば、タダでは済むまい。

が、次の瞬間には女に財布をすんなり奪わせてしまった自分がいた。

女はうなずいた。

「じゃあ、行きましょう」

言い終わると、背を向けてさっさと大通りに向かって歩き始めた。周囲にパンプスの音が響き渡った。

女の言うとおり、市役所の通りを挟んだ斜め前に交番があった。横断歩道の前で信号待ちをしている間、女も梶原も無言だった。

やがて歩行者用の信号が青になった。梶原の先に立って、女が横断歩道を渡っていく。梶原もそのあとに続いていった。

交番の前に着き、思わず胸を撫《な》で下ろしたことには、その内部に人影はなかった。扉も閉まっていた。近所を巡回中らしい。

女は梶原を振り返った。

「運が、よかったですね」と、もう一度白い歯を見せた。そして梶原の財布を差し出してきた。

「その度胸に免じて、今回は許して差しあげます。でも、二度と付きまとわないでください」

見事だと思った。クソ度胸があるのは、むしろこの女だ。

ストーカーまがいの男を平然と引き連れて交番まで歩く。そしてそんな男に、面と向かって笑みを見せることもできる。ようやく分かった。おれを恐れてはいない。馬鹿にしている。嬲《なぶ》っている。

つい梶原も苦笑した。ここまでコケにされれば、むしろ気分がいい。

「じゃあ、こうしましょう」

そう言ったときには財布を受け取り、その中から自分の免許証を取り出していた。強引に扉のサッシに指先をかけ、そのわずかに開いた隙間から、免許証を内部に落とし込んだ。

それから女を振り返った。

「おっつけ警官が帰ってきて、誰かが落とし物を拾ってここに差し入れたと思うでしょう」

一呼吸置いて、女は口を開いた。

「だから？」

「だから例えば、あそこに見えるデニーズにおれと行ったとしても、おれはあなたと話す以外は何もできない。むろん、あなたの後を尾《つ》けることもできない。そんなことをすれば、あなたはここの交番に来て、落とし物の免許証を調べてくれと言うだけでいい。するとおれは、あっさりお縄になる。どうでしょう？」

女はひんやりとした笑みを見せた。

「しつこい」

そう言い切った。

だが、相変わらずその気振《けぶ》りに恐れている様子はない。梶原は図に乗った。

「だから、お話ししましょう」

「何を？」

「ま、世間話ですよ」

女は梶原をしばらくじっと見た。

「寝たいんですか。私と」

梶原は声を出して笑った。つい言い方に地が出た。

「単にセックスするための女なら、そこらあたりの飲み屋や風俗にいくらでも転がっている。わざわざこんなストーカーまがいのことをする必要はない」

女はふたたび笑った。そしてあっさりとうなずいた。

「デニーズに付き合いましょう」女は言った。「でも、お茶だけですよ」

梶原もうなずいた。


テーブルの上で、土鍋が相変わらずくつくつと小さな音を立てている。その鍋の中の鶏肉やニンジンを自分の小鉢に取りながら、梶原はつぶやくように言った。

「やっぱり美味い」

恭子の作る料理は、ということだ。隣に座っている彼女は、すでに小鉢の上に箸を揃えている。この女は小食だ。

「できれば全部食べて」恭子は言った。「残っても仕方がないから」

「ああ」

ふたたび部屋の中が無言になる。

恭子がふと思い立ったように立ち上がり、部屋の隅にあるデスクまで歩み寄った。その上のミニコンポのスイッチを入れた。音楽が流れ始める。そのメロディを聞いて、梶原は思わず笑い出しそうになった。

クラシックに興味のない彼でも、この曲ぐらいは知っている。エリック・サティだ。晩飯の鍋をつついているときに、サティをかけるこの女。梶原との空間は、不協和音に満ち満ちている。

恭子は、そのデスクの脇に立ったままタバコに火を点けた。煙が、同じくデスクの上にある空気清浄機の表面に吸い込まれていく。

今夜も静かだ。この女と過ごす夜はいつも静かだ。言葉も要らない。この女にとって、そんなものは必要ではないらしい。

……思い出した。梶原は鍋の中のものをあらかた食べ尽くすと立ち上がり、壁にかけてあるダウンの内側に手を入れた。

指先に固いものが当たる。それを引き抜いた。焦げ茶色の革の鞘《さや》に入った、刃渡り二十センチ弱のナイフ。持ち手はくすんだ色の鰐革《わにがわ》のようなもので出来ている。鞘とその持ち手の境界に、S字に湾曲した銀色の鍔《つば》が付いている。その鍔の表面に、唐草模様のような細かな彫金が施されている。鞘から抜く。細く反った刀身が天井の蛍光灯を受けて鋭く光っている。いかにも異国――それもイスラムふうの匂いがする。

「それ、なに？」

「見りゃ分かるだろ。ナイフだよ」

恭子は口元から細い煙を吐き出した。

「私が訊きたいのは、なんでそんなものを持っているのか、ということ」

「貰ったんだ。仕事の世話をしてやった奴から、お礼にって」

嘘ではなかった。

昼間に、銚子漁港までクルマを飛ばして行ってきた。同乗者は若いイラン人だった。マグロ漁船に乗せ込むための多重債務者。イラン人は、どういうきっかけでそうなったのかは分からないが、池袋にあるフィリピンパブの女に入れあげた。とはいえ、単純作業労働者で、しかも外国人のこの男には、通いつめる金も、その金を出してくれるサラ金への信用もなかった。

あとはお決まりのコースだった。電柱に携帯番号を貼り出している闇金に金を借りた。至る所から何度も借りた。瞬く間に利子が嵩《かさ》み、その借用書の金額は二百四十万を超えた。

一週間ほど前に梶原にこの案件の始末をしてくれるよう、複数の闇金業者から電話が入った。梶原はイラン人に会いに行った。安アパートから出てきたイラン人は、カボチャのように腫れ上がった顔をしていた。回収担当の人間から散々に殴られたのだとすぐに分かった。

梶原はこういう場合、暴力は一切使わない。言葉も荒らげない。相手を殴り脅したところで、ない袖《そで》を振らせることはできない。最終的には怖がられて夜逃げされるのが関の山だ。

イラン人を引き連れて、近くの定食屋に行った。そこで試しに八宝菜定食を食わせてみた。イスラム教では禁忌の豚肉が入っている料理。イラン人は平気で食った。だろうな、と思う。フィリピンパブに行って、これまた禁忌の酒を飲む。この日本に来て物欲社会にどっぷりと浸り、イスラム教徒の誇りなどとうの昔に失くしてしまっている。相手が食べ終わった時点で、もう殴られるのは嫌だろ、と穏やかに訊いた。イラン人は黙ってうなずいた。日本語に不自由はないようだった。

おれが借財を整理してやる、と持ちかけた。「一年間船に乗って働けば、自由の身になるが、どうだ？」

言ったあと、マグロ漁船での仕事内容をざっと説明してやった。

イラン人はあっさりと首を縦に振った。梶原はその顔をじっと見た。

フィリピン女に入れあげた挙げ句、二百四十万ぽっちの金で犬のように殴られる。洋の東西を問わず、愚か者は常に進んで自分の墓穴を掘り続ける。梶原はたまに思う。二十歳《はたち》を超えて起こった人の不幸は、ほとんどの場合、その本人の身から出た錆だ。同情する必要はない。

定食屋を出たとき、梶原は財布を取り出して五万円を渡した。イラン人が心底驚いたような顔で梶原を見上げた。まさか貸し主に絡む人間から金を差し出されるなど、思ってもいなかったのだろう。

「言っておくが、おれのポケットマネーだ。返さなくてもいい金だ。おまえにだって当座の生活はあるだろう」梶原は言った。「一週間後には迎えにくる。それまで美味いものでも食って、部屋でのんびり過ごしてろ」

梶原は経験から知っている。ここまで手厚くしておけば、たとえ多重債務者のようなだらしない人間でも、裏切る奴はそうそういない。それに彼らには元々、どこにも行く当てがないのだ。

一週間後にアパートを訪れると、案の定イラン人はいた。

その間に梶原は懇意にしている船会社に渡りをつけていた。一年間で三百万を払う、と相手は言った。生粋《きっすい》の日本人なら四百万以上で売れるが、梶原はそれで手を打った。諸経費を抜き、差し引き五十万ほどの儲けだった。

銚子港に着いたとき、梶原はクルマのトランクからビニール袋を取り出し、イラン人に渡した。中身は、中古品のポータブルＤＶＤプレイヤーだった。無修整の洋物ソフトも十本付けてやった。

梶原は笑って言った。

「夜のおかずだ。いざというときには、他の乗組員と仲良くなるきっかけにもなる」

仲の良い乗組員もできず、女性にも飢え、途中の寄港地で逃げ出されてはたまらない。このイラン人を紹介した梶原の信用問題にもなる。

だが、イラン人は梶原のことを世にも親切な人間だと単純に思ったらしい。

しばらく躊躇った素振りを見せたあと、大きなボストンバッグの中から奇妙な形をしたナイフを取り出した。

「あなたは、私に親切でした。だからこれはお礼です。とてもいいナイフです。昔、アサシンが使っていたそうです」

アサシンの意味は分からなかったが、それでも梶原はそのナイフを受け取った。それが、このナイフを貰った経緯《いきさつ》だった。

梶原はひとしきりその刀身を眺めると、ふたたび鞘にしまった。それからデスクの横でタバコを吸っている恭子を振り返り、

「ペーパーナイフ代わりに、やるよ」

と言った。

恭子は少し笑った。だが返事はなかった。

「要らない、と言っても、くれるんでしょ」

確かにそうだった。

この女は、およそモノを欲しがるということを知らない。服において特にその傾向が甚だしかった。出勤のときはいつも、紺色のツーピースを着て出かける。

以前に恭子が風呂に入っていたとき、こっそりクローゼットを開けてみたことがある。似たような紺のツーピースと白のブラウスがズラリと並んでいた。

私服のときも、下はジーンズ以外は穿《は》こうとしない。上は、いかにも量販店で買ってきたと思しきインナーやジャケットを着て、それで平然としている。

「みっともなく思われないなら、それでいいのよ」

私にとってのファッションは、ということらしい。化粧もほとんどしない。

しかし、と梶原は思う。彼女は五十過ぎの女ではない。一九八〇年代生まれの二十五歳の女だ。

梶原は今回のようにまとまった金が入ったときなど、彼女によく「服を買ってやるから」と言った。

要らない、といつもその返事は決まっていた。

じゃあ何か服以外のものでも買ってやろうか、と訊いても、今の部屋にあるものだけで充分だと言う。

だから梶原は何度か、デパートで適当に買ったブランド物のバッグやマフラーを、半ば押し付けるように彼女に渡したことがあった。付き合っている以上、なんとなくそうするものだと思っていた。

彼が以前に付き合っていた水商売の女たち。彼女たちは梶原に肉の快楽を与えてくれる代わりに、例外なくモノを欲しがった。クリスマスプレゼントには毛皮のコートを、バースデイプレゼントにはスパンコールのドレスを、といった具合だ。

だから、そうするものだと思っていた。この女も、プレゼントを貰って嬉しくないわけはない。単に遠慮しているだけだ、と。

が、彼女は心底困ったような顔をした。

「ごめんね。でも、本当に要らないの」

口先だけでなく、一度もそれらの品物を身に着けようとしなかった。だいたいブランド物は嫌いだという。

やはり、変わっている。

変わっていると言えば、この女は記念日を一人で過ごす。

例えば先月の二月は、彼女の誕生日だった。例によって、プレゼントは何も要らない、と言った。その代わりその日は、一人で過ごさせてくれ、と。

その前のクリスマス・イブも同様だった。一人で過ごしたいのだと言った。

梶原はつい疑った。その二日とも、実は他の男に会うんじゃないのか。

が、自宅に電話をかけてみると、その二日の夜とも彼女は在宅していた。本当に一人で過ごしていた。この小さなアパートの部屋で——。


「お鍋、そろそろ片付けてもいいかな」

そう恭子に言われ、梶原はうなずいた。

彼女はテーブルの上の皿や土鍋を次々と台所に持って行ったあと、すぐに水道の蛇口を捻り、それらのものをシンクで洗い始めた。彼女はどんなに夕食が遅くなろうと、必ず食後に使った皿をすべて洗う。朝食のときもそうだ。全部の皿を洗ってから、出勤の準備を始める。

時計を見る。午前二時。

「悪いと思っている」つい梶原は言った。「おれが遅くならなきゃ、もっと早く済んだのに」

大丈夫よ、と彼女は笑いながら台所から振り向いた。

やがて皿を洗い終えた彼女が、居間に戻ってきた。

そこからは二人の共同作業が始まる。まず中央のテーブルを部屋の隅に寄せる。クローゼットの下の段から二組の布団を取り出し、空いた四畳ほどのスペースに敷き詰める。枕元に小さなフロアライトを置く。

次いで、上の段から二組のパジャマを取り出す。ユニクロ製だ。白地に青いドットのあるほうが梶原用で、ピンクのドットのあるほうが彼女用だ。

ほぼ同時にパジャマに着替え終わったあと、連れ立つようにして洗面所に行く。

鏡の脇に小さな歯ブラシ立てがある。デンターシステマの歯ブラシが二本、立っている。これも青い柄のほうは梶原のもので、ピンクのほうが彼女のものだ。

無言のまま、一緒に並んで歯を磨く。磨き終わると、交互に顔を洗う。ふたたび居間に戻ってくる。

梶原が先に布団に潜り込みながらフロアライトの明かりを点けると、壁際に立っていた恭子は部屋の電気を消した。これもいつものことだ。

ほの暗い明かりの中、恭子が隣の枕元まで来た。布団を捲《めく》り、その細い体をゆっくりと滑り込ませる。梶原は横を向いたまま、そんな彼女の様子を見ている。

充分に布団に潜り込んだ彼女は、一呼吸置いてから半身を捻り、こちらをじっと見てきた。

あのデニーズでのことだった。

テーブルに座り、ウェイターにコーヒーを注文し終わると、彼女は訊いてきた。

「私は、あなたが何者なのか知りません。だから、何をしている人なのかを、まずは聞かせてください」

一瞬迷ったが、正直に答えた。

多重債務のサルベージが仕事だと答えた。

ふむ、という顔を彼女はした。しかしその表情に恐れはなかった。

「つまりは、暴力団関係の人ですか？」

「違います」梶原は、これは即答した。「そういう組織には属していません。主に金融業者から焦げ付いた資金の回収を、個人的に委託されています。その資金を回収するために、該当者の戸籍の売買をしたり、マグロ漁船に乗せ込んだり、山の中の飯場に送り込んだりしています」

彼女は無表情のままこちらを見遣っていた。つい梶原は補足した。

「ですが世間的に見て、ひどく下衆な仕事で飯を食っている自分であるのは、充分に承知しています」

すると彼女はうっすらと笑った。ただ笑った。

恭子は枕を下にしたまま、まだじっとこちらを見ている。

「あのさ——」梶原は言った。「そっちに行ってもいいかな?」

薄闇の中、相手の口元に白い歯がこぼれた。

梶原は枕元のフロアライトをさらに暗くし、少し身を起こして、いそいそと彼女の布団の中に潜り込んだ。

恭子の体からは、微かに石鹼の匂いが漂っていた。

2

(それにしても、愛はどこにいっちまったんだ? 千葉県以外のどっかにあるのか?)

そんなセリフを、小説で読んだことがある。思わず笑った。

だが彼が思うに、この吉祥寺にもない。

「おい、弘樹《ひろき》ぃ」

声が、隣から聞こえる。

小倉《おぐら》弘樹はのんびりと顔を横に向けた。小林《こばやし》がだらしなくチェアに腰かけ、間延びした顔でこちらを見ている。カッコつけて顎鬚《あごひげ》を蓄えた顔。服装もそうだ。学生の分際で、生意気にギャルソンウェーブのジャケットなんぞを羽織っている。全体の雰囲気、まるでホストだ。

しかし、そういう弘樹も似たような恰好だ。というか、大学入学以来の三年間、この手の服しか買ってこなかった。すべてはいい女をゲットするためだ。少なくとも二ヶ月前まではそうだった。

三月の午後の陽光は、暖かい。

二人が今座っている東急デパートの裏手ではなおさらだった。緑と白の看板。スターバックスの屋外にある、だだっ広いボードウォーク。そのチェアに腰かけている。テーブルの上には弘樹と小林の空になったカフェラテのカップが二つ、風に煽られて転がっている。

ボードウォークの前の通りには、有名服飾ブランドが軒を連ねている。ショーウィンドーの前を絶え間なく通り過ぎていく女たち。若い女性もいれば、中年の女性もいる。共通しているのは、どの女もこの吉祥寺くんだりで妙に気取っているという、それだけのことだ。

「なあ、弘樹よぅ――」

小林は、それらの女性を目で追いながらも、もう一度口を開いた。

「おまえさあ、最近ちょっと変じゃないか」

うっせえ奴。おれが変だろうがどうだろうが、おまえには関係ねーだろが。

そうは思いつつも、なにが、と問い返す。

小林はボリボリと頭部をかいた。

「だからさあ、なんかこう、気力がねえっていうか……。今日だって全然やる気なしじゃんかよ」

思わず笑った。

当たり前だ。今さらこんな界隈の、気取った女をナンパする気になれるかってんだ。

だが、その気持ちを口に出すつもりはない。

言えば、こと女に関しては鋭いこいつは感づく。おれに新しい女が出来たってことに——。

今までは小林に、懇《ねんご》ろになった女のことはなんでも打ち明けてきた。時には自慢げに。時には不満げに。こいつが大学で最も親しいナンパ仲間なこともある。

でも、所詮はどの女も、その程度のレベルだったからだ。いいのは外見《そとみ》だけ。いかに自分を良く見せるかにしか関心がない。服、化粧、思わせぶりな態度。がっつくのは自分の見てくれだけ。肝心の中身は、どの女もカラッカラの空っぽだった。そしてそれは、自分の中身の安っぽさ加減を思い知らされる行為でもあった。

「とにかく——」言いながら弘樹は腕時計を見た。もうすぐ三時半だった。「もう二時間もいて、めぼしい女は見当たらない。潮時だろ」

自分で言いながらも、確かにそうだと思う。四時を過ぎると街の女の佇まいは、急に慌《あわただ》しさを加える。日曜の夕暮れ前。明日からの平日に備え、買い物をして家路へとつき始める。月曜から始まる仕事や学校のこと。その意識が、平日モードへと戻っていく。

『サザエさん症候群』だ。

弘樹が椅子を立つと、いかにも未練たらたら、といった感じで小林も腰を上げた。

ふん。

この意気地なしが、と思う。

小林に限らず、大学の奴らはこうして無目的にストリートに出たとき、いつも弘樹と組もうとする。一人では女に声をかけることもできない根性なしだからだ。奴らの肝《きも》っ玉の大きさといったら、ウナギの肝ぐらいしかない。だからいつも弘樹を誘ってくる。

女をナンパするなんて、束の間の気合いのようなものだ。肩の力を抜いて、相手の気持ちの中に一瞬踏み込みさえすればいい。相手がそれに乗ってこなければ、それはそれだ。くだらないナンパだからこそ、飾らず、衒わず、逆に素《す》の自分を出し切る。そんなもんだ。

だが、こいつらは、まるで今日が地球の終わりかのような必死の形相で女に近づいていく。相手にされないのは当たり前だ。一人前なのはカッコだけ。

だがもう、そんな破廉恥《はれんち》騒ぎも、今日で終わりだ。

東急の角を回り、ペニーレーンのアーケードの入り口で小林を振り向いた。

「じゃあおれ、今日はこれで家に帰るわ」

小林は、えっ、という表情を浮かべた。

「一緒に晩飯食っていかないの？」

弘樹はうなずいた。

「悪いな。夕方にはオヤジが田舎から出てくるんだ。東京出張。相手しなくちゃな」

嘘だ。だが、小林には弘樹の言うことが本当かどうかは分からない。

「そうか……」

小林はやや下を向いた。

「また明日、学校で会おうぜ」

そう言い残すと、一度小林に笑いかけ、さっさと吉祥寺通りを南下し始めた。

数十メートルほど歩いた三井住友銀行の前で、信号待ちに引っかかった。弘樹はなんとなく後ろを振り返った。ちょうどギャルソンウェーブの赤と茶のジャケットが、人込みの向こうに飲み込まれたところだった。

じいちゃん……。

不意に心の中で呼びかけた。

だが、それ以上、何も思いつかない。死んでしまった人間に、何を訴えればいいというのか――。

中学一年のときだ。弘樹は地元の名古屋で、とある事件を起こした。クラスメイトとの喧嘩だ。入学当初から気に食わない奴だった。自分より少しでも弱そうな奴だと嵩にかかって虐《いじ》め、強そうな奴にはヘイコラしていた。やがてそいつは同じような飯粒連中《めしつぶれんちゆう》と徒党を組んだ。

弘樹は、自分に手を出してこない限りは黙っているつもりだった。が、いつまでもクラスの中で仲の良い相手を作ろうとしなかった弘樹は、やがてこの連中の標的になった。だから、このグループの中心人物だったそいつを、ボコボコにした。放課後の教室。誰も見ていない。人を殴ったのは初めてだったが、コツさえ摑めば簡単だった。ちゃんと拳を握り締め、ただ振り下ろすだけでいい。次第に面白くなった。泣き叫ぶそいつの上に馬乗りになり、なおも殴り続けた。挙げ句、階段まで引き摺っていき、そこから突き飛ばした。

階段を派手に転がり落ちたそいつは、右の腕と肋骨を二本折った。

あとが大変だった。

そいつの親が出てきて、弘樹のことを、弘樹の親ともども訴える、と言ってきた。双方の両親の話し合いのもと、弘樹は転校させられることになった。しかも、父親の実家のある四国に。

親と別れるのはべつだん寂しいとも思わなかった。

両親が等しくわが子を可愛がるなんて、嘘っぱちだ。子供の骨柄により、その愛情の濃淡は当然ある。弘樹の親の場合は、特にそれが甚だしかった。

弘樹には、彼と違って出来のいい二つ違いの弟がいた。対して弘樹は、昔から勉強も出来ず、かといって、いかにも子供らしい可愛げもなかった。親にもしばしば生意気な口を叩いていた。

当然のように両親の愛情は弟に集中した。

だから父親から祖父の家に行けと言われたときも、むしろせいせいした気分だった。名古屋から離れるのは、多少寂しくもあったが……。

祖父の家は、高知県の西にある中村という田舎町だった。

四万十川《しまんと》、という日本随一の清流と言われている大河がある。中村は、その太平洋の河口に拓けた、人口三万五千人程度の小さな町だ。五百年ほど前に、一条家という公卿一族が戦乱の京を逃れてやって来て、この河口に町を拓いた。京を模して、碁盤状の町並みを築いた。だから今でも〈土佐の小京都〉と呼ばれている。

十三歳になった秋、高知空港で飛行機を降りた。親に連れられてではなく、一人でやって来た。高知からJRの特急に乗り込み、延々と左手に太平洋を眺めながら、二時間近くかけて終点の中村駅に着いた。うェー、特急でも二時間かよ、と思ったことを、今でも鮮明に覚えている。

祖父は駅前の小さなロータリーに出迎えに来ていた。

何の変哲もない白いワイシャツに、灰色のスラックス。黒い革ベルト。足元は白いスニーカーだった。田舎の人なんだな、と改めて思った。

祖父は、弘樹が改札を抜けてくると、ニコニコとして近寄ってきた。弘樹も足を進め、祖父の前で立ち止まる。すると祖父は、わっと前歯の欠けた口を開いた。

「弘樹。おまん、いかんぜよ」

そう言ってもう一度笑った。

その意味は分かった。この祖父の考えていること。喧嘩するのはいい。だが、相手に大怪我をさせるまでやってはいけない。

祖父は十年ほど前に連れ合い——つまり、弘樹のばあちゃんだ——をなくし、以来ずっと一人暮らしだ。会社を定年退職したあとは、自宅の裏庭にある畑を耕しながら暮らしている。

弘樹の父親は、この祖父の三男坊になる。弘樹の両親とこの祖父は、それまでにほとんど行き来というものがなかった。父親がこの故郷に寄りつかなかったせいだ。祖父もまた、都会というものを嫌って名古屋には出てこなかった。だから会うのは、親類の結婚式ぐらいなものだった。

しかし弘樹は、この祖父のことをなんとなく気に入っていた。無口なのに、どことなく明るい雰囲気が昔からあった。

中村の町外れにある祖父の家に着くと、荷ほどきもそこそこに、母屋の隣にある納屋に連れて行かれた。

納屋の中は、二十畳ほどの畳敷きになっていた。畳は古く、その表面がどこも毛羽立っていた。

その畳の中央まで進むと、祖父は弘樹のほうを振り向いて笑った。

「弘樹、わしを投げてみんかネヤ」

一瞬耳を疑った。しかし祖父は繰り返した。自分を投げ飛ばしてみろ、と言う。

三度言われ、三度断った。

すると祖父はまたあっさりと笑った。

「なるほど。弱いモンいじめだけが得意、ちゅうわけか」

ついカッときた。

十三歳の自分よりも背の低い、小柄な老人。投げ飛ばすぐらい簡単だ。

思った途端、足が前方に出た。祖父に掴みかかった。殴るつもりはなかった。上半身のどこかを掴んで引き摺り倒す。

が——。

その弘樹の指先が祖父の肩に触れようとした瞬間、弘樹の体は大きく宙に舞った。視界の中で納屋の天井にある梁《はり》がぐるりと回り、気がついたときには畳に背中から叩きつけられていた。かといって体のどこかに痛みがあるわけでもない。

わけが分からなかった。

仰向けになったまま転がっている弘樹の前に、祖父が笑みを浮かべたまま突っ立っていた。

「ほれ。来んかい」

立ち上がり、もう一度祖父に向かって突進していく。

しかしその相手の腕を摑もうとした瞬間、またふわりときた。

気がつけばふたたび宙を舞い、こんどは腰部から畳に叩きつけられた。

「ほれ」

祖父は弘樹を見下ろしたまま、片腕の手の甲をひらひらとさせた。誘っている。弘樹をからかっている。

心底ムカついた。

立ち上がり、今度は両腕を滅多やたらに振り回しながら、祖父に向かって行った。本気で祖父にパンチを入れるつもりだった。

結果は同じだった。

ほんの軽く手首を摑まれたかな、と思った途端、また世界が一回転した。直後には背中に衝撃を感じた。

何度摑みかかっていっても、同じだった。まるで魔法のような感じで弘樹の体は軽々と宙に舞い、畳の上に転がった。

最後にはもう、畳から身を起こす体力も、気力もなくしていた。

祖父は、荒い息をしたまま無様に転がっている弘樹を見て、笑った。

「ま、今日はここらあたりまでじゃな」

祖父は合気道の師範だった。

晩飯を食べながら祖父は弘樹に言った。

「未熟じゃから、本当は怖いから、相手を不必要に怪我させてしまう」

また、こうも言った。

「みんな生きとる。みんな弱い。おまんは、それを知らんといかん」

弘樹は黙って飯を掻き込んだ。

祖父はしかし、弘樹に合気道を習うことを強制したりはしなかった。弘樹の気が向けば、教えてやるという。

新しく転入した学校の部活に、今さら参加する気もなかった。かといって、こんな田舎では放課後にやることもない。

結局は祖父に合気道の手ほどきを受け始めた。

祖父は練習の前に、〝合気道の精神〟なる文言を必ず弘樹に唱和させた。技術より何より、この精神が大事なのだという。

だが、弘樹はこれが嫌いだった。妙に宗教がかっていたし、たった二人で、しかも納屋の中で大声を出して唱和するなんて、なんとなく馬鹿げている。

――しかし、今でもその一節は諳《そら》んじることができる。

合気とは　愛なり
天地の心をもって我が心とし
万有愛護の大精神をもって自己の使命を完遂することこそ　武の道であらねばならぬ

そんなフレーズだ。今では時おり懐かしく思い出す。

気がつけば駅前の交差点を過ぎて、井の頭公園を左手に見るところまで進んできていた。

彼女は言っていた。四時ぐらいにはアパートに戻っているから、それ以降なら来ても構わない、と。

分かる。舗道を歩く自分の足取りは妙に軽い。浮き立っている。吹きつける春風に、両脇の公園に続いている欅《けやき》並木がわずかに芽吹き始めている。気分も、ゆっくりと淡く落ち着いたものへと変わってゆく。

ようやく見つけた。

今でもそう思っている。

彼女は最高だ。そこら辺りの女なんか、全然メじゃない。付き合えば付き合っていくほど、彼女に惹かれていく自分がいる。

彼女は、週に二回以上は弘樹に会おうとはしなかった。

「君はまだ学生」彼女はそうはっきりと言った。「立場も違うし、私たちの関係、それぐらいでいいと思うよ」

その答え方……明らかに弘樹には何も期待していない。

が、そこがむしろ良い。

今までに弘樹が付き合ってきた女——とは言っても、ほんの四、五人ぐらいだったが——は、みんな弘樹と歩くときは鬱陶しいほどに腕をべったりと絡ませてきた。映画館に入って椅子に座れば、決まって弘樹の肩にその頭部を預けてくる。

おいおい。なんだよ、その馴れた態度は。おれとおまえはそんなに密な関係かあ。

ついそう言い出しそうになった。ウンザリだった。

玉川上水を過ぎると、吉祥寺通りはまっすぐ南へと下りていく。弘樹の足取りはなおも軽い。

東西に走る市役所通りを通過し、大通りから右に外れていく路地を少し進むと、そこが彼女の住まいだった。

よくある二階建てのアパートだ。家賃も、弘樹が住んでいるアパートと大差ないらしい。一階の外廊下を一番奥まで進み、ドアの脇に付いたチャイムを押す。

開いているよ、と微かな声がドアの内側から聞こえた。

扉を開けると、両側をキッチンとバスルーム、トイレに囲まれた狭い廊下があり、その先に十畳ほどの部屋が素通しになって見える。

彼女は、その部屋の奥に座っていた。開け放した窓枠にもたれ、ジーンズの片足を伸ばしたまま、タバコを吸っている。カーペットの上、軽く手を突いている脇に、黒い灰皿が陽光を受けて鈍く光っている。

三谷恭子。それが彼女の名前だ。

「早足で来たの？」

「なんで？」

彼女は笑った。

「汗が光っている。額に」

「なるほど」

言いながら、弘樹はカーペットの上に胡坐をかいた。

恭子は立ち上がり、部屋を横切った。クローゼットを開けると、内部の引き出しからタオル地のハンカチを取り出した。無言で弘樹に差し出してくる。

「サンキュ」

それを手に取り、額と、ついでに首筋も拭《ぬぐ》う。

恭子は窓際まで戻ると、灰皿の上にあった吸い止《さ》しを手に取り、ふたたび窓枠にもたれて座った。吸い止しを口に持っていき、白い煙を細く吐き出す。

窓の外は、その三メートルほど先が塀になっている。さらに塀の先には、民家の屋根が迫っている。景色と呼べるほどの景色はない。それでも恭子はよく、この窓際でぼうっと外を見ていることが多い。より正確に言えば、建物の間に見える狭い空を、ぼんやりと見上げている。

以前、弘樹は何気なく言ったことがある。

そんなに空を見たいんなら、井の頭公園とかのほうが、もっと広い空を拝めるぜ。

だが恭子は、苦笑して首を振ったものだ。

今日のこの時間は、この空で充分。

そう返してきた。

意味が分からなかった。


彼女に出会ったのは、去年の年末だ。大学も冬休みに入っていた。

その日、弘樹は小林たちと飲みに出ていた。二週間の休みをいいことに、郷里に帰らない連中と三日に一度は飲み歩いていた。

金はあった。奨学金に加え、親からの仕送りが月に五万。それに夜は週に二回、割のいい夜警のバイトをしている。大学が長期の休みを迎えれば、そのバイトを週四回に増やす。その合間を縫うようにして飲みに出ていた。

レンガ通りにあるバーでのことだ。

生バンドの演奏を聞かせるのがウリの、うるさいバーだった。年末ということもあり、忘年会の二次会で来たサラリーマンや、弘樹たちと同じような吉祥寺周辺のヒマな学生たちでごった返していた。

弘樹たちのテーブルの隣には、地味なスーツ姿の男女の一団がいた。さらにその向こうのテーブルには、いかにも体育会系の学生といった感じの、筋骨隆々の若者たちが陣取っていた。

何の拍子でそうなったのかは、弘樹も見ていなかった。ステージ上のバンドの騒音に混じって、突然男の怒鳴り声が聞こえた。

声のほうを振り返ると、隣のテーブルのサラリーマンと、さらにその隣のテーブルの大柄な若者が突っ立ったまま睨み合っていた。

もう少し静かにしてくれって頼んでいるだけだろう。

そんなことをサラリーマンが言った。

うるせえ。

その服装と頭髪の感じからして、どうやらラガーマンらしい若者が喚《わめ》いた。

他人同士の喧嘩など、いつだってそのきっかけにたいした意味はない。もともと抱えている苛立ちと不満が、何かの拍子に他者への怒りに転化していくだけだ。

数度の言葉のやり取りがあったあと、若者がずかずかと歩み寄り、サラリーマンの胸倉を摑んだ。一度、二度、三度とその頭部をはたいた。

いつもの弘樹だったら、面白半分にその揉《も》み合いの様子を最後まで眺めていただけだったろう。十中八九、そんな派手な喧嘩にはならない。

しかし、ここで予想外のことが起こった。

サラリーマンのテーブルにいた一人の女が不意に立ち上がった。かと思うと、揉み合いを続ける二人に歩み寄り、静かに口を開いた。

——なさい。

その語尾だけが辛うじて聞き取れた。女の横顔は、その口調と同じく非常に冷静に見えた。だけではなく、豪胆にも二人の間に割って入ろうとした。

若者は抵抗した。つい、といった感じで女を突いた。手加減しているとはいえ大男の力だ。女はバランスを崩して二、三歩後方によろけたかと思うと、フロアの段差にパンプスを引っかけ、見事に転んだ。

ちょうどその位置が弘樹の目の前だった。

つい体が動いた。席を立ち上がり、女の腰に手を添えるようにして助け起こした。

大丈夫ですか。

大丈夫です。すいません。

答えつつ、相手は弘樹を見上げてきた。目が合った。途端、弘樹は我知らず狼狽した。秀でた額と、くっきりとした鼻梁。恐ろしく切れ長の瞳が店内の照明を受け、濡れたように輝いていた。束の間、相手の顔に目が釘付《くぎづ》けになった。

気がついたときには行動を起こしていた。

今にして思えば、つまらない見栄だったのだと感じる。この女に、いいところを見せたい。カッコよく思われたい。

それと、この女が無様に突き転ばされたことに対する子供っぽい義憤も感じていた。

弘樹は女を助け起こしたあと、すたすたと問題の大柄な若者に近づいて行った。

「おい。あんた」弘樹は言った。「女を突き飛ばすことはないだろ」

んァ、と大柄な若者は弘樹を見下ろしてきた。その目線の高さの違い。明らかに弘樹の体格を軽んじている眼差し。「おまえには、関係ねえよ」

じいちゃん……。

いいか、ヒロ。もし争いに巻き込まれたら、どうする——。

が、その脳裏のイメージは一瞬だった。弘樹はむしろ、誘うように笑いかけた。

「どうせバカ大学の、しょうもないラグビー部なんだろ」自分の大学のことは棚に上げて言った。「暴れるんなら、ピッチの泥で暴れろよ」

図星だったらしい。果たして若者は激昂し、摑みかかってこようとした。その攻撃を待っていた。弘樹は相手の懐に踏み込みながら身を反転させ、伸びてきた右腕を摑むと、もう片方の手を相手の左脇腹に滑り込ませた。さらに相手の右腕を軽く捻りながら引く。逆に左脇腹に入った自分の腕を切り上げていく。タイミング。相手の勢いを利用した荷重移動。若者は空中で一回転し、肩口からコンクリート製の床に叩きつけられた。

「ナニすんだっ」

若者の連れが一斉に立ち上がり、弘樹に向かって詰め寄ってきた。

「ばーか、さっさとこいつを担いで帰れよ」

相手を投げ飛ばしたあとの軽い興奮も手伝って、ついそんな軽口を叩いた。それが結果的に彼らへの全面挑発になった。

若者たちは弘樹に一斉に襲い掛かってきた。正面の一人目は軽く捌《さば》けた。殴りかかってきた相手の右腕。その手首を摑むと手の甲ごと内側に捻った。あっ、という悲鳴を上げ、相手がバランスを崩す。さらにV字に角度の付いた相手の肘を掌底《しょうてい》で切り下ろした。相手はさらに悲鳴を上げると、自ら半身を反転させ、背中から床に落ちた。

二人目。こっちも伸びてきた右腕を摑み、バランスを崩させて投げ飛ばそうとした。直後、脇腹に激痛がきた。辛うじて目の前の二人目を投げ飛ばし、半ば後ろを振り返る。最初に投げた大男の姿があった。後ろから脇腹を殴りつけてきた。反転して大男に対峙しようとした。今度は正面に残っていた三人目からの攻撃を受けた。うっ、と思って胸元を見下ろす。相手の拳が深々と鳩尾《みぞおち》を抉《えぐ》っていた。息ができない。それでもなんとか体勢を立て直そうと、一歩足を踏み出したとき、さらに次の攻撃が来た。首筋に鈍い振動。たまらずに片膝をつく。

ざまあみろ。

そんな声がどこからか聞こえる。

じいちゃん……。

簡単。逃げることだ。誰も傷つかん——。

視界の隅に見えた。左斜め横からの拳。見る間に左目の視界の隅に迫ってきた。直後、こめかみに激痛が走った。かと思うと、意識が途切れた。

翌日は土曜だった。

目覚めてみると、白い天井が見えた。そして天井にある無味乾燥な白い蛍光灯。病院だとすぐに分かった。顔を捻って脇を見ようとしたら、首筋に鈍痛がきた。頭も重い。コルセットのようなものが首にはまっている。仕方なく顔を正面に戻した。

物音が聞こえない。個室のようだ。

もう一度ゆっくりと首を捻る。痛いには痛いが、なんとか首を回すことができる。ナースコールのボタンが見えた。それを押した。

すぐに医者が来て、弘樹に痛みと症状の具合を聞いた。弘樹は感じるままに答えた。軽い鞭《むち》打ちと、脳震盪《のうしんとう》だろう、というのが、医者の診断だった。とりあえずもう一日はここに泊まったほうがいい、と言われた。

ふたたび一人になった。携帯はサイドテーブルの上にある。それを取り、バイト仲間に電話した。今夜のシフトを代わってもらうように頼んだ。

午後になり、面会者がやって来た。

ノックのあと、大きな果物籠《かご》を提げた女性が部屋に入って来た。それと男が三人。昨日バーにいた一団だった。

男性たちは弘樹のベッドの脇に立ち、挨拶もそこそこに、くどくどと昨夜のお礼を言い始めた。弘樹は曖昧な笑みを浮かべたまま、彼らの話を聞いていた。その間、女は黙ったまま弘樹の顔を見ていた。

やがてこの四人の身分が分かった。

市役所に勤める公務員で、忘年会の流れであの場所で飲んでいたらしい。

なるほど、と弘樹は内心納得した。

お堅い職業、公務員。もし飲んだ上で暴力沙汰でも起こせば、今後色々と面倒な問題が起こる。だからこの女が突き飛ばされたときも、手を出せずにいた。

やがて男三人が帰り、女だけが残った。そこに強い関心を覚えた。

つい弘樹は訊いた。

「どうしてあなただけが残ったんです」

女は笑みを浮かべ、初めて口を開いた。

「私は家が近いんです。あとの三人は家族もいますし、家が遠いので」

なるほど。この女、独身なのか。

そう思った。思うと同時に、体の痛みも忘れ、少し心が弾んだ。

女は二人きりになると、改めてお礼の言葉を述べた。

「あの、昨日は本当にどうもありがとうございました」

そう言って、深々と頭を下げてきた。

「いえ。いいんスよ」つい弘樹は照れた。「おれもやり過ぎました。あんなとき、相手を煽るようなことは言っちゃいけなかったんだ」

女は微笑んだ。ひんやりとして、それでいて冷たくはない。いい――。やはり惚れ惚れとする。

「武術か何かの心得がおありなんですね」

「はい」

続けて何か言おうとした。合気道の心得があること。油断さえしなければ、たぶんもっと多くの相手をやっつけられたこと……でも、この女の笑みを前にそんなことを言うのは、なんとなく子供っぽいような気がした。

女がふたたび訊いてきた。

「学生さんですか」

「ええ」

「こうして入院をしたこと、親御さんにはもう連絡を?」

「いえ。知らせてどうなるモンでもないですし……」

サイドテーブルの上で、携帯が振動し始めた。つい舌打ちをしたくなる。この女との会話を中断されたくない。だが逆に、女は気を利かせて携帯を渡してきた。

画面を見た途端、思わず顔をしかめた。コバ、と出ている。

「はい」

通話ボタンを押し、そう答えると、果たして小林だった。

「あ。おれおれ！　昨日は大変だったな。今どこの病院よ？」

大きな声でそう訊いてきた。言わんとすることは分かった。

「いいよ。別に見舞いになんか来なくても」

「そんなこと言うなよー」小林が何故かゲラゲラと笑う。「とにかく、今もう駅前。行くからさあ。だから、どこの病院よ？」

おそらくはその声が洩れ聞こえていたのだろう、女が言った。

「東町一丁目。五日市街道沿いの清和堂病院」

仕方なくその言葉通りに小林に伝えた。

「分かった。たぶん五分もしないで着くと思うぜ」

そう言うなり、弘樹が断る間もなく電話が切れた。

横にいた女と視線が合う。

「大学のお友達ですか？」

相手が訊いてきた。

「です」

弘樹が答えると、女は軽くうなずいた。脇にあるパイプチェアに身を捩《よじ》ると、ハンドバッグの中にその指先を入れた。

出してきたものは熨斗《のし》袋だった。お見舞、とその表に書かれている。

「どうぞ。お納めください」

なんとなく弘樹は慌てた。

この女、小林が来ることをきっかけに、もうすぐ帰るつもりだ。

果たして相手は、では、と小さくつぶやきながら立ち上がった。「どうもこの度は本当にご迷惑をおかけしました。そしてありがとうございました」

ああ。弘樹はますますうろたえた。焦りに焦る。何か言わなくては。何か相手を踏み止まらせることを口にしなくては。

ぼく、と、気がついたときには、そんな言葉を口走っていた。

「たぶん助けなかったと思いますよ」

出口の扉を向こうとしていた相手の肩口が止まった。次いで、女は怪訝《けげん》そうな表情を浮かべ、弘樹を見てきた。

助けなかったと思います、と、弘樹は繰り返した。「相手があなたじゃなかったら、知らぬふりをしていたと思います」

相手の表情が固まった。切れ長の瞳が、じっとこちらを見ている。

ややあって、何かに納得がいったらしい。不意に女は笑った。

それまでとは打って変わった、はっとするような冷たい笑みだった。

「失礼ですが、ですから、なんでしょう?」

思わず弘樹は言葉に詰まった。

一瞬迷ったが、それでも感情をさらに口にしてしまった。

「だから、これっきりで終わりになるのは悔しいです」弘樹は必死に訴えた。「一度だけでもいいですから、ご飯でもご一緒できませんか」

が、女の冷ややかな笑みは、ますます深くなった。

「パターンですね」そう、軽く言い放った。「最初からそのつもりで、私を?」

弘樹はついうっかりと激しく首を振った。途端、首筋に激痛が走った。思わず顔をしかめる。

が、相手はそんな弘樹の様子を案じるふうもなく、相変わらず冷え冷えとした眼差しで彼を見下ろしていた。

なにか、何かさらに言わなくては。そう思った。

が、突然腹の底から湧き上がってきたのは、怒りに近い感情だった。

「軽蔑していますか」半ばヤケクソに弘樹は言った。「ですけど、男なんて、みんなこんなもんですよ」

するとシ彼女もあっさりとうなずいた。

「特に、二十歳前後のやりたい盛りはね」

そう、ぎょっとするようなことを平然と言った。これには弘樹も驚きを通り越して、思わず苦く笑った。一言でここまでコケにされれば、さすがに怒る気もなくなる。希望ゼロ。彼女は軽蔑を抱えたまま、永遠にこのおれの前から消えてしまう。だから、

「ですかね」

と、つい捨て鉢にそう返した。

それから少し気を取り直し、こう付け加えた。

「ま、こうして面と向かって口をきけただけでも、良かったですわ。ありがとう」

何の期待もない。すぐに去っていくものと思っていた。

しかし彼女はしばらく動かなかった。黙って弘樹を見下ろしたままだ。

やがて相手は軽いため息をついた。不思議にも、その表情から軽蔑の色は消えていた。

「……じゃあ、こうしましょう」彼女は言った。「正月明けの第二週の土曜。公園口の改札で会いましょう。時間はええと、午後七時でいいかな？」

思いがけない答えだった。

「でもどうして」つい弘樹は言った。「どうして急に？」

やや柔らかな笑みを彼女は浮かべた。

「最後の〝ありがとう〟が、妙に気に入ったんです」

それが答えだった。


気がつくと恭子は台所に立っていた。夕食の支度を始めている。弘樹はそんな彼女の姿を眺めながら、カーペットの上に横になっている。

いい気分だ。

まるで彼女の亭主になったような錯覚。

前にそのことを口にすると、彼女は鼻先で笑った。

そういう錯覚はね、私には迷惑。

そう言った。

じゃあさ、と弘樹は訊いた。会うたびにどうしてこういうふうに食事を作ってくれるわけ？

「だってね、私は安月給、ヒロはまだ学生でしょ。会うたびに外食なんてしてたら、たちまちお金がなくなるから」

「でもさ、おれはたまには外食でもしたい」

「私は、興味ない」彼女は返した。「だいたいヒロの行きつけのところなんか、チェーン店でしょ。そんなとこでご飯食べるより、こうして作ったほうがよっぽど美味《おい》しいし」

だから彼女は今日も、ご飯を作っている。

ごろりと寝返りを打った。クローゼットとは逆側の部屋の隅に、小さな箪笥《たんす》がある。その上に、何かキラリと光るものがあった。

興味を覚え、身を起こした。大振りのナイフだった。銀色の鍔の部分に、綺麗な唐草模様が施されている。光って見えたのは、この鍔の部分だった。

「どうしたの、これ？」

思わず手に取りながら弘樹は訊いた。

ん？　という表情で、恭子がこちらを向いた。そして弘樹の手の中にある物を認めると、少し笑った。

「ああ。それね」彼女は答えた。「この前、貰った」

「誰に？」

「市役所に交換研修生で来たアラブ首長国連邦の人。ドバイに帰るときにくれたの」

ふうん、と言いながら、弘樹は何気なくその鞘を払った。刃渡り十七、八センチの刀身が出てくる。女へのプレゼントとしては、かなり物騒なものだ。こんなもの、研修生が持っているだろうか。嘘かも知れない。

「でも、なんでナイフなんかくれたんだろう？」

「御守りみたい」まな板の上でニンジンを切りながら、彼女が答えてきた。「女性の護身用だって。それ以上は知らない」

よっぽどその男と親しかったわけ？

そう訊きたい気持ちを辛うじて堪《こら》えた。彼女はこの手の質問が嫌いだ。以前に言われたことがある。

私のことを、あれこれと詮索しないでね。それが、たまに一緒に過ごす条件。

昔付き合っていた男のことを訊こうとして、こう返された。

でもさ、おれたち、もう付き合っているんじゃないの？

思わず弘樹はそう問いかけた。すると彼女は笑った。

私は、誰とも付き合うつもりはない。

この答えには、正直仰天した。毎週会って、飯を食って、夜はセックスをする。そういうの、普通は付き合っているって言わないのかあ？

じゃあ、おれは何なの？　思わずそう問い返した。

うーん、弟みたいなものかな。彼女は答えた。

これには心底ガックリくるとともに、言葉もなかった。驚いて無言でいる弘樹に、彼女はこうかぶせてきたものだ。

「だからさ、お互いにプライベートなことはあまり詮索しないでいよう。昔話なんかしたって、仕方がないし」

そう言われた。

弘樹は無言のまま、ナイフを箪笥の上に戻した。


夕飯の準備が一段落すると、彼女は弘樹に風呂を勧めた。

いつもこの順番だ。

弘樹がざっと陰部を洗い、湯船に浸かってしばらくすると、彼女も裸になってバスルームに入ってくる。そこで、湯船に浸かる人間と体を洗う者が交代する。

彼女は湯船に浸かったまま、弘樹がタオルに泡を立てて全身を洗うのを眺めていた。

「なんでいつも、そんな見るの？」

彼女は笑って、

「なんとなーくね」と、答えた。「他に眺めるものもないし」

苦笑して体を洗い続ける。

全身のあらかたを洗い終えると、壁を向いて風呂椅子に座り直した。

「じゃあ、いくよ」

彼女が湯船から半身を乗り出したまま、ゴシゴシと弘樹の背中を洗い始める。これも、いつものことだ。

しかし、体を洗い終えた弘樹がふたたび湯船に浸かり、彼女が体を洗い始めても、彼女は一切弘樹に手を出させようとはしない。当然、背中も自分で洗う。

風呂の中で誰かに体を触られるのが、嫌いなのだという。どうしてかは分からない。

だから弘樹はいつも、

「じゃあ、先に上がってるよ」

そう言い残し、バスルームを出るのが常だ。

バスルームを出ると、すぐ脇の洗面所のボウルの縁に、いつもきちんと折り畳まれたバスタオルが置いてある。それでざっと体を拭くと、素っ裸のままリビングへと進む。

テーブルの横に、Tシャツとパンツ、スウェットの上下が、これもまたきちんと折り畳まれて置いてある。さらにその横に、ドライヤーだ。テーブルの上には鏡が出ている。

すべて弘樹が湯船に浸かっている間、彼女が準備した。

毎度のことながら、風呂上がりのこの一連の光景には、弘樹はいつも満足を覚える。やっぱり、細々と世話を焼いてくれる女房持ちのような気分になる。

Tシャツとパンツを身に着け、テーブルの上の鏡を見ながら髪を乾かしていく。乾かし終わり、ようやく肌の表面もひんやりしてきたところで、スウェットの上下を着る。

考えてみれば、パンツとTシャツは弘樹が先週来たときに脱いでいった物だが、このスウェットの上下は、彼女がわざわざ自分の部屋着用にと買ってくれたものだ。

なんとなく満ち足りた気分のまま、タバコに火を点ける。

やがて、彼女がバスルームから出てきた。すでにパジャマ姿になっている。ピンクのドットのあるパジャマ。

弘樹の横にぺたんと座り、ドライヤーに手を伸ばしながら、彼女は言った。

「あれ、ビールとか飲んでいればよかったのに」

うん、と弘樹は答えた。「今日はいいや」

「どうしたの？　最近あまり風呂上がりには飲まないね」

「うん……なんとなーく」

本当は理由があった。冷蔵庫を開ければ、いつも扉の棚にウーロン茶のペットボトルや、ビールの３５０ミリリットル缶がズラリと入っている。最初の二、三回は、勧められるままに風呂上がりにそれを飲んでいた。しかし、買ってきたのは恭子だ。晩飯の食材もそうだ。すべて彼女の財布から出ている。

彼女は、弘樹がたまに差し出す五千円札を決して受け取ろうとはしなかった。食材の足しにして欲しかったのだが、彼女は頑として拒んだ。

「ヒロはね、まだ学生」彼女はきっぱりと言った。「だから、そんな気を遣う必要はないの」

しかし弘樹は思う。市役所の職員。たぶん残業も少ない。二十五歳でも二十万そこその給料だろうということは、こんなチビたアパートに住んでいることでも分かる。だから、せめて風呂上がりのビールぐらいは遠慮しようと思った。

でもその気持ちを言おうとは思わない。もし言えば、なんとなく彼女の反応は見えていた。

「一人前に、そんな心配しなくていいの」などと言い、ますます弘樹を弟扱いするだろう。それが癪《しゃく》だった。

髪を乾かし終わると、彼女はふたたび台所に立った。

この部屋にはテレビというものがない。仕方なく弘樹はデイパックの中から文庫本を取り出した。ごろりと横になり、ページに眼を通しながら、時おり台所にいる彼女の横顔を覗った。

八時にはテーブルの上に皿が並んだ。肉じゃがと、ホウレン草のお浸《ひた》し、春雨サラダ、それに香の物。

「じゃあ、いただきます」

そう言って弘樹は箸を取った。

彼女の料理は、弘樹にとってはやや薄味だ。

最初に晩飯を作ってもらったとき、どう、味は？　と訊かれた。うん……若干薄いかな、と少し迷いながら答えた。すると彼女は笑った。

「ヒロぐらいのときは味の濃いものばかり食べるから、たまにはこれぐらいでいいと思うよ。ただでさえ外食が多いんだからね」

なるほど、と思った。薄味だが、彼女の作る料理は美味い。いつものようにガツガツと食べ、八時半には、あらかたの料理を胃袋の中に収めていた。

彼女と一緒に食後の一服を燻《くゆ》らす。ふたたび幸せな気分が押し寄せてくる。

ややあって、彼女がタバコを揉み消した。テーブルの上の皿を片付け始める。弘樹はその様子をぼんやりと見ていた。

やがて台所で皿を洗い終えた彼女が戻ってきた。

ふたたびタバコに火を点けながら、彼女は言った。

「まだ寝るには早いね。ゲームでもしようか」

本当はすぐにでも彼女と寝たい気持ちだった。でも、それを口にするのはなんだか浅ましい気がして、いいね、と答えた。

ゲーム、と言っても、二週間ほど前に来たとき、弘樹が持ち込んだものだ。ウノやミニ盤のオセロと将棋……全部おもちゃ屋で買ってきた。

彼女のことは好きだが、一緒にこうして部屋にいると、時おり座持ちしないことがある。彼女はお互いに無言でも、一向に気にならない様子だったが、弘樹はそうでもない。何か喋らなくては、と思うが、プライベートなことはあまり訊かないでくれ、と言われている以上、どうしても話題は制約される。事実、彼女が東北の生まれだということ以外、弘樹は何も知らない。どういう家族構成だったのか、どういう学校に通っていたのか。話題に窮してそんなことをつい口にするたびに、彼女は苦笑して言い返した。

そんなこと、どうだっていいじゃない。

言われたあとは、いつも決まって少し気まずい沈黙になる。

だから、少しでも座持ちがするようにと、買ってきた。

「何をする？」

彼女が訊いてきた。

思い出す。先週はオセロを四ゲームした。

「うーん。今日は将棋がいいかな」

彼女は立ち上がるとクローゼットを開け、さっそく小さな将棋盤を取り出してきた。駒《こま》をそれぞれの陣地に並べ終わったあと、彼女が言った。

「ジャンケンして先行を決めよ」

そうした。彼女の勝ちだった。

駒を片手に持ち、考え事をしているときの彼女の表情は、なんとなく面白い。かすかに眉間に皺を寄せ、口元をやや〝へ〟の字に曲げている。その真剣な様子が、まるで子供のように感じる。

弘樹はつい、内心で笑った。

3

通りの向こうに、市役所がある。

古びた茶色の外壁を持つ、鉄筋コンクリートの六階建てだ。

この交番の南に面するサッシ窓。西日に照り輝き、視界全体を圧するようにして建っている。

「和田さん、じゃあ巡回行ってきまーす」

清水が、陽気な声を出して和田に声をかけてくる。去年、警察学校を出たばかりの新人。当然、階級は巡査だ。

「あ、おう。よろしくな」

清水は元気良くうなずき、壁から自転車の鍵を手に取った。

「戻ってくる頃にはもういませんよね。戸締まりよろしくです」

そう言い残し、交番を出て行った。

警部補の和田はデスクに座ったまま、今日あった遺失物の書類に眼を通す。財布が一つ。市民が持ってきた。中身は免許証とキャッシュカードが一枚。それに五千円ほど入っていた。仕事の終わりに書類一式に眼を通すのは、交番長《ハコチヨウ》である和田の仕事だ。

……免許証といえば、と思い出す。

半年ほど前のことだ。奇妙なことがあった。

和田が巡回から帰ってくると、戸締まりをして出て行ったはずの交番内の床に、何故か一枚の免許証が落ちていた。ただし、免許証が一枚だけだった。しばらく考えた挙げ句、こう結論づけた。

つまり、通行人の誰かがこの免許証を路上で拾った。が、交番までやって来てみると誰もおらず、入り口も閉まっていた。だから、入り口のサッシの間に無理やり捻じ込むようにして免許証を交番内に落として帰って行った。

和田がその免許証を落とし物として書類を作成しかけたとき、一人の男がやって来た。年の頃は三十代前半で、いかつい体つきをした男だった。麻のジャケットを片手に持ち、真っ赤な毒々しいアロハに、下はごく薄いクリーム色のコットンパンツ。その顔つきにも激しく向こう見ずな部分が感じられ、一見してマトモな職業には縁遠い雰囲気を漂わせていた。

ただ、なんとなくではあるが、ヤクザ者ではないなと職業的な勘が働いた。人格的にそこまで崩れた印象は受けない。

免許証の落とし物、ありませんでしたか。

男は物柔らかな口調でそう訊いてきた。

手元にある免許証とその顔を照合するまでもなく、同一人物だということが分かった。念のため、生年月日と現住所を質問してみた。相手は、免許証のすべての記載事項と寸分違《たが》わない返事をした。和田が免許証を返すと、男は軽く頭を下げ、交番から出て行った。

たったそれだけのことだったが、今でも妙に印象に残っている。男が去った直後には、もっと違和感があった。

何故だろう、とそのときしばらく考えた。

——やがて、分かった。

あの男の口調。変に断定するような感じだった。だが、落とし物を探しに交番を訪ねてくる人間は、もっと微かな期待に縋《すが》るような口ぶりをするものだ。

例えば、ひょっとして、とか、もしかしたら、とか、ちょっとお伺いしたいんですけど、などの枕詞《まくらことば》が、質問の前にほとんど付く。

……うん。やっぱり妙な男だった。

そんなことを思い出しながらも、次々と書類に眼を通し終わった。

時計を見る。五時十分。

今日は早番だったから五時で勤務は終わりだ。念のためポケットから携帯電話を取り出す。メールは入っていない。予定に変更はなしということだ。

今日の午後、メールを一本打った。『大丈夫』と簡潔なメッセージが返ってきた。絵文字さえない。

しかしそれは彼女が無愛想なせいではない。和田が送らない限り、彼女からメールが来ることはない。むろん電話もない。自分と和田との社会的な立ち位置の違いを、充分に分かっている。

奥の部屋に入り、制服から私服に着替える。

「………」

制服は、すべてを顕《あら》わす記号だ。

ということに気づいたのは、警察官になって間もない頃だった。

和田が制服を着ていると、近所の蕎麦《そ》屋《ば》やクリーニング店のオバサンも「ああ、こんにちは」とか「ごくろうさまです」など、通りすがりでも愛想よく挨拶をしてくる。

しかし和田がこうしていったん私服に戻り、一歩交番を出ると、近所のほとんどの人間はそれが和田だということに気づかない。自分は、あくまでも『警察官の和田』という記号として認知されているに過ぎないのだ、と感じる。

「………」

私服に着替え終わり、表の部屋へと出る。もう一度携帯を取り出し、メールをチェックする。やはり着信はない。妻への言い訳を思い出す。

今夜は本庁で勉強会があるから、帰りは遅くなる。

そう伝えた。妻は何の疑問を持つこともなく、その嘘を信じたようだ。というより、関心がない。最近は和田に対して笑顔を見せることもまれになってきている。破綻した夫婦関係。灰色の家庭。

だが、それがどうした。

過去は戻らない。あるのは永遠の悔恨と忍耐だけだ。

ふたたび時計を見た。五時二十分。

戸締まりを始めながら窓の外を見た。通りの向こうにある市役所。勤務の終わった公務員が建物の脇を通って、ぞろぞろと出てきている。

その集団の向こうに、一人だけ歩行の速度と違う人影がある。自転車に乗り、集団の脇を抜けてきている。紺色のジャケットに紺色のパンツ。相変わらず地味な恰好だ。チェーンに近い側のパンツの裾は、ゴムバンドできちんと纏《まと》められている。巻き込み防止のためだろう。彼女は通りの前まで来ると、こちらを一度も見ることなくハンドルを切り、反対側の舗道を駆け抜けていった。

その颯爽《さっそう》とした後ろ姿に、和田は思わず微笑む。携帯を取り出してメールを打とうかと一瞬思ったが、止めた。

今日はもう、すでに一度メールのやり取りをしている。

ひとつため息をつき、交番を出た。歩道をてくてくと歩き出しながらも、思い出す。

彼女を初めて見たのは、もう二年も前になる。

四月。今ごろの季節だ。

そのときも事務をこなしながら、市役所の見える窓の前のデスクに座っていた。何故か公的機関の敷地には、桜の並木が付き物だ。

朝の八時過ぎだった。はらはらと舞い散る花びらの中を、自転車で駆け抜けていくすらりとした女性の姿があった。小さなピンクの漂う景色の中、紺色のスーツの中に活《い》き活きとした生命が息づいていた。桃色と紺色。過去の色。みんなそうだ。入学式。新入社員。この桜の舞う季節、フレッシュマンはかなりの割合で紺色を着る。子供の頃の記憶。一気に噴き出してきた。

和田は田舎の生まれだ。

郷里の小川。田んぼの上を白く染めた霜。こんもりと見える森のどこかで鳴いているホトトギス。

幻想だ。懐かしい記憶と同じで、女など、どいつもこいつもその程度の差こそあれ、脳味噌はラブジュースで溢れている。

あたしのこと好き？　愛している？

女は絶えず問いかける。だが、そのジュースはいったん飲みさえすれば、やがて腹の中で発酵し、束縛と権利という名の嗅《か》ぐに堪えない臭気を放つ。現実と理想の落差。結婚に限らず、ほとんどの人間の人生とは、そういうものだ。失望と、それに対する韜晦《とうかい》の連続。実際、和田の結婚生活と今までのキャリアが如実にそれを表している。それでも、その甘い幻想は、気持ちを癒《いや》す。

紺色の女は、和田が見ている間に、舞い散る花びらの向こうに消えていった。

彼女を見た最初の記憶だ。

以来、和田は早番勤務のとき、八時過ぎになると、つい交番の前の道をちらちらと見るようになった。桃色と紺色の生命力。一瞬だけだ。だが、一瞬は永遠だ。見ずにはいられなかった。

それでもずっと窓の外を見ているわけにもいかないから、気にしていても、見かけるのはせいぜい月に四、五度だった。

彼女はいつも判で押したように紺色のツーピースを着ていた。

たった今しがたのように、役所の仕事が終わりになる五時以降にも、たまに彼女の姿を見かけた。市役所から吐き出されてくる役人のほとんどが、多少疲れたような雰囲気を引き摺っている。にもかかわらず、彼女の自転車姿は、いつ見かけても軽やかだった。

いくつだろう？

だがすぐに見当がついた。四月から急に見るようになった。ということは新社会人だ。そしてそのスーツの着こなしの感じからして、おそらく高卒ではない。大卒……二十二、三歳だろう。

そのようにして何事もなく一年が過ぎた。

去年の六月。梅雨に入っていた。だが、その日は空に広がる雨雲も、泣き出すのを午前中いっぱいは堪えていた。

交番詰めの警官は、基本として勤務時間中は外食を禁じられている。だから奥にある小さな台所でペヤングを食べていた。ヤキソバのカップ麵だ。妻はいつのころからか弁当も作ってくれなくなった。が、それを別段痛痒《つうよう》にも感じていない自分がいた。あいつの作る弁当は、結婚当初から不味《まず》かった。料理はファッションと同じようにセンスだ。センスのない奴は、どんなに料理の本を読んでも、ファッション雑誌を捲っても、そもそもからどうにもならない。和田が思うに、イメージングが悪いのだ。そしてその弁当の味は、妻との仲がギクシャクし始めてからおかずのほとんどが冷凍モノになり、ますます不味くなった。いっそ捨てちまおうかと思うこともたびたびあった。が、ありがたいことに妻は弁当作りを放棄してくれた。

ふん。

思い出してつい鼻で笑う。ペヤングの味のほうがよっぽどマシだ。

ともかくも、ペヤングの中身をおおかた食べ終わったときだった。

屋外から派手なブレーキ音と、金属がアスファルトに叩きつけられたような耳障りな音が聞こえた。

割り箸を投げ出し、慌てて交番の外に出てみると、通りの向こう側、二十メートルほど先の舗道に、一台の軽自動車が乗り上げていた。クルマのフロントの前には人がうつ伏せになって転がっている。女性だ。その脇には若者が茫然とした様子で突っ立っている。二人の五メートルほど先に、自転車が弾き飛ばされたような恰好で落ちていた。

明らかに事故だ。周囲には早くも野次馬の人だかりが出来始めていた。和田は横断歩道を渡り、その現場に近づきながら、無線で部下二人と支店からの応援を呼んだ。

無線を切り、現場の目の前まで来たときに気づいた。と同時に、思わず声を上げそうになった。アスファルトの上に転がっている紺色のツーピースの女。

彼女だ。

その脇に突っ立っている若者が顔を上げてこちらを見た。視線が合う。途端、若者は口を開いた。

「すいません。タバコの火が股間に落ちて、あっと思った瞬間には——」

恐ろしく早口の、そしておろおろとした口調。和田はさらに何かを言おうとした青年を手で制し、彼女の脇に素早くしゃがみ込んだ。目立った外傷はなさそうだった。が、こういう場合、体のどこに損傷を受けているか正確には分からない。不用意に動かすのは危険だ。アスファルトの上の横顔。何度も遠目から見たことがある。今はこうして間近に見ている。横顔の鼻先に、そっと手のひらを当てる。呼吸はしている。ひょっとしたら気を失っているだけかもしれない。ふたたび無線を取り、消防署に救急車を要請した。

若者を振り返り、任意保険に入っているかを尋《たず》ねた。加入していると答えた。すぐにその保険会社に電話をするように指示した。若者が携帯を取り出して電話をしている間、事故の目撃者に手を挙げさせ、その数人からざっとした状況を聴取した。

若者のクルマは、少なくとも飛ばしてはいなかったらしい。聞いた感じでは、時速三十キロから四十キロの間。そのクルマが急に縁石に乗り上げるようにして、舗道を走っていた彼女の自転車を撥《は》ね飛ばした。後日の証言のため、その目撃者たちの名前と電話番号を控え、改めて加害者の若者に向き合った。若者はもう一度事故に至る状況を早口で言った。百パーセント自分が悪いと自覚している様子だった。

数分後に清水がやって来た。直後、それまでピクリとも動かなかった彼女が、不意に微かな呻き声を上げた。すかさず彼女の脇にしゃがみ込み、大丈夫ですか、と問いかけた。

彼女はじわりと身を起こし、和田のほうを見た。

はい、とやや低い声で答えた。「大丈夫です」

思わずほっとした。ややあってサイレンの音が聞こえ、救急車が来た。

あとの処理を清水に任せ、救急隊員の許可を得て、担架で運び込まれた彼女とともに救急車に同乗した。救急車が走り出した。

ぐったりと横になってはいるが、徐々に意識ははっきりしてきているようだった。病院に向かう途中、救急隊員は一通り彼女の体に触れ、いくつかの質問を彼女に投げかけた上で、和田に言った。

「頭部への影響は検査してみないとまだはっきりとは断言できませんが、とりあえずは問題なさそうです」

そのことを聞いたうえで、和田は担架上の彼女に質問を投げかけた。氏名と住所、電話番号、そして勤め先と、その所属。小声ではあったが、それでも彼女はしっかりと答えた。

三谷恭子。年齢は二十四。市役所の市民課・戸籍係。

それをすべて手帳に控えながらも、心が浮き立ってくる自分を、和田は密かに感じた。不謹慎だ、と思いつつも、しっかりとその手帳の内容を、心に焼き付けるようにして見直した。

「電話をしなくちゃ」弱々しく彼女は言葉を続けた。「私、昼ご飯から職場に戻る途中だったんです」

和田はそれを制した。

「私が代わりにやっておきます。今あなたがやることは、体を極力動かさないことです」

救急車が病院に着き、彼女はさっそく診察室に運ばれていった。

救急入り口前で一人になった和田は携帯電話を取り出し、ネットで市役所の電話番号を調べ、すぐに電話した。

十五分後、市民課の課長と名乗る中年男がやって来た。和田はその男に要点を掻い摘んで事故の状況を説明し、自分の名刺を差し出した。

「あとで三谷さんに渡してもらえますか。後日電話を頂ければ、何かご協力できることもあるかと思います」

そう言い残し、病院をあとにした。

後日、彼女は必ず電話をかけてくる。

なんとなく満ち足りた気分になった。妻帯者である警察官としての自分。その立場を利用した微かな期待……おれは最低だ。

事故の二日後、巡回から帰ってきた和田に、清水が言った。

「先ほど市役所の三谷さんという女性から電話がありました。ご迷惑でなければ、今日の五時過ぎにお礼にお伺いしたいとのことでしたが――」

「で？」和田は逆に訊いた。「おまえはなんて答えたんだ？」

「たぶんその時間はここに詰めていると思います、と」

和田は清水の答えに満足した。

五時過ぎになった。和田はもうその三十分ほど前からそわそわとしていた。窓際にあるデスクに釘づけだった。

五時十五分過ぎ。横断歩道の向こうに、紺色のスーツの女が信号待ちをしているのを目ざとく見つけた。

彼女だ。

和田はデスクに座ったまま身じろぎもせず、その佇む様子をじっと観察していた。右肩にショルダーバッグ。そして左手には白い紙袋をぶら提げている。

やがて横断歩道の信号が青になった。彼女がこちらに向かって歩き出す。事故の影響かもしれない、やや右足を引き摺るようにして近づいてくる。まだこちらの交番の窓に顔を向けていない。和田はデスクの上の書類に目を落とした。紙面を見つめたまま、三十秒ほど待った。

カラララ、と軽い音がして交番の入り口が開いた。その音で初めて来訪者に気づいたような素振りを装いながら、和田は顔を上げた。

目の前に、彼女が立っていた。その切れ長の瞳が、束の間自分の顔の上に注がれるのを感じた。

直後、彼女は微笑んだ。ごく微かに白い歯並びがこぼれた。

「あの、和田さんですよね？」彼女は言った。「先日、わざわざ病院まで同伴していただいた？」

和田も立ち上がりながら微笑んだ。

「災難でしたね。その後、怪我の具合はどうです？」

「首筋に軽い痛みはありますが、それでも鞭打ちまではいってないようです」依然微笑みを湛《たた》えたまま、彼女は答えた。「あとは、右足の打撲傷ですが、これも十日もあればほぼ完治するという診断でした」

和田はうなずいた。

「加害者の青年と、相手側の保険会社の対応はいかがでした？」

「昨日、揃って役所のほうに来られました。治療費と自転車の修理代、見舞金、全面的にお世話させていただくとのことでした」

もう一度、うなずいた。

「それは、なによりです」

彼女は左手に提げていた紙袋を胸元まで持ち上げた。その表面に書かれた洒落た横文字から、洋菓子の類《たぐい》である見当はついた。

「あの、これ、つまらないものですが、みなさんで」

「それは――」和田は倫理上、一瞬迷ったが、やはりつい、もう一度微笑んでしまった。

「ご丁寧にありがとうございます。部下たちも喜ぶと思います」

そして思い出した。彼女の自転車。後輪のリムが大きく歪んだまま、この交番の裏手に預かっている。そのことを伝えたあと、

「自転車、どうしますか？　直すにしても自転車屋まで引き摺っていくには、かなり大変だと思いますが」

と尋ねた。彼女はやや思案顔になったあと、こう答えた。

「申し訳ないんですが、あと数日預かっていただいてもよろしいでしょうか。その間にクルマを手配しますから」

それで彼女が、クルマを持っていないことを知った。というより、自宅にクルマのない女。うろ覚えの住所の最後……たしか、コーポなんとかというアパートだった。ほぼ

七割の確率で親元を離れた一人暮らし。

　思わず和田は言った。

「もしよかったら、うちのパトカーで、近所の自転車屋まで持って行ってさしあげましょうか？」

　彼女はちょっと驚いたような表情を浮かべ、いくらなんでもそこまでお世話になるわけにはいかない、という意味のことを言った。

「大丈夫ですよ」やや強引かな、と思いながらも和田は言葉を続けた。「この町内の防犯協会の会長でもありますし、私も一緒に行けば、他に不具合があっても保険で直してくれるでしょう」

　そしてこう、付け足した。

「お菓子のお礼です。遠慮しないでください」

　それでも遠慮する彼女との間で、数度の押し問答があった。

　が、結局は、彼女は和田の言葉に同意した。

　まずパトカーの後部座席を倒してトランクに自転車を積み込み、助手席に彼女を乗せ、数ブロック先の自転車屋まで行った。

　自転車屋のオヤジに修理を依頼し、彼女とともにふたたびパトカーに乗り込む。

「ついでです。その足では何かとまだ大変でしょうから、家のお近くまで送ってさしあげますよ」

さすがに住まいの前まで送っていきましょうと提案する度胸はなかった。

が、結局はそれがかえって良かったのかもしれない。彼女は一瞬迷ったような表情を浮かべたが、もう一度首を縦に振った。

市役所まで逆戻りし、さらにその三百メートルほど先の突き当たりで、大通りに出た。彼女の指定したバス停は、その大通りを左折して吉祥寺通りを二ブロックほど北上したところにあった。

そのバス停前でパトカーを停め、助手席を振り返った。

「では、お気をつけて」

彼女はペコリと頭を下げ、

「ご親切、本当にありがとうございました」

それからドアノブに手を伸ばし、舗道に降り立った。

和田はサイドウィンドーを下げ、軽く敬礼のような仕草で左手を上げた。

「では」

彼女は舗道に立ったまま、もう一度深々とお辞儀をした。

「これからもお仕事、頑張ってください」

「ありがとうございます」

和田はそう言い残し、パトカーを発進させた。

ルームミラーに、まだこちらを見送っている彼女の姿が映っていた。小さく遠ざかっていき、やがて後方車の陰に隠れて見えなくなった。

ふと、ため息をついた。

ここまでが限界だな、と感じた。多少、後ろ髪を引かれる思いもある。ま、でもこれでよしとしよう。あの彼女とちょっとでも話せただけ、いい気分になった。それで、いいんだ。人生、多くを望んではいけない。目と鼻の先の市役所だ。たまに見かけるだけでいい。

そのときは本当にそう思っていた。

二ヶ月後、思いもしない場所で彼女と出会うまでは。

その晩、和田は巡回に出かけた。市役所を中心とした管轄内を清水とともに一回りし、そのエリアの北端にある運動公園の前まで来ていた。

と、清水の無線が鳴った。

本署からの連絡で、今日中に提出する書類がまだ届いていないという知らせだった。交通課に出す提案書だ。

「まだ出していなかったのか？」

そう和田が訊くと、清水は舌を出した。

「書き上げたまま、送信し忘れてました」

時計を見ると十一時半だった。少し考えて和田は言った。

「あとはこの運動公園の巡回だけだ。先に帰って提出しておけよ」

「え、でも一人で大丈夫ですか？」

和田は笑った。

「ここで何か問題が起こったことはない。まず大丈夫だろう」

事実、そうだ。毎夏に小学生が花火をしているのを注意し、時おり中学生がタバコを吸っているところを補導するぐらいだ。

清水が一足先に帰ったあと、和田は運動公園に足を踏み入れた。公園を取り巻いている暗い森の小径《こみち》を抜けていく。

八月。歩を進めるにつれ、足元から落ち葉のさくっ、さくっという音が柔らかに響く。木立の陰から鈴虫の音色も聞こえてきている。夏なのだ、と思う。

森、といっても、その奥行きは三十メートルほどしかない。

和田はすぐに森を抜けた。

その先で、だだっ広い芝の広場一面が、夜露でほんのりと輝いている。まるで草の海のようだ。視線を上げると、東の黒い森の梢《こずえ》に、半月がかかっていた。その芝の敷地の中心に、未舗装の四百メートルトラックがある。その楕円の部分だけ、妙にくすんで見える。

和田は少し微笑んだ。

ここには、家で燻《くすぶ》っている妻や、三十三歳にもなって未だに小さな交番の警部補である、自分の冴えない現在の境遇もない。

束の間の解放感。誰もいない。誰も自分のことを責めたりはしない。誰も自分を見下さない。笑わない。あるのはただ、静かに広がっている夜の空間だけだ。

と、トラックを挟んだ向こうの暗い木陰に、針の先でつついたような小さな赤い点を見た。一瞬少し明るく光り、再びごくごく小さな赤い点になった。

すぐに分かる。誰かがいる。誰かが、木の下でタバコを吸っている。

和田は月光に輝く運動場をゆっくりと横切っていった。運動場を半ば横切り終えたとき、赤い点はもう一度光った。

和田は草の海を横切り終え、その赤い点の十メートルほど手前、木立が形作る陰の中に、一歩足を踏み入れた。少しずつ目が暗闇に慣れてきた。ベンチに腰かけているほっそりとした人間の影がある。その横に停めてある自転車の輪郭がおぼろげに見て取れる。

目の前の赤い点が、下に移動した。対象の人物がタバコを口元から外し、腰元あたりにその火口《ほくち》を下げたのだと知る。

不意に闇の中に白い歯並びが覗いた。

「こんばんは」

柔らかな丸みを帯びた声。どこかで微かに聞き覚えがある、と思った直後、両肩から急に力が抜ける。

和田もつい笑った。

「ああ、あなたでしたか」

暗闇の中にぼんやりと浮かび上がってくる白い顔。

三谷恭子。それが彼女の名前だ。二ヶ月前の事故のとき、手帳に書いた。しかしたった二度しか会ったことのない女の名前を、ここまではっきりと覚えている自分に、内心苦笑する。

理由がある。その後、交番から彼女を見かけたときのためだ。だからその名前を心に刻んだ。ついでにその職場での所属部署もだ。それだけでもう、彼女は和田の中では、市役所の誰かではなく、戸籍係の窓口に勤めている三谷恭子という、具体的な形になっていた。

ややあって、和田は口を開きかけた。

こんなところで、何をしてらっしゃるんです。

そう言おうとした。

「…………」

だが、やめた。

ごく自然な様子で人気のない公園の木陰に佇む女。仮に和田が質問を投げかけたら、タバコを吸ってるんです、という何の変哲もない答えが返ってくるような気がした。それが彼女にとっては、おそらくはごくごく真っ当な答えであるような気がした。そして、もしそう答えられれば、間抜けな役回りは和田に返ってくる。

代わりに和田は、こう質問した。

「よく、この公園には来られるんですか？」

はい、と彼女は答えた。「眠れそうもないときに、たまに来ます」

「この、自転車で？」

「自転車で」

そう、彼女はうなずいた。それから依然目の前に立っている和田のことに改めて気づいたように、

「お仕事中ですか？」

と、訊いてきた。

「はい。警邏《けいら》中です」和田は答えた。「とはいっても、このエリアが最後で、あとはもう交番に帰るだけですが」

言いながらも気づいた。自分はこの女の前からすぐに去りたくなくて、このエリアが最後だと言い訳めいたことを口にした。

が、それを聞いて彼女はベンチから少し腰をずらした。

「もしよかったら、少し休まれてからお行きになりますか？」

「あ。ありがとうございます」

言いつつ、和田は彼女の横にやや距離を置いて、腰を下ろした。

しばらく二人とも無言だった。背後の森から、鈴虫の音色が先ほどよりもはっきりと聞こえてくる。和田は、黙り込んだまま目の前に広がっている草の海を見つめていた。

やがて、三谷恭子が二本目のタバコに火を点けた。ふうう、と紫がかった白い煙を細く吐き出すと、和田のほうを向いた。

「お吸いになります？」

そう言って差し出してきた右手には、セブンスターのパッケージがあった。

「いえ、けっこうです」和田は軽く手を上げた。「以前に止めましたので」

彼女はふたたび白い歯を見せて笑った。何の邪気も感じられない笑みだった。

見事だ、と和田は感じた。

こういう笑み方ができること自体、彼女の精神の照りを表しているような気がした。

不意に視界が滲んだ。

どうしてだろう――。

気がつくと和田は泣いていた。

ぽろり、と右目から涙が落ちると、あとはもう止《と》め処《ど》もなく涙が湧き上がった。ボロボロと涙を流し続けたまま、三谷恭子を見ていた。

相手はさすがに驚いたようだ。

「どうして」と、彼女は言った。「どうして、いきなり？」

そう問われ、初めて自分の無様な様子を自覚した。三十三にもなったいい大人――しかも警察官が、若い女の前で大泣きに泣いている。和田はポケットから慌ててハンカチを出し、それで顔を拭った。週に一度、自分の服は自分で洗濯をしている。このハンカチもそうだ。

「分かりません」

答えながら、和田はハンカチをふたたびポケットにしまった。もう涙は出なかった。

本当は分かっている。

彼女に関して、その職場と現住所以外は何一つ知らない。でも和田はもっと知りたかった。その中にかつて感じた懐かしさの意味を知りたかった。だが、そういう自分の感情が、たわけ以外の何物でもないことも、充分に分かっていた。それが結果として涙となって顕われた。

愚か者。

そして愚劣な、かつ、相手の気を引こうとする卑怯な行為――。

ほとほと自分に愛想が尽きる。

彼女は笑みを消したまま、じっと和田の顔を見ていた。

やがてポツリと口を開いた。

「泣けるって、いいですよね」

「え？」

彼女は少し微笑んだ。

「何も解決しなくても、すっきりとした気持ちになる」

思わぬ感想に、和田はなんと答えていいか分からず、黙っていた。激しい自己嫌悪が頭をもたげてくる。

馬鹿。バカタレ。おれは大間抜け野郎だ。そんな言葉が脳裏をぐるぐると回り続けた。

しばらくして、彼女は困ったように小さなため息をついた。

「あの……恥じることはないと思いますよ」

「え？」

「ですから、恥じる必要はありません」

「泣くことが、ですか？」

いいえ、と彼女はきっぱりと否定した。

「だったらたぶん、恥ずかしがることはありません、と言ったはずです。でも私は今、恥じることはありません、と言ったのです」

……意味が分からなかった。恥ずかしがる、と、恥じる、の違い。分からないながらも、なんとなく嫌な予感がする。確信めいたものが心を過《よぎ》る。それでも訊かずにはいられなかった。

「どういうことです？」

すると彼女はまた少し笑った。

「あなた、もしこの場で一人だったら、泣きましたか？」

「…………」

「子供と一緒です。泣いて誰かの気を引きたい」

図星だった。かっとした。気がついたときにはベンチから立ち上がり、彼女を見下ろしていた。

あなたに、と、つい和田は言った。「あなたに私の何が分かるというのです」

「分かりますよ」彼女は下を向いたまま静かに答えた。「今のその、卑しい心根ぐらいは」

くっ――。

今度こそ本当に言葉を失った。屈辱。完全にこの女に性根を見透かされている。

彼女は短くなった吸い止しを、携帯灰皿でゆっくりと揉み消した。

「でも、誤解しないでくださいね。だからと言ってあなたを軽蔑していません」

「………」

「誰だって、そんなときはあるでしょう」彼女は言った。「でも、自分の行為を自覚していたら、そんなことはやらないほうがいいのかなって、思います」

そして、とってつけたようにこう付け加えた。

「それだけのことです。気にしないでください」


その夏以降、和田は同僚の清水と夜の巡回に出るたびに、最後の公園エリアは二回に一回は、自分だけで回れるように、なんとかもって行った。

公園前の巡回は月のうちに十五回ほどある。だから、一人のときは、月にして七回ほどだ。

それでも彼女にはなかなか出会えなかった。

八月の終わりに、もう一度、彼女を見かけた。

いつものベンチに座り、自転車を横に停めたまま、タバコを燻らしていた彼女。だが、そのときは横に清水がいたので軽く会釈をするだけに留《とど》め、その横を通り過ぎた。

十月に入ってから、また彼女を見かけた。

　そのときは、一人で巡回していた。心中、浮き立つ自分を抑えきれないまま、できるだけさりげない歩調を保ったまま、彼女に近づいた。

次に二人きりでこの公園で出会ったとき、どう自分が話を切り出すかは、予め決めていた。

「この前は、どうも」努めて陽気にそう言いながら、ベンチの横で立ち止まった。「同僚がいたので、なかなか話しかけるわけにもいかなかったものですから」

すると彼女はタバコの吸い差しを持ったまま、和田を見上げて笑った。

「十月もこの時期になると、夜もけっこう冷えますすね」

「かも、しれません」

「月に一、二度くらいですか」

「え？」

和田は少し笑ってみせた。

「だから、眠れない夜。そんなときにこの公園に来られるんでしたよね」

彼女も苦笑してうなずいた。

「まあ、眠れないときだけに来るわけではないですけど」

ここに来る理由は他にもあるということか。なんだろう。

しかし、そこまで突っ込んで質問するのは憚《はばか》られた。

それっきり、彼女は公園から姿を消した。

今年になって初めて会ったのは、二月の二週目に入ってからだった。

気温二度の午後十一時。

一人で巡回中に、ベンチに座っている彼女をふたたび見かけた。夜はまだ相当寒い。それでも彼女はいた。厚手のダウンジャケットにジーンズ、ロングブーツを履いていた。体内と外気温との差で、タバコの紫煙に息の温かさが混じり、白い煙がはっきりと見えた。

しばらく立ち話をした後、もし迷惑でなければ家まで送って行きますが、と申し出た。女一人の夜道はなにかと物騒だし、と。

すると彼女は笑った。

「警察官としての義務、ですか？」

だが、拒否のニュアンスは感じられなかった。どちらでもいい、という印象を彼女からは受けた。結局は二人で自転車を押しながら、彼女の家まで行った。

彼女のアパートの見える区画までくると、相手は和田を振り返った。

「もうここで大丈夫です」ひっそりとした路地の脇で、彼女は言った。「ありがとうございました」

ここだ、と感じた。

午前零時。路地には人影は見えない。両脇の家屋の明かりは消えている上に、高い塀が取り巻いている。会話は聞こえない。この機会を外せば、たぶんもう彼女と個人的に話をする機会は、永遠にない。

あのう……と和田は勇気を振り絞って口を開いた。

「いきなりで不躾《ぶしつけ》ですが、時おり、こうして会ってもらうことは可能でしょうか？」

「はい？」

「ですから、あの——茶飲み友達のような感じで」

不意にくすり、と相手は笑った。

「和田さん、結婚されていますよね」

仰天して、思わず言った。

「なんで分かるんですか」

「分かりますよ。それぐらい」彼女はまた微笑んだ。「私と話すときの態度で」

「態度？」

「いい意味でも悪い意味でも、女性に慣れている感じを受けます」

「………」

「そして、それに伴うけだるさのようなもの」

ふたたび言葉をなくした。

彼女——三谷恭子は、和田の家庭環境をほぼ正確に把握している。たぶん、結婚生活がうまくいっていないことも。でも、どうしてだ？

しかし直後には気づく。

市役所の戸籍係のこの女。今までの仕事で、かなりの数の婚姻届を受け取っているはずだ。そして今年三十四歳になる自分。ノンキャリアの警察官の結婚が早いというのは、一般の人間でも知っている人は結構いる。組織がそれを奨励する。身を固めれば、悪事へのストッパーとなるからだ。

ましてや人の戸籍を扱う仕事をしている彼女が、知らないはずもない。そしてそんな人間が、まるっきり他人の女の前で涙を流し、挙げ句、茶飲み友達として誘う。どう考えても、結婚生活がうまくいっていないことぐらい推測できる。

居心地が悪いことこの上なかった。どこかにでも逃げ出したい気分。

それでも依然としてその場を動けなかった。たぶん、おれはまだ、彼女からの言葉を待っている。諦めていない。なにかしらの救いの手が伸びてくるのを、じっと待っている。何かに縋りたい。情けないかぎりだ。

向き合ったまま、永遠とも思われるような沈黙が続いた。

不意に彼女は小さなため息をついた。

「男と女が、最後には単なる茶飲み友達で終わらないことは、あなたにも分かりますよね」

「……はい」

「結果、だいたいの場合、既婚者のほうが逆上《のぼ》せあがって家庭を壊す」

「…………」

言われるとおりだと思う。だからまた和田は押し黙った。

やがて彼女は訊いてきた。

「それも承知の上で、私と会いたい、と？」

束の間迷ったが、結局はうなずいた。

彼女はまたため息をついた。

「私は、誰の人生も背負い込むつもりはないし、また、誰かに背負い込んでもらいたいとも思っていません」

その意味を探った。なんとなくだが、その思考の延長線上にある彼女の未来が見えた。

「……それは将来、誰とも結婚する気がないということですか？」

彼女はうなずいた。

「だから、公務員という仕事を選んだのです」

「……ですか」

「ましてや、他人の結婚生活を壊す気はなおさらありません」彼女はうなずいた。「それがたとえ、当人にとって無味乾燥な結婚生活であったとしても、です」

彼女はすでに確信している。このおれの結婚生活が内実は破綻していることを。

「なるほど。おっしゃりたいことはよく分かりました」半ば諦めながら和田は答えた。

「つまり、既婚者の私と個人的に会う気は毛頭ない、と?」

「和田さん、でしたよね?」

「あ、はい」

「あなた、もう奥さんをお好きでらっしゃらないようですね」

一瞬、迷った。カッコつけたかった。

どうせこの場所で彼女と決別するにしても、洒落た言葉の一言二言も吐いてみせて、相手に多少はよく見られたい。そういう記憶を相手に残したい。

だが、どういうことか――。

「はい。全然」

と、直後には自分の感情を何の躊躇いもなく吐露していた。ついで、少しヤケになり、こう付け加えた。

「相手を本当に好きかどうか……真剣には一度も考えることもなく結婚した末が、今のザマです。挙げ句、仕事で出会った女性に、ストーカーまがいに深夜にくっついて回っている」

だが、彼女はそんな和田の自嘲の言葉にも笑わなかった。相変わらず目を逸らさないままだった。

「後悔しているんですか？」

「してますよ。毎日毎晩、後悔の連続です」

ふたたび和田は即答した。何故だろう。誰にも言えなかった家庭内のこと。だが、どういうわけか、この女にはすんなりと答えられる。

「でも、納得はしています。というか、せざるを得ない」

「何故？」

「たとえ無自覚でも、自分がそのときに決めたことですから」

「身から出た錆だ、と？」

「そう取ってもらってもいいです」

すると、彼女は何故か微笑んだ。

「意外と、見えておられるんですね」

「は……？」

「自分のことが、です」

少し戸惑う。

おれはただ、自分が間抜けだと宣言したようなものだ。そして単に、自分の仕出かしたことは、自分に原因があると言っただけだ。それを何故、この女は好意的に受け取るのだろう……分からない。

だが、彼女の微笑みは依然として消えなかった。

「分かりました」彼女は言った。「では、お友達としてならいいですよ」

えっ、と予想外の展開にまた驚く。だが、そんな和田の心情などよそに、彼女は言葉を続ける。

「ただし、いくつか守っていただきたいことがあります。私と個人的に会っている間は、絶対に離婚しないこと。離婚するなら、その前に私との関係を清算してください」

「………」

「それと、お互いに地元の公務員です。人の目もあります。ですから、会うのは私の家だけになります。内でも外でも食事は一緒にできません。あと、土日は会えません。週末は私の時間です。平日の夜に来ても、零時前には必ず自宅へ帰ってください。さらに、お互いの男女関係は詮索しないこと」

彼女は矢継ぎ早に条件を突きつけてくる。

「それと、最後にもう一つです。結婚していると分かった以上、あなたとは結局、友達以上の関係にはなれないです……言っている意味、分かりますよね。それでも、いいですか？」

なんだか少し、奇妙な違和感を覚えた。

何故だろうと和田は少し考える。

最初に挙げた彼女の条件。離婚しないこと。これは、まあいい。どのみちガチガチの倫理観に固められた警察の世界で、まず離婚などできっこないのだ。

次に、彼女の自宅でしか会えないという件。これも特に問題はない。というか、和田にとってもそちらのほうが都合がいい。

問題は、そのあとだ。

一緒に食事はできない。週末には会えない。お互いの男女関係は詮索しない。それと、自分とは友達以上の関係にはなれないということ。つまりそれは、自宅へは呼んでも、あなたとはセックスはしないと宣言しているに等しい。

なんとなく感じる。他に男が――おそらくは独身の男と付き合っている。

迂闊《うかつ》にもつい、その疑問を口にした。

彼女はふたたび少し笑った。今度は、やや冷ややかな笑みだった。

「お互いの男女関係は詮索しない、と今話したばかりですよね」

思わず言葉に詰まる。

「……すいません」

すると彼女はまた白い歯をちらりと見せた。

「ですがこれは、最初にはっきりとさせておきます」彼女は言った。「いますよ」

「お付き合いしている男性が、ですか？」

「私は、お付き合いしているとは思ってません。ですが今、定期的に会っている人は二人います」

ははあ、と気がつけば唸《うな》るようにして声を上げた。「二人、ですか」

はい、と彼女はうなずいた。「その二人とは、夜も一緒に寝ます」

思わずのけぞりそうになり、今度は馬鹿のようにため息を洩らした。

二人の男と同時期にセックスをして、平然としていられるこの神経。そして、そんな事実を、数回会っただけの男の前でさらりと口にできるこの図太さ——色恋に擦《す》れた水商売や風俗の女ではない。れっきとした地方公務員の、二十五歳の女性なのだ。しかし、不思議と崩れた印象は受けない。

言ってみれば、毒気だ。和田はその毒気に圧倒されて、ひたすらぼうっとしていた。

「どうですか。そんな私でも、会いたいですか」

ふたたび言葉に詰まった。なんと答えればいいか分からない自分がいる。

彼女は少し目元を緩めた。

「では、おやすみなさい」

そう言って踵《きびす》を返し、自転車を押して行きながらアパートの敷地内に姿を消した。

——午後五時三十三分。

和田は私服のまま市道を歩き続ける。市役所から彼女のアパートまで徒歩で約十五分だ。当然、交番からも同じ時間がかかる。

いつもの三叉路《さんさろ》の信号が見えてきた。そこを右に曲がり、さらに五十メートルほど路地を分け入っていくと彼女のアパートになる。

今日は四月の二十五日。一ヶ月に二回ほどのペースで、これまでに四度、彼女の家を訪れた。

ただ単に会って、午前零時近くまで話をする。途中、彼女がサンドイッチや簡単なサラダなどの軽食を作ってくれる。それだけだ。彼女は和田が家に帰って遅い食事を摂ることを知っている。

当然、肉体の関係もない。和田と彼女はただテーブルに向かい合って、なんとなく話を交わす。沈黙の時間は部屋に薄く流れているジャズのＣＤの音楽が埋めてくれる。たぶん、この調子では彼女と寝ることは永久にないだろう。

それでも和田は、こうして彼女のアパートが近づくにつれ、浮き立ってくる自分の心をどうしても抑えることができない。

それに、彼女が二人の男と寝ているということも、意外に気にならなかった。それはたぶん逆に、自分と彼女との繋がりが擬似恋愛にも似た精神的なものだけだからだろう、と自分では感じる。一歩引いて、彼女と自分の関係を冷静に見ることができる。彼女もおれも、お互いの所有物ではないことを常に自覚させられる。

それぞれ一個の独立した人格。誰のものでもない。誰のための人生でもない。

その自覚が、なんだか妙に心地よい。

もう少しだ、と思う。あと少しで彼女の家に着く――。


結局、和田はあの夜から三日後の午後、三谷恭子の携帯に電話をかけた。

その日の夕方も、彼女が自転車に乗って颯爽と市役所をあとにする姿を交番の窓越しに見ていた。彼女は一度も交番のほうを振り返らなかった。

早番だった和田は、彼女に二十分遅れて私服に着替え、交番を出た。

去年の事故のとき、携帯番号は控えていた。というか、すでに脳裏に刻み込まれていた。

散々迷った挙げ句、携帯を取り出し電話をかけた。

五コール目で彼女は電話に出た。

三日前にお会いした警官の和田ですが、と名乗ると、彼女は微かにため息をついた。一瞬尻込みしそうになる自分を鼓舞し、その後の言葉を続けた。

「今からそちらの家にお伺いして、少しお会いしたいのですが、ご都合どうでしょうか」

やや沈黙があり、彼女は答えた。

「少しって、どれくらいの時間でしょう？」

「一時間から二時間ほどです」和田は答えた。「向き合って話をしているうちに、先日の答えが自分なりに出るような気がしています」

結局、彼女は承諾した。

会って、自分なりの結論は出た。

一緒にいて、単純に心地が良い。だから彼女から求められない限り、自分から強引にそれ以上の関係に持っていくことはない。そう心の中で決めた。短いときで二、三時間、長いときで四、五時間、同じ部屋で一緒に息をする。充分だ。

以来、今日が五回目の訪問となる。

アパートへと着いた。一階の扉の前に立ち、チャイムを鳴らす。

返事はない。いつものことだ。十秒ほど経って、扉が開く。

半分ほど開いたドアの向こうから、彼女——三谷恭子が顔を見せた。和田に向かって微かに微笑む。

「いらっしゃい」

うん、と和田はうなずき、玄関へと入った。

彼女に続いて、奥へと進んでいく。十畳ほどのワンルーム。必要最低限の生活用品しか置かれていない簡素な居間。しかし不思議と殺風景には感じない。むしろ、その質素な空間が、彼女の志向性をはっきりと表しているように感じる。

無駄《むだ》なものはいらない。余計なものは削《そ》ぎ落とす。そして、自分から親しい相手を求めるわけでもない。

言葉に出して言えば、まあそんなところだろう。孤独を何かで埋めようとしない。

小さなテーブルの前に腰を下ろしながらも、心中つい苦笑する。

ただ、おれがそう感じるのは、この女に岡惚れしているだけだからかもしれない。彼女になんの興味も持たない人間がこの部屋を見たら、単なる殺風景な部屋にしか見えないのかもしれない。

彼女——三谷恭子はいったんテーブルの上を布巾《ふきん》で拭いてから、廊下の脇にある狭いキッチンの前に立った。

ポットにお湯を沸かし始めながら、こちらを見て訊いてきた。

「今日は、何時に帰る予定？」

「十時ごろかな？」

彼女はうなずいて、冷蔵庫のドアを開けた。

「じゃあ、カフェオレと簡単なサンドイッチが二切れぐらいあればいい？　それぐらいあれば、家に帰るまでそんなにお腹は空かないよね」

「うん……」

答えつつも、思う。彼女はおれが来るたびにいつもこんな感じの軽食を出してくれる。少し不思議に思い、この前会ったときに訊いた。

自分は家に帰ってからまた食事を摂るからそれでいいけど、恭子さん——としか和田はまだ呼べない——はその後、翌朝までご飯を食べないのか、と。

すると彼女は意味深に目元だけで笑い、こう答えたものだ。

「ほとんどの男性は、お腹が減るような生き方をしているものね」

「え？」

「何事にも精神的なパワーがいるってこと」彼女は言った。「人に会うにも。仕事をするにも」

そんなもんかな、と和田は答えた。「でもさ、女性だって色々と日常生活でパワーは使うんじゃない？」

違うと思う、と彼女の笑みはさらに深くなった。

「勘違いしないでね。それに、だから男性のほうが大変だとか偉いとか言ってるわけじゃないの。むしろその逆」

「………」

「何をするにも必要以上に無意識に力んで行動し、だから結果的に消耗し、お腹も減る。生きることに対して、無駄なパワーを使いすぎている」

それは、おれ以外に付き合っているという二人の男性もそうなのか――？

咄嗟にそんな言葉が口をつきそうになり、慌てて自戒した。

彼女との取り決め……。

お互いの男女関係は詮索しないこと。

だが、結果的にはそれで良かったのだと今は思っている。

確かに、詮索しないほうがいい。彼女によく思われたいからではない。自分のためだ。

彼女がその二人の男と別れない限り、何を聞いても不愉快になることは分かっている。

そして、この女と三回、四回と会ううちに、自分の中でなんとなく言葉になってきた一つの事実がある。他人にとってはどうか知らないが、自分にとっての事実。

ヒトは所詮、他人の人生は背負えない――。

結婚していてもそうだ。相手の人生は相手の人生であり、自分の人生は自分の人生でしかない。結婚という形式は、たまたまその二つの人生が重なり合い、同じ空間と時間を合法的に共有しあうという社会の一形態だ。

システムにしか過ぎない。たとえ子供が生まれても、お互いの人生が溶け合うことはない。同じ時間と空間を共有するシステム。

ふたたび居間に座ったまま、サンドイッチを作り始めている三谷恭子を見遣る。食パンの耳を丁寧に切り落とし始めている。

彼女は二月のあの夜に言った。

私は、誰の人生も背負い込むつもりはないし、また、誰かに背負い込んでもらいたいとも思っていません——。

和田はキッチンの三谷恭子を見たまま、一人微笑んだ。

分かっていたのだ。最初から彼女は。

だから、こうして肉体関係はおろかキスさえも、手を握ったこともない関係なのに、一緒にいて、妙に心が落ち着く。

4

目の前に老人がいる。

日曜の午後一時になると、必ずこの公園にやって来る。井の頭公園。そして午後四時になると判で押したように帰っていく。

老人の前に池がある。

井の頭池。この公園の面積の大半を占める巨大な池だ。湖面のはるか遠くに噴水が立ち上っているのが見える。

男はなんとなく中学校の地理で習った滋賀《しが》県を思い出す。縦長の県のほぼ中心を琵琶《びわ》湖《こ》が占め、その周囲を細長い土地がドーナツ状に取り囲んでいる。そしてこの井の頭公園と井の頭池も、位置取りがよく似ている。

老人は、池のほとりのベンチに腰かけている。

「ほら、餌《えさ》だよ」

先ほどから何度も同じ言葉をつぶやきながら、片手に持ったビニール袋の中からパン屑を池に撒いている。

半年前に初めてこの老人を見かけたときは、池の魚に餌を撒いているのだと思った。

だが、今では分かっている。

「ほら、餌だ」

老人は再びつぶやきながらパン屑を池の水際に撒く。

水際に浮かんだ大小の岩には、無数の亀がひしめき合っている。午後になると、傾きかけた太陽が公園の西側にある森の上から、この東側の池のほとりを照らし出す。亀たちは日光を求めてここまで池を渡ってくる。そして岩の上に上り、日光から暖を取る。甲羅干しだ。

男には、その亀の種類が分かる。成体になってもせいぜい三十センチぐらいの大きさにしかならない、一見すると可愛い亀だ。俗称ではミドリガメと呼ばれている。しかし、正式名称は違う。ミシシッピアカミミガメ。首筋が赤いので、日本での正式名称はそうなっている。性格は攻撃的かつ獰猛《どうもう》で、なんでも食べる。いつの頃からか日本にペットとして入ってきて、旺盛な繁殖力で瞬く間に日本全土の水際に住み着いた。魚で言えば、ブラックバスのようなものだ。

しかし、たぶん老人は、そんなことは知らない。だから無邪気に毎週餌をやっている。ふん、と男は藪《やぶ》の脇のビニールシートの上に座ったまま、一人自嘲する。だが、自分がこの亀の種類を詳しく知っているからといって、それがなんなのだ、と思う。

今の自分には、何の役にも立っていない。

男は三十年近く前、大学の理科系を卒業して大手ゼネコンに入った。その会社では当時、海洋バイオ関係の新規事業を立ち上げつつあり、その部門の研究員として採用されたのだ。だが、二十年ほど前にバブルが弾け、経営が苦しくなった会社は新規事業部門を閉鎖した。結局は畑違いの土木の営業職に回されるも、慣れない仕事で一向に成績は上がらず、その間も底なしの不景気にあえぎ続けた会社は、彼を容赦なくクビにした。

それが、十年前のこと。

研究職を十年近くも離れていた四十男に、新しい採用先などない。研究職で十年のブランクは致命的なのだ。しかし営業職なら、世の中のニーズはある。だから気が進まないながらも、営業職で小さな土建会社に再就職した。

だが、もともと自分には営業センスなどまったくなかったのだと、今になって思う。どの会社でも一向に成績は上がらず、職場での居場所も作れず、同僚の冷たい視線にいたたまれぬままにさらに転職を繰り返し、挙げ句、職も家も家族もなくした。

そして、今の自分がいる。

ホームレスとして、一年前からこの井の頭公園の叢《くさむら》に住み着いた自分がいる。昼間だけの居場所。夜は町外れの橋の下で寝る。


男はなおも、ぼんやりと老人を見ている。池の向こうに公園の管理事務所が見え、その脇に時計台が立っている。

老人の背後にある小径を通り過ぎる人々。誰一人として、その小柄な老人に関心を払わない。むろん、話しかけるような酔狂な人間もいない。

だが、もうすぐ午後二時になる。

そろそろだ、と思う。

雨が降らない限り、毎週彼女はやって来る。そして男がこの場所に住み始めた去年の五月から、その習慣は変わらない。

やがて、木漏れ日の差す遊歩道の向こうから、彼女が姿を現した。すらりとした四肢を持つ、年のころ二十代半ばの女性だ。

男は彼女を眺めるだけだ。話をしたことはおろか、お互いに面と向かって顔を見たこともない。

それでも男は、彼女の名前を知っている。

ミタニキョウコ。

だが、知っているのは名前の音《おん》だけだ。どういう漢字を当てるのかは分からない。

ゆっくりと彼女が歩いてくる。老人の座っているベンチに近寄っていく。

こんにちは、と彼女は立ち止まり、いつものごく自然な感じで老人に話しかけた。

「今日は、いい天気ですね」

あ、はい、と老人がやや戸惑ったように答える。一方、彼女は笑みを浮かべている。

「良かったらお隣、座ってもいいですか」

そう老人に話しかける。

老人は一瞬驚いたような表情を浮かべ、少し迷い、それでも次の瞬間にはやや慌て気味にベンチの左端に腰をずらす。

「じゃあ、どうぞ」

一人ぶんの間を空けて、彼女がベンチの右端に腰を下ろす。

「初めまして。私、ミタニです」彼女は老人に話しかける。「ミタニキョウコと言います」

はい、と不承不承に老人はうなずく。「ミタニさん、ですか」

彼女は元気よくうなずき返す。

「おじいさんは？」

私ですか、と老人はさらに驚いたような表情を浮かべる。「私は、オオキドと申します」

この老人、擦れていないのだ、と男はいつも思う。

普通なら、うら若き女性がいきなり話しかけ、なおかつ求められてもいないのに自己紹介をしてきた時点で、相手にかなり警戒心を持つものだ。必ず何かのウラがあると思う。だから、自己紹介を返すはずもない。

なんとなく分かる。

このいかにも朴訥《ぼくとつ》な感じ。やはり、人擦れしていない。

おそらくだが、この老人は昔、実社会とあまり接しない仕事をしていた。そして、その仕事の内容も、男にはほぼ見当がついている。

二人の間で、天気とこの公園の話題がしばらくつづいた。ミタニキョウコの話の持ちかけ方は実に上手い。いつもそうだ。公園に繋っている草木の話や、ボートに乗っている若いカップルたちを面白おかしく、かつ温かみのある視線で評してみせる。さりげなく自分を、悪い人間ではないと印象づけていく。

老人も、徐々にリラックスし始める。

ところで、と彼女が訊ねる。「いつもここで、こうやって亀に餌をやられているんですか」

はい、と老人はうなずく。「日曜は、いつもここに来ます」

「亀が、お好きなんですか？」

いや……と老人はやや口ごもる。

「と言いますか、人と話をするのが苦手なものでして」

その後の話は、もう聞かなくても分かる。

短期記憶障害。

老人は、いつの頃かにこの病になった。病を起こす以前のことは覚えているが、病が進行していくに従い、短期記憶が徐々に消え始める。

最初の自覚症状が出たのは、五年ほど前だったらしい。ふと気づくと、二週間より前の記憶がなくなっていた。やがて徐々にその期間が短くなっていく。二年前には、一週間より以前の出来事が思い出せなくなった。

老人性の認知症ではない。何故なら、障害が出る以前の記憶は今でもはっきりとしているし、消えない間の記憶もしっかりしている。何よりも自分が病気だという自覚がある。

老人は案の定、彼女を相手にその話を徐々に切り出し始めている。

そして現在では、四、五日前のことになると、人の顔も、自分が何をして過ごしていたのかも、もう思い出せないのだと言う。

そこまで言い終わり、老人は女を気弱な視線で見た。

「ですから、あまり人と話したくはないのです」躊躇いがちに、そう結論づける。「もし一週間前に出会った人間に話しかけられても、私にはその記憶がない。それは相手に失礼ですよね。たぶんその相手は、ミタニさん、でしたか？　あなたも例外ではない」

ふむ、と男は盗み聞きしながらも思う。やはりこの老人、精神はしっかりしている。

そうですか、と彼女はうなずいた。「でも逆に言えば、それ以前の記憶は、今もはっきりされているのですよね」

「むろんです」老人はうなずき返す。「自分がどこの生まれで、何という大学を卒業してドクターコースに進み、いつ結婚して、そしてこの街で家を買い、子供が生まれ、八年前に家内に先立たれたことなども、はっきりと覚えています。もちろん病気以前に、この街で知り合った人たちのことは、今でも分かります」

老人は疑っていない。

彼女とのやり取りは、いつもこの会話から始まるからだ。というか、彼女がいかにも初対面のようにして話しかける。

だから老人は、何度会っても初対面だと思っている。

男は思う。

だからと言って、このミタニキョウコに悪意があるわけではない。

最近になって分かってきた。

彼女は単に、一週間に一度、この老人と少し話をしたいだけだ。どう考えても、それ以上の理由はないように思える。そしていつも初対面のふりをするのは、この老人に余計な気を遣わせたくないからだ。

やがて二人の話は、その週によって違う方向に振れていく。

人間って、なんで生きているんでしょうね、などと彼女が言う。

あるいは、何も考えずに毎日を生きられたら、すごく幸せなんでしょうね、などとも口にする。

老人の答えはその時々によって違う。たぶんこのベンチに並んでいる状況は同じでも、そのときの天候や、彼女の問いかけ方の微妙な違いに、老人の答えも色合いが微妙に違ってくるのだと感じる。

ユングやフロイトなど心理学者の言葉を引用するときもあれば、エーリッヒ・フロムやコリン・ウィルソン、エドワード・W・サイードなど社会学者や批評家の言葉を参考にして答えることもある。時にはモームやカポーティといった作家の挿話も出る。

あるいは、自分自身の言葉で答えるときもある。

どちらにしてもその受け答えは、男が聞いていても実に整合性があり、なおかつ分かり易い。

おそらくこの老人の前職は、大学の教授——それも人間と社会に関する分野を研究し、かつ教えていた人間だ。文系でも経済学や法律学と違って、金にならない学問。そしてその社会や人間の裏にある真実を知ったところで、必ずしもヒトは幸せにはならない。むしろ、一般的な意味では不幸になることが多いだろう、と男は個人的に思っている。

それでも彼女は毎週、老人に厭《あ》くこともなく似たような質問を投げかける。

「人間、後悔しない生き方って、あるんですかね」

今日の彼女は、そう訊いた。

すると老人は、しばらく黙っていたあと、こう答えた。

「おそらくですが、そんな生き方はありませんよ」

「ですか」

老人はうなずく。

「みんな、大なり小なり、絶えず後悔しながら生きているものじゃないでしょうか」

今日の老人は、自らの言葉で語っていくようだ。

「たぶん、後悔することからは人間、逃れられない」老人はさらに慎重に言葉を紡いでいく。「しかし、後悔はしても、その上で納得できるような生き方は、あるかもしれません」

老人を見ている彼女の横顔。その目元が再び緩む。

「どういう意味でしょう?」

「例えば、AかBかを選び取るときがある」老人は答える。「AとBは同時には取れない。一時期だけ同時に持つならまだしも、最後にはどちらかを選ばなくてはならない。どちらかを取って、どちらかを諦める。人間の一生には、時間軸の限りがありますからね。二人分の人生は生きられない」

「はい」

「もっと言えば、人生はそういう意味での取捨選択の連続でしょう。どの道を選ぶかによって——どういう相手と友達になり、どんな仕事を選び、どんな相手と結婚するかによって——その分岐ごとに、その後の人生はまったく違うものになるでしょう」

ややあって、彼女はうなずいた。

「そう、なのかもしれませんね」

老人もうなずき返す。

「究極を言えば、AとB、どちらの分岐を選んだほうが良かったのかは、永久に分からない。Aという生き方を選んだあと、なにかに躓《つまず》いて後悔することもあるでしょう。しかし、だからと言って、あのときにBを選んでいたら後悔しなかったとは言い切れない。BならBなりの人生の中で、決定的な躓きがあるかもしれない」

「では、どちらの道を選んだとしても、結局は同じだと？」

「そうも言えるし、そうでないとも言えます」

彼女は首をかしげた。

「どういう意味でしょう？」

「おそらくポイントは、そこではないと思います」さらに用心深く、老人は言う。「AかB。たぶんどちらかを選び取るとき、血が滲むようにして考えることでしょう。悩むのではなく、その道を選んだ場合の先々で起こる、ありとあらゆることを想定して、自分のイマジネーションの限界まで考え抜くことでしょう。そして自分なりの決断を、ひとまず下す」

「ひとまず、ですか？」

そうです、と老人は繰り返す。「そこまで考え抜いたとしても、あえて『ひとまず』です。その上で、最も信頼している人間に――できれば三人ほどいるといいのですが――生い立ちも考え方もまったく違う友人たちに、その選択の相談を持ちかける」

「……はい」

「生い立ちも考え方もまったく違う友人たち……三人の意見が自分と同じになることは、確率的には八分の一です。三人が三人とも自分の選択に同意してくれたら、それは、ほぼ迷いなくその道を選べるでしょう。これは、その道を選んでその後うまくいくかいかないかということとは、あくまでも別問題です。ただ、そうなったら迷いなくその道を選べる」

「………」

「さて、残りの八分の七。つまり反対意見があるときですね。三人のうち誰か一人が反対する。ないしは二人、あるいは全員が反対した場合です。そのときにはとことんまで彼らと意見を交換し、話し合います。未来への確信の度合いを上げるためです。そして最終的に自分の中で出た答えを、彼らに言われたからではなく、自らの責任でチョイスします」

老人はここで少し息を継ぎ、微笑んだ。

「そこまで最終的な決断を考え抜き、確信の度合いを上げた検証の後なら、たとえその道を選んで失敗したとしても、後悔はあるでしょうが、それでも納得はできる。あのとき自分は、とことんまで考え抜き、検証して選んだ道だったのだから、とね」

なるほど、と彼女も大きくうなずいた。

「それで、後悔はしても納得はできる、と？」

「そうです」

それでも彼女は少し、小首をかしげた。

「でも、その本人に信頼できる友人がいない、あるいは一人や二人しかいない場合はどうでしょう？」

すると老人は不意に破顔した。

「だったら、その数少ない友人に相談すればいい。いないのなら、自分ひとりで出した結論でいいのではないでしょうか。それが正しいとか正しくないとかではなく、最終的にとことんまでやったと自信を持つ。未来への確信を可能なだけ上げたのだと、のちのち自分が納得できる。裏返せば、それだけのものにしか過ぎない」

「はい」

「最終的に選ぶのは、いつだって自分自身です」

二時間後、彼女はベンチを立った。

「じゃあ私、そろそろ帰りますね」

老人は改めて気づいたように腕時計を覗き込んだ。

「ああ、私もそろそろ帰る時間です」

男は管理事務所の時計台を見遣った。いつの間にか四時を少し回っていた。

ベンチの向こう側で、それぞれ立ち上がった男と女。

「今日はお話しできて、とても楽しかったです」そう言って、片手を差し伸べた。「機会があれば、またお会いしましょう」

老人は彼女の手を軽く握り、少し寂しそうに笑った。

「今度会うときには、私には、あなたがあなただと認識できないでしょう。だから、『またお会いしましょう』ではなくて、『さようなら』でいいですよ」

はい、と彼女は微笑んだ。「では、さようなら」

「さよなら」

その挨拶を最後に、二人はそれぞれやって来た小径を戻り始めた。

ビニールシートの上の男はふたたび、一人になった。

少し寂しさを感じ、つい苦笑する。

毎週毎週、目の前のベンチに座り、若い女と老人の間で交わされる禅問答のようなやり取り……たとえその会話に参加していなくても、少なくとも意識的には、男は彼らの仲間だ。

だから彼らがいなくなると、寂しくなる。

いろんなことを考えさせられる、束の間の精神の揺らぎのようなもの。

おそらくは彼女もそれを味わいたくて、毎週あの老人のもとを訪れるのだろう。本当は結論など、どうでもいいのだ。自分が納得さえできれば。

そう感じ、もう一度笑った。

二章　日輪

1

あれから時おり気になっていることがある。

ナイフだ。

恭子が勤め先で交換研修生から貰ったというナイフ。

本当に、アラブからの交換研修生から貰ったのか。……いや、別にアラブの交換研修生から貰ったものじゃなくても構わないのだ。問題はその男との関係だ。

ただのナイフではない。重厚な彫金が施された、作るのにかなり手間隙《てまひま》のかかったナイフだということは、弘樹のような素人にも分かった。そしてたぶん、値段も相当高い。

だから弘樹はこの前、同じゼミの女の子に訊いた。

あのさ、男がさ、女にナイフをプレゼントするっていう関係って、どう思う？

するとその女の子は逆に訊き返してきた。

どんなナイフ？

弘樹は自分が見て感じたままを伝えた。

すると女の子はあはっと笑い、こう返してきたものだ。

ってかさ、そこまでのナイフだと、単なる道具としてのナイフっていうより、貴金属でしょ。

一瞬意味が分からなかった。

え、どういうこと？　と訊き返すと、相手はさらに笑って答えた。

つまりはさ、貴金属のアクセサリーと一緒だってこと。そりゃ貰った相手はそうは取らないかもしれないけど、あげた男のほうは、たぶん指輪やネックレスを贈るつもりで渡したんだと思うよ。で、その類《たぐい》の貴金属をやり取りする男女の関係ってのは、そういうこと。

「…………」

そういうこと、の意味する内容は容易に想像がついた。

おれがもし、女の子に指輪やネックレスをプレゼントしたとする。……つまり、現時点でそういう男女の関係だから、ないしはこれからの関係を期待しているから、その類の貴金属をプレゼントした。

うーん……。

だが結局、この前恭子の家に行ったときは言い忘れていた。というか、言おうと思っていたのだが、彼女と話をしているうちに、そのごく自然体な佇まいや笑顔を見ているうちに、だんだん言い出せなくなった。

恭子が夕食を作り始め、一緒に風呂に入り始めた頃《ころ》から、情けないことに次第に弘樹の関心――というか、下半身――は、今晩のセックスに対して比重がかかり始めていた。

もしおれが、あの箪笥《たんす》の上のナイフに関して彼女に問い質《ただ》したら、彼女は気を悪くするかもしれない。この時間だからさすがに帰れとは言わないとは思うが、下手をしたら、今晩のセックスは拒否られてしまう。

週に一度しかない肉体の関係性。そして弘樹は今、彼女以外とのセックスは考えられない。他のバカ女など抱きたくもない。あとの日に溜った性欲は、恭子のことを考えながらマスターベーションをしてなんとか処理している。

つまり弘樹の中では、恭子とのセックスは週に一度の大イベントなのだ。

それを拒否されてしまうのは、弘樹にとってはとてつもない痛手だ。それまでの一週間マスターベーションをしながら期待し続けてきたことが、木っ端微塵《みじん》に砕け散る瞬間でもある。

「…………」

やはり、言い出せなかった。

結局、その翌朝、恭子の出勤とともに、アパートを出た。

その足でとぼとぼと吉祥寺の北部にある大学に向かい、その日の授業の合間に女の子にさっきの質問をした。

今、弘樹は吉祥寺駅のガード下をくぐり、彼女の家に向かっている。井の頭公園に沿った公園通りを南に向かって歩いている。

カーゴパンツの尻ポケットで、不意に携帯が振動した。取り出して画面を見る。恭子からのメール。

『今、市役所を出たよ』

つい微笑み、返信を打ち始める。

『こっちも今、駅の南口。たぶん三十分ほどで到着』

そこまでを打ち終わり、即レスを返す。携帯をポケットに仕舞う。

彼女からの返事はない。いつものことだ。連絡は一度きり。恭子は必要以上の連絡をしてこない。

ふたたび公園通りをぶらぶらと歩き始める。

いつの間にかすっかり桜の花は散り尽くし、代わりに若葉が芽生え始めている。新しい生命の息吹が至るところに――弘樹の脇の繁みにも、公園の中の森にも噎《む》せ返るような濃厚な植物の匂いがする。

そういや、もうすぐゴールデンウィークだな、と思う。

この前の朝、ナイフの件を訊く代わりに、ゴールデンウィークはどうするのか、と訊いた。

「ちょっと、東北に行ってくる」

そう彼女は答えた。じゃあおれも一緒に、と弘樹が口を開くより早く、

「ただし、一人でね」

と、彼女は笑いながら釘を刺した。

なんとなくだが、その笑み方から本当に一人で行くんだな、とは感じられた。だから少し安心した。

まあでも、それはそれだ、と感じる。

ナイフの件はナイフの件で、ちゃんと自分なりにウラを取れなければやはり納得できない。そしてその方法も、この前思いついた。

公園通りが吉祥寺通りへと変わり、その吉祥寺通りと交差する二本目の大通りを渡った時点で、すでに自宅から四十分歩き続けていた。夕刻とはいえ、四月下旬の陽光と気温。さすがにじわりと背中に汗が浮いてくる。

でも、もう少しだ。

狭い路地に入っていく。三叉路が見える。Y字型になった右手側のブロック塀に小さ

なミラーが付いている。死角確認用の反射鏡だ。

弘樹はそこで立ち止まり、ミラーに自分の姿を映した。

うん……部屋を出たときよりも後頭部の髪が若干立ち気味だが、無造作ヘアと言えば言えなくもない。悪くない。

そんなことを思いながら、少し苦笑する。

なんだ、おれ。まるで初デート前の女の子だ。

知り合ってもう四ヶ月になるのに、その間十回以上もセックスしているのに、まだ彼女に会う前の自分の見目を異常に気にしている。相手に対してそれくらい本気になっている。

だが、彼女に対してその気持ちはなるべく表さないようにしている。あえて多少の精神的距離を取るように努めている。

大ショックだった、あの言葉。

うーん、弟みたいなものかな——。

……おそらく恭子は、そんなおれの感情を重荷に思う。

五十メートルほど行くと彼女のアパートが見えてきた。

一階の奥まで進み、チャイムを押す。そして改めて腕時計を覗き込んだ。午後五時四十五分。

開いてるよ、といつものように恭子の声が聞こえた。

扉を開けると、恭子はスーツ姿のままキッチンに立っていた。炊飯器の内釜に浄水器の水を入れているところだった。たぶん米を研ぎ終わったところ。

あと五秒そこで待ってて、と恭子はこちらを見て笑った。「そしたら水がちょうど目盛りまで来る」

なるほど、と思う。キッチンと浴室に挟まれた廊下は狭く、二人は擦れ違えない。だからだ。

それにしても、そこで待ってて、とはずいぶんな言い草だな、と弘樹は思う。まるでペット並だ。

しかし不快感はない。恭子はおれのために、こうしてスーツも脱がずに晩ご飯の支度をしていたのだから。

見ているうちに恭子は水道の水を止めた。内釜を炊飯器に入れ、またこちらを見た。

「もう、大丈夫」

そう言われて初めて靴を脱ぎ、三和土《たたき》から廊下に上がった。

ふたたびこちらを見た恭子が、目元だけで微笑む。

「なんか、可愛いねヒロ」彼女は言った。「わざわざ靴も脱がずに、私の言いつけ聞いて」

なんだよそれ、とつい口を尖らせた。「だって恭子がそう言ったんじゃんかよ」

廊下を進み、部屋に入る直前にシンクを見た。皮を剝かれてブツ切りになったジャガイモやニンジン、玉ねぎがボウルの中に入っていた。食器籠の横にも、ニンニク醬油に漬けてある豚のバラ肉が見えた。

満足。やはり彼女は帰ってきてからずっと、夕食の用意をしていた。たぶん今夜はカレーだ。

いい気分で、部屋の小さなテーブルの前に座る。

「ずっと歩いてきて、喉渇いたでしょ」

目の前でダンガリーシャツとジーンズに着替えながら、恭子が言う。これもユニクロ製。

「なんか飲む？」

ビール、と言いかけ、自分がいつもお金を出していないのを思い出し、コーラ、と言い直した。

彼女はダンガリーシャツのボタンを留め終わり、うなずいた。冷蔵庫を開け、サンゴー缶のコーラを取り出す。そしてもう片方の手にはグラスを持ってきた。

はい、とグラスとコーラの缶を弘樹の目の前に置く。「あとはセルフでね」

うん、とうなずきながら、缶のプルタブを引いた。グラスに注ぎながらも、なんとなくグラスまで持ってきた意味を考える。

言われたことがある。

以前、夜中にどうしてもコーラを飲みたくなり、二人して近所のコンビニに行った。レジで買い求め、家に戻った途端、プルタブを引こうとした弘樹を恭子が慌てて止めた。

ダメだよ、そんないきなり飲んじゃあ。

そう言いつつ、ハンカチで飲み口の縁を丁寧に拭いた。

「誰が触ったか、運搬中に何に触れたか分からないでしょ」

なるほど、と妙に感心した。

たぶんこの家にある缶入り飲み物は、冷蔵庫に仕舞う前に全部その飲み口を拭いてある。そうやった上でも、まだ雑菌が付いている可能性がある。グラスに注ぎ直すのも、その保健衛生の考え方の延長線上にある。

この潔癖さ。やはり妙に感心する。

「じゃあ、私も一休みしようかな」

彼女はそう言って、いつものように窓際に座って窓を開け、壁に寄りかかるようにしてタバコを吸い始めた。そして、例の狭い空をじっと見上げる。

弘樹は恭子と会うようになってから、ほぼ五パターンの彼女しか見たことがない。キッチンに立つ彼女。こうして窓際でタバコを吸っている彼女。話や食事をしながら、テーブルの向こう側に座っている彼女。風呂に入っている彼女。そして、夜になり、灯りを消してからの彼女……。

全部が、この狭いワンルームの中の風景に集約されている。

彼女と会うのは、いつも日が暮れかかってから以降だ。

明るい陽光の下では会ったことがないし、そもそも二人で街をぶらついたこともない。唯一の例外は、付き合いだした一月の夜に急にコーラを飲みたくなって、近くのコンビニに行ったことぐらいだ。

窓から差し込む西日が、壁面の箪笥を照らし出している。

その上で、例のナイフが鈍く光を放っている。

そろそろだ、と思う。

あのさ、と弘樹は言った。「箪笥の上にあるナイフ、また見せてもらってもいいかな？」

いいよ、と恭子がうなずく。弘樹はさっそく立ち上がり、箪笥の上にあるナイフを取った。鞘《さや》から抜き取り、刀身に見入る。

うん、やはり背筋がぞくりとするような禍々《まがまが》しい迫力がある。そして、やはり安物には到底見えない。

あのさ、ともう一度恭子に呼びかける。「このナイフ、使ってる？」

全然、と案の定恭子は苦笑しながら首を振った。「ただの置き物になっている」

ここだ、と密かに喉を鳴らす。

その男とは、本当はどんな関係？

実は単刀直入にそう訊きたい。

が、やはり訊きにくい。……恭子はおれと付き合っているつもりはないと言った。だから、そのナイフをくれた相手への気持ちを探るための方法を考えた。

なるべく自然な振る舞いに見えるように、その刃を西日に照らしてみる。そして改めて恭子を振り返った。

「ちょっとお願いがあるんだけどさ——」弘樹は言った。「このナイフ、おれスゴいカッコいいと思うんだ」

その呼びかけに、怪訝《けげん》そうな顔をして恭子がうなずく。

でさ、と畳み掛けるように弘樹は言葉を続けた。「このナイフさ、おれにくれるとかって、あり？」

え？　という表情で恭子が弘樹を見上げた。

だからさ、と弘樹は言葉を重ねた。「おれ、このナイフ、ちょっと欲しいんだけど」

恭子がやや困ったような顔をして、おもむろに口を開いた。

「でも、人から貰ったものだからなあ……」

むろんこの展開も読んでいた。次の提案に移る。

「だったらさ、しばらくの間、おれに貸しておいてくれるってのは？　それだったらどう？　絶対に壊したり刃を傷つけたりしないからさ」

うーん、と恭子はなおも迷っているようだが、しばらくして、

「ヒロのことだから大丈夫だと思うけど、それを使って悪さをするなんてことも、ないよね？」

と訊いてきた。

よし、と思わず心中で手を打つ。

「もちろん」弘樹は鼻息荒く言った。「おれ一応、合気道の有段者なんだぜ。こんなもの使わなくても大抵のやつはやっつけられる」

恭子はさすがに苦笑する。

「初対面のときは違ったけどね」

「まあ、そりゃそうだけど」

そう答えつつも、これはもう大丈夫だ、と感じる。いける。もう恭子はおれにこのナイフを貸すつもりだ。

もし恭子が相手のことを大事に思っているのなら、ナイフを貸すはずがない。だから

当然、相手は恭子が言ったとおり、単なる仲のいい同僚に過ぎなかったのだ。あるいは同僚でなくても、薄い関係の男性か。

じわじわと上機嫌になってくる。

「じゃあさ、しばらくの間、借りるね」

「あげるんじゃないんだからね」と、恭子は釘を刺してきた。「しばらくしたら、ちゃんと返してよ」

もちろん、と答えながらも、弘樹はおそらく今恭子が予想している以上の期間――たぶん彼女は十日ほどのつもりだろうが、少なくとも三ヶ月ほどは借りているつもりだった。その間、恭子が返せと一度も言わないようなら、ほぼ確証が得られる。

つまりその男は、これから三ヶ月間、恭子の部屋にこのナイフが存在しないことを知りえない立場にあるということだ。

そして三ヶ月もの間、一度も恭子に会わないような男なら、弘樹にとってまず目障りな存在ではない。だから、三ヶ月を超えた時点で、改めてナイフを返す。

うん。やっぱり作戦は完璧《かんぺき》。

気づくとタバコを吸い終わった恭子が窓を閉め始めていた。灰皿をテーブルの上に置くと、キッチンに戻り始めた。

ついい弘樹は言った。

「今日、カレーでしょ」言いつつ腰を浮かしていた。「なんか手伝うことがあったら、なんでもやるよ」

ナニ、急に、と恭子がふたたび苦笑する。「今まで一度だって、手伝うとか言ったことなかったのに」

うん、まあ……と弘樹は言葉を濁した。「なんて言うか、ナイフを借りるお礼」

2

ふう、と梶原は思わず吐息を洩らした。

いい気分だ。

熱めに入れたお湯が、体全体の皮膚をピリピリと刺激してくる。

梶原は今、大塚のラブホテルにいる。

つい三十分ほど前にデリヘル嬢は帰って行った。百二十分で三万円。まあ、このあたりのデリヘル嬢の平均的な相場だ。歳は三十四。そこそこの女だった。

デリヘル嬢とまず風呂に入った前後で三十分ほど世間話をし、ベッドに移動して一時間ほどセックスをし、その後またどうでもいい世間話を少しした後、相手がシャワーを浴び終わるのを待って、帰ってもらった。

部屋に一人になったあと、改めて湯船にお湯を張り直し、こうして風呂にゆっくりと浸かっている。湯気の立つ水面をぼんやりと見ている。

梶原はこの、女を金で買ったあとの、なんとも言えない虚しさと、そして精子を放出したあとの爽快感と気だるさが入り混じったような、ある種のぼうっとしてしまう自分の心持ちが好きだ。

デリヘル嬢とは、行為が終わればそれだけの関係だ。金を出して買う二時間の擬似恋愛。気に入らなかった女なら、即チェンジする。そこそこの女なら、相手が部屋を出た直後に、それまでの二時間の記憶をすぐに脳裏から消去する。わりに気に入った女なら、相手に対するほのかな好意が、ちょうどこの湯気のように心の中に立ち上るだけだ。そしてその好意の記憶も、ちょうど湯が冷めていくように時間の経過とともに収まっていく。

あとあと心が引き摺られることもない。

完全にこの瞬間だけは、心がフラットな状態に保たれているような錯覚を覚える。

昔、誰かが言っていたセリフを思い出し、ふと苦笑する。

売春婦を買う男は、最低の人間だ。

そして売春婦になる女は、人であることを諦めた人間だ。

何様のつもりで言ったのかは知らないが、まあ、確かにそんなものなのかもしれない。

デリヘル嬢が人であることを諦めた人間であるかどうかは知らないが、おれが最低の人間だということは当たっている。

おれという人間……人とのバランスの保ち方が最低なのだ。イコール最低の人間だということだ。

事実、恭子と会うようになってからも、このデリヘル通いの習慣は変わらない。

……いや、正確に言えば、変わった部分もかなりある。

第一に頻度だ。

恭子と知り合う前は、他に付き合っている女がいても、週に一度はデリヘル嬢を買っていた。性病に関してもほとんど頓着《とんちやく》がなかった。ゴムも着けたり着けなかったりしていた。

だが今は、せいぜい二週間に一度がいいところだ。それも恭子と近日中に会うときには、絶対に行かない。最低でも恭子と会うまでの期間を一週間は空ける。

病気をうつすのが心配だからだ。

今では商売女とはちゃんとゴムを着けてやっているから、エイズになる心配はない。が、それでも他の性病——淋《りん》や梅《ばい》は、オーラルセックスなどでの粘膜感染は防げない。

しかし、性交渉後から数日経てば、淋は体に出る異変ですぐに分かる。梅は、現代日本では激減している。かかる確率は相当低く、また、淋に比べれば感染力も弱い。そして今のところ、恭子と会うようになってから、その手の性病になったことはない。

湯船に浸かったまま、一人笑う。

当然だ。それなりの事後の処置は、ほぼ完璧にしている。だから、まず性病になることはない。

女を帰したあと、梶原は真っ先に大量の水を飲む。量にしてほぼ一リットル。

その後すぐに、洗顔料で顔を洗う。特に口の周りは念入りに洗う。口の周辺に付いているかもしれない菌の除去だ。

次にうがい薬を水に溶き、念入りに三回続けてうがいをする。これまた徹底的な口内洗浄。

以前、知り合いのデリヘル経営者に聞いた。

性病を含め、病気のほぼ九割五分は、経口感染によるという。だから、人と接触した直後に、うがいさえ徹底的にやっていれば、ほぼ世の病気は防ぐことができる。

だからおれは、とその経営者は言った。「ウチの子にも帰店直後に、うがいと洗顔、性器の洗浄を励行《れいこう》させている。ま、いわば商品の衛生管理だ」

ふん――。

鏡に映るうがい直後の自分の間抜け顔を見たあと、梶原はまた苦笑した。

次に、バスルームに入って熱いシャワーを出したあと、ペニスと陰毛をボディソープで洗う。相手の唾液《だえき》に含まれている菌の除去。一日に何本もペニスを咥《くわ》えてきた口。当然、残滓《ざんし》も残っている可能性がある。特に尿道の出口周辺は集中的に洗っていく。

最初はお湯で、つぎに冷水で陰部のソープを洗い流していく。冷水をしばらくかけていると、事前に大量の水を飲んでいるせいもあり、やがて尿意を催す。バスルームの中に突っ立ったまま、先ほど飲んだ水を尿として大量に放出する。

うん。これでよし。

万が一尿道から進入しかけていた性病の菌があっても、これで物理的に外に押し流される。

その後、湯船に浸かり、今に至る。ある程度湯に浸かって充分に毛穴から汗を出したあと、髪を含めた体全体を洗い終われば、それでもう、体に付いているかもしれない菌も、毛穴の中も含めて完全に除去できる。

ぼんやりとした心持ちで、湯気の立った天井を見上げる。

しかしおれは、ここまでしてデリヘル嬢とやりたいのか。

なんとなくだが、そうではないと感じる。

恭子と出会う前は確かに違った。まだ明確に、金を出してもそこそこ好みの女と寝たいという感情があった。その時々の彼女らしきものがいても、まったく後ろめたい気持ちもなく風俗に通っていた。

だいたいその当時に梶原が付き合っていた女性たちは、ほとんどが水商売関係の女だった。それも飲み屋が跳ねたあと、場のノリでついお客と寝るような、そんな尻軽女ばかりだ。実はそういう女こそ、性病で最も危険なのだということも梶原は知っていた。セックスを売り物にするプロではないので、どうしても衛生管理が素人レベルのおろそかなものになる。だから簡単に性病にもなるし、妊娠もする。

ちょうど、梶原の母親がそうだったように……。

そんな女に何も遠慮することはない、と思っていた。

ふとため息をつく。

以前から続くおれの風俗通い。吉原。池袋。大塚。鶯谷。そして今まで付き合ってきたキャバクラの女――。

本当は自分でも分かっている。なんとなく気づいている。

おれは、そういう苦界《くがい》に身を沈めていた女の金で、十五歳まで育った。カエルの子はカエル。どんなに憎んでいようが、どんなに恨んでいようが、所詮はあの女郎《めろう》の子なのだ。

どの女にも程度の差こそあれ、昔の母親によく似た匂いがする。心の中で憎み、軽蔑しながらも、どこかで自分の郷里に戻ったような、ふとした安心感を覚えている。そしてそういう商売女を定期的に抱くことにより、おれの精神は保たれている。

だから、金を払う。

そうやって復讐とも、近親憎悪とも贖罪《しょくざい》ともつかぬことを、二十代前半の頃からこうして厭《あ》くこともなく繰り返している。

恭子と会うようになってからも、別の意味でその精神のバランスを取るために、こうして定期的に商売女を抱く。

ふとした瞬間に、あの女にのめり込みそうになる自分がいる。しかし、恭子はそれを望んでいない。

おれと恭子の人生が重なるのは、会っているときだけだ。同じ空間で息をしていなければ、もうそれは他人の人生と等しい。

言わなくても感じる。恭子はそれを望んでいる。誰かの人生に負ぶさったり、永久に溶け合うことは、まったく考えていない。

だから梶原も、ともすれば恭子に対して本気《マジ》になりかける気持ちを、こうして散じている。精神のバランスを取っていく。カエルの子はカエル。自分の立ち位置を自覚させるために。そして、自分の育ちや金を稼ぐ手段が、とても彼女に釣り合っていないことを思い知るために。

……だが、自分でも分かっている。この方法での人とのバランスの保ち方は、根本的に間違っている。

最低とは、つまりそういうことだ。こういう気の散じ方でしか、自分は今までどおりの距離を取りながら恭子と付き合うことができない。

梶原はここでまたひとつ、軽く声を出して笑った。


それからちょうど一週間後の夜、梶原は恭子の家を訪れた。

いつものように吉祥寺駅からゆっくりと歩いて行き、井の頭公園の脇を通り過ぎた時点で、ふと時計を見た。

午後八時十七分。たぶん半までには彼女のアパートに着く。腕時計から目を離そうとした直後、白い文字盤の日付が目に入った。カシオ・オシアナスのクロノグラフ。ソーラー電波。日付表示も永久に狂わない。

5と表示されていた。

そういや、と梶原は改めて思った。自分の仕事には何の関係もないからすっかり忘れていたが、今日は五月五日。ゴールデンウィークの最終日だ。

そう言えば恭子は、この休みには福島に行ってくると言っていた。

へえ、何の用で？　と梶原が軽く訊くと、

「ま、ちょっとした用事ついでの旅行」

と、答えになっていない返事がキッチンから聞こえた。

だが、梶原はそれ以上突っ込まなかった。

たぶんおれには言いたくないこと。それに——これは理屈でなく体感でしかないが

——たぶん彼女はおれに嘘は一度もついたことがない。言いたくないことは黙っている。

用事ついでの旅行、というからには、おそらくは一人で行くのだろう。

それなら、彼女が言いたくないことに自分からあえて突っ込みたくなかった。ほじくり出したくはなかった。

考えてみれば、おれは彼女の過去を何も知らない。どこで生まれ育ったのかも、兄弟姉妹がいるのか、彼女の両親が今どうしているのかも知らない。

会うようになってもう八ヶ月になるのに、彼女はいっさい自分の過去を語らない。梶原もまた、自分の生い立ちを喋ったことはない。言葉にしなくても、お互いに分かっている。

あるのは、永遠に続く一瞬の今という時間だけだ。

今あるこの時間だけが、真実だ。

過去など語ったところで、無意味だ。ましてや自分の糞《くそ》まみれの過去。語る価値など一片もない。

歩きながらも、苦い笑みを浮かべる。

たぶんそれが、おれと彼女の距離感だ。その距離感を保たない限り、おれと彼女の中

にある共通の何かが、壊れてしまう。

やがて、恭子のアパートに着いた。

チャイムを押すと、ややあって彼女がドアを開けた。

「今日はサウナ、行ってきたの？」

そう言って微笑む。

いや、と梶原は靴を脱ぎながら答えた。「今日は早朝からずっと仕事だった」

「どんな？」

「いつもの牛頭《ごず》」梶原は答えた。牛頭とは、地獄の邏卒《らそつ》のことだ。別に、人間の敵という意味もある。「多重債務者を三人、栃木の山奥の飯場まで連れて行った」

彼女は笑った。

だが、それだけだった。恭子は先に廊下を歩いて行き、部屋に入った。

「ビールでも飲む？」

ああ、と梶原は答えた。「いいね」

冷蔵庫を開けた恭子が、サンゴー缶のヱビスと、グラスを持ってくる。ことり、とテーブルの上に置く。

「あとは自分でやってね」

言いながら、今度は浴室へと入っていく。なんとなく想像する。バスタブを洗いに行った。今夜は飯の前に風呂だ。たぶん彼女と一緒に入る。

ふむ――。

もうずいぶんと前から気づいていること。今の僅かな会話の中にも表れている。先ほども道々思っていた問題。おれと恭子との距離感。

恭子もおれも、今までにお互いの名前を呼び合ったことはない。二人だけの空間でしか会ったことがないから、主語なしでも呼びかけさえすれば、相手は反応する。だからまあ、問題がないといえばない。

しかし、そういう利便性と本質は違う。

おれは彼女を未だに、なんと呼んでいいのか分からない。

恭子、と気安く呼び捨てるには少なからず抵抗がある。ましてや『おまえ』などと言うのはもってのほかだ。おそらく恭子は、そんな呼びかけを嫌う。

彼女は、おれの所有物ではない。

それ以前に、彼女は誰の持ち物になることも望まないだろう。

なんとなくだが、そう感じる。

ヱビスのプルタブを引こうとして、手が止まった。気づいて尻ポケットの中から封筒を取り出す。中には五千円札が一枚入っている。

こうして恭子の家に来るのは、だいたい月に二回。そのたびに恭子の家の食材を消費している。手の込んだ料理を食べさせてもらっている。そしておそらくだが、若い公務員の給料というのは安い。

なのに恭子は、おれの贈り物を受け取らない。

色々と考えた挙げ句、今年の初めから彼女にお金を渡すようにした。

最初のとき、財布から五枚の諭吉を抜き出して、恭子の前に差し出した。

ん？

という表情を恭子は浮かべた。

「なに。これ？」

いや……と梶原は自分でやりだしたことながら、かえって居心地が悪くなった。

「まあ、変な意味じゃない。この家でお世話になっているお礼というか、食材の足しにしてもらえればと思って」

いいよ、と恭子はそっけなく札を梶原の前に突き返した。「別にそんなたいしてかかるわけじゃないし」

「でもさ」と梶原は言った。「やっぱりここに来て、世話になっているのは事実だし」

言いながらも、さらにテーブルの上の金を押し返した。

「だから、いいって」

言いつつ、恭子がさらに突き返してくる。

なんとなくムッと来た。

「人の好意は、素直に受け取ったほうがいいときもあるんじゃないか」

考えるより先に、いつもの癖で、思わずそんな高飛車な言葉が口を突いた。

途端、恭子の表情が明らかに強張った。

「私はね、そういうモノの言い方をする人は、嫌い」

そう、眼裂の異常に深い瞳で、正面から梶原を見た。

つい梶原は怯《ひる》んだ。

初めて会ったときに見せた、あの目だ。ひんやりとした、他人を容易に寄せ付けようとしない視線——。

と同時に、自分の言い方が悪かったことを悟る。

いや、違う。

言い方の問題ではない。彼女とおれは、どこまで行っても対等なのだ。そういう意味で、お互いに独立した人格なのだ……彼女はたぶん、今それをおれに言っている。

すまない、と気がつけばあっけないぐらい素直に謝っていた。「ごめん。おれの言い方が悪かった」

「………」

だが、彼女はまだ無言のまま梶原を見ていた。

でもさ、と梶原は言い訳を続けた。「おれの気持ちも分かってくれ。タダで飲み食いさせてもらうのは、やっぱり心苦しい」

するとと、ようやくほんの少し、恭子が笑った。

「だったらまだ、千円か二千円ぐらいでいいでしょ」

「え？」

「だから、五万も出すことはないでしょ」

……少し考える。

なんとなく答えが分かった。

「つまりは、おれの見栄ってこと、か」

そう梶原がつぶやくと、彼女はまた笑ってうなずいた。

「そんなつまらない、つまらない男らしさを誇示するために、私とこうして会っているわけじゃないでしょ」

これには、言葉もなかった。

結局はひと月に二度ほど来るから、月に一度、五千円を払うということで落ち着いた。

封筒を持ち、立ち上がる。箪笥の上に置くために、近寄っていく。

封筒を置こうとして気づいた。

この前までここにずっとあったナイフがない。使い道がなく、ついに箪笥の中にでもしまったのか。苦笑しながら封筒を置き、またテーブルまで戻って座る。

ちょうど恭子が浴室から出てきた。

「どうした、あのナイフ？」なおも笑いをのこしたまま、梶原は訊いた。「やっぱり、ロクな使い道がなかったか」

直後、おや、と思う。

恭子が困ったような表情を浮かべている。彼女がこんな表情を浮かべることは珍しい。たぶん、あのナイフの件で何かヘマをした。何かで刃を欠いたか。それとも踏んづけて柄《つか》でも折ったか。いずれにしても恭子は気まずそうだ。

「別に言いにくいことなら言わなくていい」むしろ梶原のほうが気を回して言った。「あげたもんだ。もうおれのモノじゃない。どう使おうが壊そうが、持ち主の勝手だ」

一瞬、恭子は迷ったような顔をしたが、それでも次の瞬間には、梶原のほうを見てきた。

「いや……やっぱり言っといたほうがいいと思う」

お？

実はさ、と彼女は言った。「しばらく貸したの」

その言い方に、つい梶原は訊いた。

「誰に？」

「四つか五つ下の、男の子」

ということは、二十歳前後だ。ガキだ。だが、それでも『男の子』ではない。その歳だと、もう完全に男だ。

そしてナイフを見たということは、この部屋に入ってきているということだ。

嫌な予感がする。聞きたくないと思う。

どこかで分かっていた。覚悟も出来ていた。

彼女とおれとの距離感。永久に縮まらない。おれの持ち物ではない。だから、将来を約束してるわけでもない。彼女がおれと会わない間、何をしようが誰と会っていようが、おれには何も言う権利はない。

ようやく分かる。

……この距離感が続く不安。どこかで紛らわしたかった。だからおれはデリヘル嬢を抱いていた。どこかで、そういう不安をイーブンにしておきたかった。おれだってやっている。おれだって他の女とやっている。

……やはり、おれは最低だ。

「それ以上言いたくないんなら、言わなくていい」

気がつけば、また言っていた。

「おれは、恭子とそいつがどんな関係だろうが、今、ここにいるおれたちには関係ない。

今は、関係ない」

すると、彼女は少し笑った。

直後、無言のままクローゼットを開けた。何かを取り出してくる。

ユニクロ製のパジャマ。デンターシステマの歯ブラシ。

だが、梶原の使っているそれらとは色が違う……つまりは、そういうことだ。

やはり、おれ以外にも、いた。

そしてそいつ――二十歳のガキと夜通しやりまくっていた。

「これだと、どう？」彼女は梶原を見て、言った。「最低でしょ。私って」

だが、心は不思議と平静だ。持ちこたえている。

そして思う。こういうものを今、あえておれに見せる意味――。

「もう会いたくないのか。おれと？」

違う、と彼女は首を振った。「今、あなたを傷つけた」

「何故《なぜ》分かる」梶原はなんとか笑みを見せた。「おれの顔色でも、変わったか」

違う、ともう一度彼女は繰り返した。

「今、初めて私の名前を呼んだ。『おれたち』って、言った」

「…………」

「傷つけたんだと思った」

そう言われてから、初めて気づく。

恭子。おれたち。

確かにさっき、おれはそう口にした。

情けなさに思わず内心、苦笑する。理性で抑えているだけだ。強がりを言っていても、内心ではひどく動揺している。そしてその動揺を、彼女に見透かされている。

だが、この女だって今、おれのことをあなたと呼んだ。

で——と気を取り直して梶原は言った。「なんで今、そんなものをおれに見せる?」

「たぶん黙っていたら、また何かのときに傷つける」彼女は言った。「二度は傷つけられない。だから今、全部見せたの」

なるほど。

しかし一方で。

今さら言うぐらいだったら、最初から付き合っている男がいるって、おれに言えば良かったじゃないか。それとも、おれのあとに付き合いだしたのなら、そのときにおれに言ってくれれば良かったじゃないか。

そう、思わないこともない。

「それと、この際だからもう一つ」恭子は言った。「ここに来ている人間が、もう一人いる」

梶原はその微妙なニュアンスに気づいた。

「人間？」

彼女はうなずいた。

「あなたと一緒ぐらいの年齢の男。でも、彼とは手を握ったこともない。ご飯も出さない。二、三時間話して、相手は帰るだけ」

「何故？」

「私は、家庭持ちとはそういう関係になりたくない」彼女は簡潔に相手の状況を言った。「だから、それを条件にさせてもらった。友達としての関係だけ」

ふと思う。

このおれと知り合ったきっかけ。あのときおれは、かなり強引に自分と会えるように話を持っていった。おそらくは他の二人もそうだろう。おれのときのように、いったんは手ひどく断られても、しつこく纏《まと》わりつくようにして言い募った。

少なくとも、最初から彼女が乗り気だったわけではない。

「もう少し質問してもいいかな？」

用心深く梶原は口を開いた。

一呼吸おき、恭子もうなずいた。

「彼らの個人情報以外なら」

「その二人とは、いつ知り合ったんだ？」

「ここに来るようになったのは、あなたよりあとよ」

一瞬迷った。

おれと会うようになってから、他の男二人と知り合った。そして二人とも家に入れた。

おれに対して申し訳ないとは、一度も思わなかったのか——。

本当はそう訊きたかった。

だが、口をついて出てきたセリフは、かなりニュアンスの違ったものになった。

「何故、おれに今まで言わなかったんだ」

……やはり、意外なほど冷静な自分がいる。

「ごめん」彼女は頭を下げた。「でも、言い出しにくかったよ」

悪いとは思っていない。でも、知られたくないこととは別、ということだろうか。

そうか、と思わずため息をついた。

ごめん、と彼女はもう一度言った。

「で、どうする？」

「ん？」

その問いかけに、彼女を見た。

真面目《まじめ》腐った顔つきの、恭子の顔がそこにある。

「たぶん私、他の二人とこれからも会うと思う」彼女は言った。「うまく言えないけど、そんな気がする」

「……そうか」

つまり、それで駄目ならおれが去っていっても、彼女的には問題ないということだ。

こんな状況ながら、つい梶原は笑った。

倫理的に断罪するのは簡単だ。ここで思い切り罵《ののし》ることもできる。

だが、ポイントはそこではない――。

おそらくは昔からだ。

どうして彼女は、こういうことをしてしまうのか。それを知らない限り、おれは判断できない。

知らぬ間に両腕を頭の後ろで組んでいた。

「さあて……」自分でも信じられないほど穏やかな声が出た。「――どうするかな」

今度は彼女が意外そうな表情を浮かべる番だった。

「怒らないの」

やっぱり。

彼女は間違いなく、こんなことを繰り返している。

愚かな女だ。

だが、それはおれも同様だ。

たぶん、その共振の中に、何かがある。おれが彼女といて、安心する何かがある。

ロンリー・プラネット。

「おれだって最低だ。最低な人間だ」梶原は言った。「恭子よりもひどい。最低な育ち方をし、最低な仕事をやり、初めて言うが、たまには女を金で買っている。どうしてそうなるか、自分でも分からないがな」

「…………」

「そしてこれからも、そんなロクデナシの生き方を続けるだろう。だからまあ、おあいこだ」

でも、と彼女は言った。「異性をお金で買うのと、その相手を家に入れるのは、全然違うと思うけど」

もう一度梶原は笑ってしまった。

「恭子は、おれのもんじゃないだろ」梶原は微笑んだ。「だからおまえがどういう生き方をしようと、それは自由だろう」

「……いいの？」

梶原はうなずいた。

「そして今のところ、そんな話を聞いても、おまえと別れるつもりはないようだ」

不意に彼女が微笑んだ。

「あなた、分かっている」彼女は言った。「まがい物かもしれないけど、でも分かっている。本物」

本物？

梶原は、また笑った。

そんなわけないだろう。確かにまがい物なのは間違いないが。

ただ、これだけは梶原も知っている。

嫉妬《しっと》――。

それは、つまるところ本人のエゴだ。独占欲と甘美な自己認識への快楽から派生してくるものだ。

それ以外の何物でもない。

だから梶原は笑うしかない。

3

また日曜の午後が来た、と男は思う。

目の前の池のほとりにあるベンチ。老人はすでに座って、いつものように亀に餌を投げている。

ほら、餌だよ。

男は藪の前のビニールシートに寝転がったまま、老人のはるか向こう、池の対岸にある時計台を見る。午後一時五十七分。そろそろだ、と思う。

到着を待ちながら、老人を見るともなく眺めている。今日の老人は鞄を持っている。いつもは手ぶらなのに……何かわけがあるのだろう。

二時三分過ぎに、右手の木陰からサクリ、と葉を踏む音が聞こえた。小径の中から彼女が姿を現した。

老人の座っているベンチの端まで近づいて行き、
こんにちは、
と、白い歯を見せながら声をかけた。

「いい、天気ですね」

老人がいつものように振り返る。

あ、はい、とくぐもった声を出して反応する。

ん？――と、男は寝転がったまま思う。

その横顔。いつものように緊張が走っている。だが、受ける印象が微妙に違う。すぐに分かる。以前までは、こうしていきなり話しかけられたとき、老人は相手の顔を正面から見ない。自分の病気への引け目、恥じらい、恐れ……。

しかし、今日はまじまじと彼女——ミタニキョウコの顔を見ている。

だが、彼女はすでに老人の顔から池へ視線を転じたあとだった。男にはその形のいい後頭部しか見えないが、おそらくは浅瀬の岩の上に群がっているミシシッピアカミミガメを眺めている。

老人が依然、彼女の横顔を注視しているとも気づかず、彼女の口からいつものセリフが漏れる。

「いつもここで、こうやって亀に餌をやられているんですか」

一瞬遅れ、

「ええ——」

と老人がかすれた声を出す。

「先週も来ました。先々週も来ました。そして亀に餌をやりました。記憶には、ないですがね」

その答えに、ぎくりとしたように彼女の頭部が動いた。老人を振り返り、まじまじと見下ろす。その横顔が驚きに強張っている。

「……やはり、そうでしたか」

言いつつも、老人は相手の視線をしっかりと受け止めていた。そして、束の間迷った

ような笑みを浮かべたが、

「ええと、ミタニキョウコさん、もう初対面のふりは結構ですよ」

「え？」

するとと老人は、脇に置いた鞄のファスナーを開けた。ジッパーの音。寝転がっている男のところまでは聞こえるはずもない。なのに、微かに聞こえたような気がする。自分の心臓の音。上書きされていく。すべては錯覚のなせる業だ。

「…………」

ミタニキョウコが無言で見守る中、老人は鞄の中から分厚い革製の手帳を取り出した。

「これは、日記です」

老人は言った。

「今の病気になりたてのころ、付け始めました。記憶を残しておくためです。色々と考えた挙げ句、この方法が一番だと気づきました。その日にどこに行ったか。出会った人。名前。何を話したか……そんなことです」

言いながら、ジャケットの右ポケットから眼鏡——おそらくは老眼鏡だろう——を取り出して鼻梁にかけた。

「確かに役には立った。しかし以前のことは、ここに書かれてはいてもまったく思い出せない。何一つ実感がない」

「…………」

「しかも、その覚えていられる期間が徐々に短くなってくるのが、時間の経過とともに分かりました。自分の無力を思い知らされ、砂を噛むような気分になりましたね」老人はまた、少し寂しそうに微笑んだ。「二年書いた時点で、もう読み返さなくなりました。同時に、日記を付けることも止めました。記憶に残ってないことを読み返すことほど、辛いことはない」

「……では、何故私の名前を？」

かすれた声でミタニキョウコが質問する。

「今年になって、また付け始めたんですよ。日記を」老人は答えた。「残される子供たちに対して、やはり私には日記を付けておく義務がある――そう感じました。私が死んでから、当時私が何を考えていたか。何を思ったか……彼らはたぶん、それを知りたくなることもある。こんな私にも日常の中で多少の楽しみがあったことを知れば、彼らへの慰めになる。だからです」

「…………」

「でも、もう読み返すことはしませんでした。残される人間のために付けているのだから。そう、思っていました。しかし、少し考えが変わり、このゴールデンウィーク中にあらためて読み返しました」

老人はそこで、ページを捲った。

「あなたの名前は、ミタニキョウコさん。二十五歳。驚いたことに、今年に入ってから雨の日以外は、必ず毎週日曜日に会っている。しかも、あなたは毎週、私に初対面のふりをして会いに来ている」

ミタニキョウコは無言のまま、日記の上にある老人の指先に、視線を落としている。

何故です、と老人は訊いた。「日記を読み返して、私なりに感じるものはありました。まるで禅問答のようなやり取りを、いつも繰り返している。私なりに予想していることもあります。しかし私は、あなたが毎週ここに来て私に会う理由を、直接あなたからお伺いしたい」

寂しいからだ――。

ふと男は思った。

迷っているからだ。そして、心の拠《よ》り処《どころ》を探している。

ミタニキョウコが口を開いた。

「失礼でしたよね。あまりにも」言いつつ、深々と頭を下げた。「本当に、すいませんでした」

老人は少し微笑んだ。

「そんなおわびを聞きたいわけではありません。日記によると、いつも私は楽しかったらしいです。だから、謝る必要もないのです」

「……はい」

「質問に、答えてください」老人は繰り返した。「どうして毎回初対面のふりをしてまで、私と会っているのですか」

男が見守る間にも、両者の間に長い沈黙が続いた。

さあ、と老人はふたたび諭すように言った。「たぶん、あなたは何かを誤魔化《ごまか》している。そんな自分にも気づいている。しかし現実は直視したほうがいい。だから、私も日記を再開しました」

はい、とようやく彼女はうなずいた。

そして口にした答えは、男が予想していたものとは、結果としてかなり違うものだった。

「……たぶん、一人で生きていて寂しいとか、不安だとか、表層に出てくる感情としては、そんなものでしょう」彼女は相手にというより、むしろ自分に言い聞かせるように言った。「――でも、それは根っこの問題ではない」

ふむ、というように老人は首を捻った。だが、口は開かない。彼女にその先を促すように、微かな笑みを投げかけているだけだ。

「生きているということが、虚しい。というより、ヒトが生きるということは、すべて虚しいものだと感じたりもします。いつもは意識しないようにしていますが、それでも時おり、絶望に近い気持ちを味わうことがあります。誰かといると、たしかにそんな気持ちは誤魔化せる。孤独は紛れる。でも紛れるだけで、根本解決にはなっていない」

老人の目に、少し哀れむような表情が漂った。

「……ひょっとして、孤独を異性で埋めることもありますか？」

一瞬躊躇ったあと、彼女はうなずいた。

「私から誘ったわけではありませんが、それに近いです。誤魔化しています」

なるほど、と老人は微かにため息をついた。

ミタニキョウコも軽く笑い、同様にため息をついた。

「愚かですよね」

「まあ、他人で自分の人生は埋まりませんからね」老人は言った。「でも、それが愚かだとは思いません」

「はい？」

「たぶんあなたは、常よりも考える人間になったんでしょう。だから、気づかなくてもいいことが見えてしまう。考えてしまう。縋りたくなる気持ちも、分からないではない」

「でも、それはやはり違いますよね。ヒトとして」

だが、その問いかけには答えず、老人はしばらく地面を見つめていた。やがてため息をつき、

「人間の厄介なところは、たぶんそこでしょう」

そう言った。

だが、男には老人の言うそこの意味が、よく分からなかった。ヒトとしてを指しているのか……しかし違うような気がする。

老人の話は続く。

「『空《くう》』から生まれて『空』に帰る。人間を含めた生命の、始点と帰着点は本来、虚しいものでしょう。二千年以上も前の偉人――釈迦《しゃか》も、そして孔子も、本来はそういう類のことをおっしゃっている。ヒトは死ねばどこに行くのか？　我不知道。私は知らない、と」

「……………」

「彼らは、ヒトは死ねば単なる死骸になり、それとともに私たちが永遠だと錯覚しがちなこの世界を見ている自意識も消え、最終的には精神も肉体も、大地の泥に、あるいはこの空気中の塵《ちり》に戻るという事実を認識していたのではないかと思います。ただ、それを意識の形而下《けいじか》と形而上でさ迷っている人々に言ってしまえば、あまりにも身も蓋《ふた》もない」

老人はゆっくりと語っていく。

「人間は、自分の存在と、目に見える世界を絶えず同一視している。自分が見ていることの世界を、絶対のものだと何の疑問もなく思っている。その延長線上で、自分だけはその生において特別な存在だと無意識に感じている。それが自分以外であれば、肉親が亡くなったときであっても、ああ、彼らは泥に戻っていくんだ、と思っているくせにね」

彼女は黙って話を聞いている。老人はさらに話を続ける。

「しかし一方で、無意識ながらもどこかで気づいている。感づいている。自分を含めた人間という存在が、本来そんな特別なものでないことに。だからこそ何かに縋りたい。無意味な存在という自分に耐えられない。自分自身の存在価値を、何か絶対のものとして証明してくれるものを求めている。結果的に有史以来、人間は宗教という虚構の世界観に従属してきた。……その真情を受けて彼ら――孔子や釈迦はそういうふうにぼやかしたのではないでしょうか」

「……ですかね」

「本来ヒトは意味なく生まれ、意味なく死んでいく。そして、人間だけがその虚しさを知り、それに耐えていく動物と言えば、言えるのかもしれません」

なるほど、と男は思う。ここ数年の路上生活で実感してきたこと。自分の存在など、そして自分の目に映る世界など、その置かれている状況により、まるで違ったものに映る。つまりは、絶対的な価値などどこにもない。

「この話に、だからどうだ、という答えは別にありません。ただ私が思うのは、人間も他の動物も同じだ、ということです。意味もなく生まれ、意味もなく死んでいく。そういう側面で、生きとし生けるものはすべて平等でしょう。すべての生命に等しく神が宿っているという、八百万《やおよろず》の神。日本特有の思想風土。これは意外に真理を突いている」

老人はここで一呼吸おき、少し笑った。

「で、先ほどの話に戻ります。あなたはヒトとしてと、言われましたよね？」

「……はい」

「倫理観を考えるときに、人はよく使いますよね。しかし本来、その存在が無意味なものに対して、ヒトとしてという倫理としての縛りが、どれほどの意味を持つものでしょう？」

「………」

「ヒトとしてこうあらねばならない。ヒトとしてそんなことは許されない。ヒトとしてそういう考えは間違っている──言ってみれば『すべき論』、『ねばならない論』ですね。しかしあえて誤解を恐れずに言えば、本来無意味な存在の上に、そんな倫理観、ないしは道徳的構築が正統なものとして成り立つものでしょうか」

「………」

「ヒトを傷つけないこと、ヒトを殺さないこと、ヒトのものを盗《と》らないこと、ヒトを罠《わな》に嵌《は》めるような騙《だま》し方をしないこと……大きく言えば、周囲の人間に決定的な迷惑をかけないこと。これは、確かに大事なことでしょう。ですが一方で、ヒトがヒトの中で群れて暮らしていく上で、これ以上の縛りは必要ないのではないか。つまり、それをまとめたのが法律です。私は、そう考えます。そしてそれは、ヒトとしての倫理観というものではなく、単に共存を図る上での約束事でしかない」

「だから、必要以上に、それに縛られることはない、と？」

「少なくとも、その要因が発している場所は、正確に知っているほうがいいということです」老人は多少の訂正を加えた。「だから、そういう意味ではイエスです。自分の心までその約束事から発した倫理観で雁字搦《がんじがら》めにする必要はない。むしろ、決まり事として捉えていたほうが気が楽です」

でも、とミタニキョウコは問い返した。「その相手の感情はどうなるのですか？　うまく言えないのですが、自分の振る舞いで相手を傷つけるような場合は？」

「それは、今あなたが付き合っている男性のことを考えながら言っている質問ですか？」

一瞬彼女は躊躇《ちゆうちよ》した。だが、結局はうなずいた。

老人は軽くため息をついた。

「あなたは先ほど、自分の心の隙間《すきま》を異性で誤魔化していると言いましたよね？」

「……はい」

「失礼ですが、その相手は複数ですか？」

「寝ている相手が二人……そして単なる話し相手が一人、です」

「しかし、自分から彼らにアプローチしたわけではない、と？」

「はい」

「それでも、良心の咎《とが》めというか、そういう自分に嫌悪感を覚えている」

「嫌悪感までは覚えていません。でも、このままではいけないと思っています。やや気が引けてもいます」

その言葉を聞きつつも、男は密かに老人に感心している。

この女、自分から能動的に行動を起こしたのではないとはいえ、それは言い訳に過ぎない。はっきり言えば、男関係に節度がない。だらしがない。

あなたは、相手から好きだと言われれば、誰にだって体を許すのですか——。

そんな激しい言葉を口にして、老人は彼女を非難することだってできる。

だが、老人は非難めいたセリフをいっさい口にしない。

たぶん、と男は思う。そんな表層の行動のみが、この問題の本質ではないと捉えているからだろう。

現に今も、ふむ、と老人は笑った。

「ですから、さっき言ったとおり、このままではいけない、などと思うことはないのですよ。そういう倫理的な縛りから解放された上で、基本的には、自分なりの約束事として、あなたが決めることです。好きなように決めればいい」そう言った。「……そう。今思い出したのですが、『名こそ惜しけれ』という言葉があります」

「はい？」

「平安朝末期から鎌倉幕府勃興期にかけて、坂東《ばんどう》、つまりはこの関東の武士たちが、よく口にした言葉です」老人は解説した。「『名こそ惜しけれ』――つまり、自分という名の存在に賭《か》けて、恥と感じる行動や、卑怯《ひきょう》と思える振る舞い、薄汚い嘘はつけない、という考え方です。そしてその考え方で、自分を律していった」

「………」

「ある意味、この言葉に含まれる精神性は、今も日本人の中に生き続けている。男女を問わずです。世界中の多くの民族と違い、宗教的倫理観の縛りの薄い日本人は、この一言で、自分の行動の規準を決めていった。アラーやキリストといった神との約束ではなく、自分自身との約束です。決め事です。そして、その言葉に自分の心が従う限り、私は本来、人間にとってこれ以上に複雑な規範は必要ないのではないか、と感じることがあります」

「でも、その規範は、その人の考え方や気質、個性によって千差万別ですよね」ミタニキョウコは質問した。「苛烈《かれつ》な考え方をする人間だったら、その規準が他人の扱いに関して苛烈でも、当人は何の疑問も感じないのではないですか？」

するとと老人はもう一度軽く笑った。

「かも、しれませんね。しかし現在の社会は独裁者の支配する世界ではない。例外の国も多少ありますがね。ですから、あまりにも苛烈な考え方の持ち主は周囲の人間から非難され、あるいはこの社会から弾き出され、場合によってはそれなりの制裁を受ける場合もあるでしょう」

「ですよね」

そうミタニキョウコが同意を求めると、老人もうなずいた。しかし、うなずきながらもさらに言葉を続けた。

「ですが、私が言っているのは、そういう結果論ではない。あくまでも内面の問題です。そようは、その当人にとって、生き方、身の処し方が納得いくものかどうかでしょう。その上で、もしその規範が世間から受け入れられないのであれば、そのときは本人がそれなりの制裁や非難を受ける。あえて言えば、自分の考え方は間違っているかもしれない、それでもそのときは、自分の身をもって贖《あがな》えばいいという覚悟です。その精神性があるか。それとも、ないか。まあ、そういうものだと思います」

危険だ、と聞きながらも男は思う。

我が身を常に賭けの対象にしてこの世を渡っていく。危険この上ない。だが一方で、それも一面の真実かもしれない、と感じないこともない。実際、後生大事に自分の社会的立場を守ろうとして、納得できない生き方を汲々《きゅうきゅう》として続けてきた挙げ句、今のこの自分の体たらくがある。

この老人は、たぶん分かっている。分かっていて、それでも自分の中での精神の整合性を得るためには、あえてリスクのある生き方もあることを、彼女に伝えようとしている。

案の定、彼女は尋ねた。

「最後に自分で自身にケリをつける覚悟があれば、それでもいいと？」そして、さらに問う。

「自分が納得できれば、そしてその覚悟さえあれば、周囲の人間を傷つけることになっても仕方がない、と？」

老人は、くすっ、と吐息のような笑いを洩らした。

「どうして、笑うのですか？」

「今のあなたは、それを男女関係のみに限定して考えているようですね」

「…………」

「おそらくですが、男女の関係も基本的には同じですよ。相手を傷つけるからといって何もしないでいても、結局は、そんな自分に納得していないのなら、必ず終わりが来る。おそらくは、あらゆる意味で〝もう遅い〟終わりがね」

「…………」

「男女関係に関してだけ言えば、優しさを持つなら、最初から相手に対して棺桶まで持っていける優しさを持っているかどうか……いや、少なくともその覚悟があるかどうかを精査したほうがいいでしょう。中途半端な優しさなど、所詮は綻《ほころ》びが出るものです」

老人は言いつつも、手に持った手帳の表紙を軽く指先で撫でた。

「たぶんあなたにとっては、私に対していつも初対面のふりをすることは、優しさだったかもしれない。でも、それが分かったとき、一瞬だけですが嬲《なぶ》られたような気分になりました」

「…………」

「半端な優しさは、気遣いは、最終的に相手にとっては害です。というより、あなたは自分の思うように生きればいい。その覚悟さえできれば、いつでも自分の真実を露呈して歩けばいい。そのほうがはるかに気楽です。少なくとも私はそう思います」

ややあって、老人はビニール袋の中からパン屑を取り出した。それを、池の縁に群がっている亀に向けて放り始めた。

「見てください。あの亀たち。ミドリガメ……正式な名称はミシシッピアカミミガメと言います。あんなにのっそりとして見えますが、気性は非常に獰猛で、本来この国にいた日本種を現在も急速な勢いで駆逐しています」

知っていたのか。

男は思う。

しかし、そこまで分かりながらも、いつもこの男は亀に餌をやっていた。

老人の話は続く。

「私がこうして餌をやっているときも、彼らは周囲にいる自分の仲間のことなどいっさい考えていない。一見のろまな動作に見えますが、よく見ると、自分だけが餌にありつこうと躍起になっている。それが、生物の本質です。本来の姿です。自分と他人を意識させる心があってこそ、慈愛や優しさというものが生まれる。しかしそれは、まず自分がしっかりとしていてからの話です。不安定な実存の上での優しさは、結局は相手を面倒に巻き込んでしまう」

「………」

これは、と老人はつぶやくように言った。「今の自分に照らし合わせて、そう思うことでもあります」

男はようやく感じた。だからこの老人は誰も誘わずに、いつも一人でこの公園にやって来ていたのだ、と。

そしてたぶん、朝起きてから夜寝るまでの大部分の時間も、極力一人でいる――。

やがて老人は、パン屑をすべて放り終わると彼女を振り返った。

「いつも、こんな感じで私は喋っているのですか?」

はい、と彼女はうなずいた。

「いつも、こんなに長く?」

「いえ。いつもはもっと短いです」

だと思った、と老人は軽く笑った。「なんだか、妙に疲れました。でも今まで読み返した日記の中には、話して疲れた、などとは一言も書いてありませんでしたから」

彼女もようやく笑顔を見せた。

老人は微笑を残しつつも、ゆっくりとベンチを立った。

「では、多少疲れたので、先にお暇《いとま》させてもらいます」

あの、と躊躇いがちに彼女は口を開いた。「また、ここで会っていただいてもいいですか?」

もちろんです、と老人は言った。「毎週日曜にここに来るのは、私の習慣ですから。もっと言えば、自分の字でそう書いた紙切れが、壁に貼ってあります」

「何故です?」

「理由は、つい先日まで分かりませんでした」老人は少し照れたように微笑んだ。「でも、今は分かります」

彼女は少し笑った。

4

三日前に、メールは入れてあった。

午後六時。窓から目の前の市役所越しに差し込んでくる陽光。机の上で鮮明な照り返しを放っている。陽が延びたのだと改めて思う。いつの間にか五月も半ばを過ぎている。

和田はいつものように私服に着替え、交番を出た。

三谷恭子からの返信は、三日前すぐに一度あっただけだ。以降は、今日のこの時刻まではない。

そして彼女は、つい三十分ほど前、自転車で市役所の脇から出てきた。和田のいる交番に目を向けることもなく、目の前の道路をまっすぐに東へと進んでいった。

つまりは、予定通りだということだ。

和田は、彼女の自宅への道をやや早足で歩いている。シャツの背中に夕日が照りつけているのを感じる。じわりと汗をかき始めた感触。たぶんこのままだと、彼女の家に着くころには、シャツに多少の汗染みが出来ている。

少し、切なくなる。

彼女とは、今も彼女の部屋でぽつぽつと話をするだけの関係だ。それ以上のことは相変わらず一切ない。おそらくはシャワーを浴びさせてもらうこともできないだろう。第一、シャワーを浴びたところで、また汗臭い服を着なくてはならない。

歩きながらも一人、苦笑する。

たぶんおれは、こういう関係のみが三ヶ月も続いているというのに、まだ期待している。心のどこかで、彼女が自分の体にいつか触れてきてくれるのでは、と思っている。

一方では、それでいいのだ、とも思う。

そういう期待がどこかにあるからこそ、焦《じ》れつつも、会っているだけで楽しい。と同時に、それが自分の限界だとも感じる。自分の過去。生い立ち。それが自分を縛る。

清く正しく、美しく――。

父親も田舎の警察官だった。和田と同じノンキャリア組。母親も婦警だった。職場結婚。そんな家庭で、生まれ育った。

影のない世界。完全な倫理の支配する家庭環境。

でも、今にして思う。それがいったい何だというのだ。

光のあるところには必ず影がある。明るい場所にこそ、物陰にはくっきりとした影が出来る。この世に光が存在する限り、対比としての影がない世界はない。陰影があってこそ、世界は成り立つものではないか。

だから、と今になって和田は思う。

両親は、その影を見せまいと必死に虚構の世界を作り、それを自分たち子供に見せていたのだ。一面だけの世界を。

教育として見れば、それが間違っているとは思わない。事実、和田はそんな両親に育てられたことを、たとえ手放しではないにせよ、喜んでいる。

だが、中学、高校、そして警察学校へと進むにつれて分かってきた。

白と黒。それがこの世界の根源だ。

あるいはその中間にあるグレー・ゾーン。

それをないものとしては、リアルな感覚は成り立たない。すべてを見る覚悟。すべてを直視する勇気。

現実に、和田の今の生活がそうだ。グレー・ゾーン。法律的になんら疚《やま》しいことはしていないにしろ、家庭持ちの男が彼女に期待している心持ちは、限りなく黒に近いグレーだ。

……そんなことを考えながら歩いているうちに、彼女のアパートの前まで来ていた。

ふう、と一息ついて、時計を見る。午後六時四十七分。

ドアの脇のチャイムを鳴らす。すぐにドアが開いた。彼女がその隙間から顔を覗かせた。

歩いてきたら、ちょっと暑かったでしょ。

そう彼女は言った。

「とにかく、ひとまず入って」

――ん？

言葉通り、玄関に入りながらもふと妙な感覚を味わう。

ひとまず、とはどういう意味だ？　すぐにこの部屋を出るとでもいうのか。

だが、奥の部屋に入っていくと、小さなテーブルの上に、受け皿に載っているハンドタオルが目に入った。すぐにその小さな疑問は収まる。

「冷蔵庫に入れておいたから、気持ちいいと思うよ」

意味は分かる。濡れたハンドタオルを広げ、まずは首筋を、次いで両手から二の腕にかけてを入念に拭いた。ひんやりと冷たい感触が皮膚に残る。

ありがとう。

言いながら和田は、ハンドタオルをおしぼり受けに戻した。

三谷恭子が麦茶の入ったグラスを目の前に置いた。

グラスに手を伸ばそうとして、ふと気づいた。

ずいぶん前から箪笥の上にあったナイフ。なにやら曲がった刀身で、しかも風変わりな彫金を施されたナイフだった。およそ女性の持ち物にはふさわしくない。たぶん誰かからの貰い物だ。

和田は仕事柄、モノの位置関係にはそれなりに注意が行く。いつも寸分違《たが》わぬ場所にあった。明らかに使われていない。使われていないものを、何故一番目に付きやすい場所に置いているのか。

だが和田は、そう訊きたい気持ちをいつも呑《の》み込んだ。以前に言われた。

私のプライベートには、なるべく触れないで。

ひょっとしたら、彼女が訊かれたくないことかもしれない。

ナイフは、ゴールデンウィークの直前に来たときにはなくなっていた。そして、今もない。

使う機会がなかったから、どこかに仕舞ったか、誰かに上げたのだろう。

これぐらいならいいだろうと思い、つい訊いてみた。

「あのナイフ、いったいどうしたの」

当然、ごく自然に答えが返ってくるものだと思っていた。

　だが、彼女はやや硬い表情で、テーブルの向かい、和田の正面に静かに腰を下ろした。

「実は、そのことで話があるの」彼女は言った。「二人、定期的に会っている男の人がいるって前に話したでしょ」

　嫌な予感が心を過《よぎ》る。和田はつい口ごもりながらも、ああ、そうだったね、と答えた。

「あのナイフは、そのうちの一人から貰ったものなの」

「あ……そう」

　でね、と彼女は唇の端をちらっと歪《ゆが》ませ、こう言ってのけた。「お願いがあるんだけど、今日限り、もう私の家には来ないで欲しい。というか、あなたと会うのは、これで終わりにしたいんです」

　語尾に、ちょこんと付いた丁寧語。一瞬、部屋の中のありとあらゆる色彩が、モノトーンになったような錯覚を覚える。心が網膜に反射を起こす。強烈な光と影。まったくの唐突な展開。

　私は、と彼女は、和田の目を見たまま言葉を続けた。「これからは、あのナイフをくれた人とだけ会うことにしたいんです」

　まただ、と思う。またしても敬語……そこに、彼女の決意が透けて見えるような気がした。

「でも、なんで？」情けない。気づいたときには、上ずった声でそう反論していた。

「おれとあなたは、特に変な関係ではない。手も握ったことがない。ただの話し相手だ。もう一人の男はともかく、このおれと会っていたって、何の問題もないんじゃないだろうか……」

言いながらも、最後に行くにしたがって、その語尾は弱く、小さくなった。

分かっていた。手前勝手な理屈に過ぎない。どんな男だって、自分の女の家に他の男が入り込んでいたと知ったら、たとえ肉体関係がなくてもいい気はしないだろう。

そして、それよりも重要な事実――。

彼女は、そのナイフの男のために、彼女自身がそういうことをしたくないのだ。それと、ナイフをくれた人とだけ、と今しがた言っていた。もう一人の男とも別れるつもりだ。ましてや、家庭持ちの自分など、論外だろう。

くっ……。

危うく嫉妬に膨らみかけた気持ち。だが直後には、なんとか抑えることができた。静かに、しかし大量の息を、ゆっくりと吐き出した。

ふう、と内心でため息をつく。

分かっていたことだ、やがてこうなることは。

多くを望んではいけない……多少愉快な時間を持てただけでも、そのぶんだけ幸せというものだ。

そう自分に言い聞かせつつ、ゆっくりと三谷恭子のほうを向いた。

もう分かっている。充分に。

こうして面と向かって話すのは、確実に今夜で終わりになる。

「ひとつ、訊いてもいいかな?」

つい口走っていた。未練だ。

なに?

とでも言うように、彼女が小首をかしげる。

どうして突然、いきなりその男一人に絞る気になったんだ?

そんな言葉が出かかり、違うと感じる。誤差がある。改めて考え、口に出す。

「そのナイフの男を、本気で好きになったということ?」

できるだけ語感を柔らかく、そう質問した。

すると彼女は、うっすらと笑った。柔らかな、非常にゆったりとした笑みだった。

「本気で好き、ね……」と、つぶやくように言った。「そういう意味では、違うと思う。

でも、ある部分では、そうかもしれない」

「え?」

「彼は、どんなに近い存在になっても、気持ち的に寄りかかってきたりしない。自分は
自分、私は私。私と自分を、同一視しない」彼女は言った。「だからかな」

………。

よく意味が分からない。なんと反応していいか分からない。

和田が黙り込んでいると、彼女はまた少し笑った。

「ごめん。私が上手《うま》く言えていない」

仕方なく和田も苦笑して、うなずいた。

「じゃあ、言い方を変えるね」その口調。まるで諭すような言い方だ。「彼には、とても共感できるところがあって、たぶんそれは、心の暗い部分から来るものなのかもしれない」

さらに彼女は優しく言葉を続けた。

「でも、お互いにそれが分かっている。自分の暗い部分を制御できる。だから、共感はしても共振はしない。溺《おぼ》れない。むしろ、安心する」

「………」

「最近、それがはっきりと分かることがあったの。だから、彼を不愉快にさせるようなことはもう、したくない」

和田はなおも黙ったまま、その絶縁宣言に等しい言葉を聞いていた。

彼女に見えていた自分の像が、ゆっくりと輪郭を帯び始める。

おれは、と知らぬうちに口走っていた。

（おれは、あんたにとって安心できる存在ではなかったのか――）

そう言いたかった。訴えたかった。

だが、やはり言えなかった。

……分かっている。口にするのも愚かなことだ。

訴えたい、と思っていること自体、相手に寄りかかっている証拠だ。気持ちの押し付け。それ以外の何物でもない。

もともと共感できる土台自体、何もなかったのだ。おれは彼女を見かけ、その延長線上に自分の理想を見ていた。その上で、単に現実逃避して、この部屋に通っていた。おれは彼女に見守られていただけだ。逆に言えば、彼女に束の間の慰めを求めていただけだ。愛ではない。共感でもない。心の隙間を埋めるための擦り寄り。おれにとって彼女は、それ以下でも、それ以上の存在でもない。

……なのに、たった今もおれは、この土壇場で彼女に縋りつこうとした。

「分かった」

気がつけば、ようやくそう口にしていた。

そうと分かれば、もう、これ以上はここにいられない。

不思議に心は静かだ。ゆっくりと腰を浮かした。

「短い間だったけど――」声がややかすれていた。「今まで話し相手になってくれて、どうもありがとう」

最後だ、と思い、手を差し出した。彼女はちらりと和田の顔を見上げ、自らも立ち上がった。そして右手を差し出してきた。

軽く、握手した。

初めて彼女の体の一部に、手を触れた。わずかに湿っていて、そして冷たかった。

内心、苦笑した。

男とは、本当に仕方がないものだ。こんなときでも、この湿った冷たい肌を抱いていたらどうだったのだろうと、つい想像していた。

だが、そんな思いが心を過った直後、彼女のほうから手を離していた。

うん——。

これで、完全に切れた。

「じゃあ、帰ります。元気で」

「はい」

和田は部屋を出て、玄関に戻り始めた。ふと腕時計が眼《め》に入る。七時二分。滞在時間、わずかに十五分。最後の最後で、最短記録が出た。

玄関で靴を履きながら、ふとあることに思い至って彼女を振り返った。

「そういえば、もう一人の男にも、このことは伝えたの？」

彼女はうなずいた。

「つい、三日前にね」

直後、カッと腹の底が熱くなった。この女、たった三日前にも男と会っていた。そしてたぶんそれは、セックスも込みの、濃厚な別れだったはずだ。

だが――。

やはり不思議なものだ。靴を履き終わり、ふたたび彼女を振り返ったときにはすでに平静に戻っている自分に気づいた。

おれと彼女との関係。元々が陽炎《かげろう》のようなものだったのだ。

子供の頃の記憶。郷里の小川。田んぼを白く染めた霜。森のどこかで鳴いているホトトギス。

だが。

光と影。おれの少年時代だって、あえて影を隠した世界で成り立っていた。これもまた、いい思い出だけが前面に押し出された陽炎のようなものだ。

じゃあ、元気で。

先ほどと同じ言葉を繰り返し、ドアを開けた。

外に出てドアを閉める瞬間、背後を振り返った。

狭く暗い廊下のとっつきで、両手を太ももの上で揃《そろ》えた彼女が、深々と頭を下げていた。

思わず微笑み、ドアを閉めた。そのまま狭い敷地を抜け、市道へと出た。

ゴメン、とあの姿勢は和田に語りかけていた。

だが、いったい何が申し訳ないと言うのか。

彼女は何も悪くない。このおれが、半ば強引に会うことを迫ったからこそ、こういう結果になった。そして最後にはこうなるだろうということも、最初からうっすらと分かっていた。

吉祥寺通りに出た時点で、ようやく気づいた。

悪いとか、悪くないとかの問題ではない。それはこの場合、大事なことではない。

彼女は、おれの感情を気遣っていた。すまないと思った。だから最後に、おれが見ているいないに拘らず、黙って頭を下げていた。

新緑の中を歩きながら、ふたたび笑った。もうそれで、充分だ。


しかし——自分は警察官だった。

本来なら、そのときに想像しておくべきだった。

こんな思いをさせられても、彼女のことは好きだ。そして自分自身の感情はともかく、そんな相手に、いきなり別れを切り出されたら、もう一人の男がどういう状態になるのかを。

5

くそ――。

クソクソクソ。くそっ。

ふっざけんな。殺すぞコラッっ！

弘樹はもう、ずっとそのことばかり考えている。そして言葉通りの事実を見せ付けられるたびにさらに逆上し、腸《はらわた》が煮えくり返っている。

いきなりの絶縁宣告だった。

先週の土曜。初めて外で会う約束をした。というより、より正確に言えば彼女に呼び出された。

公園通りの静かな喫茶店で待ち合わせをした。弘樹はまだ何も知らなかった。初めての外でのデート。しかも昼間からだ。時間は夜までたっぷりとある。うふ。

約束の時間より若干早く着き、アイスコーヒーを頼む。思わずまた満足の笑みを洩らす。

大学のゼミ仲間で、この若さで早くもキャバクラに通い詰めている奴がいる。金持ちのボンボンだ。当然、仕送りも充分にある。その恵まれた境遇の見返りとして、見てくれはチビデブ。肌は生っちろく、逆に体毛は濃い。のっぺりとした顔つきも一向に冴《さ》えない。当然女にはもてないから、そういう場所にせっせと通う。まあ、終わっている。

最近、いつもこぼしていた。

アキナちゃん、なかなか外で会ってくれないんだよぅ。

つまりは店外デートということだ。

あたりめえだ、と弘樹は内心で大笑いした。おめえみたいな白豆野郎に、商売抜きで誰が会いたいもんかよ。

やはり、笑ってしまう。

けど、と今は思う。

たぶんあいつは、こういう浮き浮き感を味わいたかったんだよな、と。そしてたまには昼間に好きな女と一緒に、なんかこう他愛もないことを一緒にやって、思いっきり解放された気分になりたかったんだよな……。

そう、しみじみと感じた。

自分も本質的には同じだった。だから喫茶店で彼女を待っているとき、すごく楽しかった。今にして思えば大馬鹿野郎だ。白豆と、何も変わらない。

約束の時間に五分遅れて、彼女はやって来た。

入って来たときに見た顔つき。なんとなく緊張しているように感じた。弘樹の向かいに座り、アイスラテを注文するなり、まじまじと弘樹を見つめてきた。

「なに?」

やはり、いつもとは明らかに様子が違う。つい弘樹は訊いた。

ごめん、と彼女はいきなり頭を下げた。「やっぱりさ、あのナイフ、返してもらってもいいかな」

一瞬にして楽しい気分が吹き飛んだ。

「でも、なんで?」弘樹は急《せ》き込むようにして訊いた。「だってさ、しばらくは借りていていいって言ってたじゃん」

彼女はすぐに返事をしなかった。

……嫌な予感がする。

ごめん、ともう一度彼女は言った。「でもさ、やっぱり返して欲しいの」

予感。どんどん大きくなる。弘樹はもう、この会ってからのわずかな時間で、束の間でもその重みに耐えられなくなっていた。投げ出したかった。下手な小細工は要らない。このさいだから、はっきりとさせておきたい。

「あれかな?」気がつけばそう口にしていた。「やっぱりあのナイフ、ドバイの研修生から貰ったものじゃないのかな?」

それでも心のどこかで思っていた。期待していた。頼むから否定してくれ。違うと言ってくれ。

が、彼女はあっさりとうなずいた。

そう、とつぶやくように言った。「他の男性から、貰ったもの。日本人」

咄嗟《とっさ》に口が動いた。

「その男とは、どういう関係なんだよ」

すると彼女はまた黙った。

時間にして五秒もなかったろう。だが、弘樹にはずいぶんと長く感じられた。

彼女は、軽い吐息を洩らした。

「ヒロとより、前から会っている男性」

あっ、と弘樹は思った。

あまりの怒りに思わず一瞬、腰を浮かしかけた。体中の血液が一瞬にして酢になったような気がした。

こいつ、おれと同時並行してあの部屋に連れ込んでいた。同じようにやりまくっていた。

直後、つい手が出そうになった。

が——。

ヒロキ、暴力はいかんじゃろ。

じいちゃん……。

ウェイトレスがアイスラテを持ってきた。他人の目もある。弘樹は自分の暴力衝動をかろうじて抑え込んだ。

恭子はしばらくアイスラテに手をつけなかった。コースターの上で、グラスの肌がゆっくりと汗をかき始めている。

その光景に、わずかに気持ちが落ち着いてくる。

すると、まるで見計らっていたかのように、でね、と彼女はようやく重い口を開いた。

「言いにくいし、ヒロには本当に申し訳ないけど、私、もうその人とだけにしたいと思ってる」

どこかで聞いたような手垢《てあか》まみれの言葉……こんな場合ながら、つい笑い出しそうになる。

女ってのは、どいつもこいつも程度の差こそあれ、みんなそうだ。どんなに精神的に自立したように見える女でも、本気《マジ》な色恋に嵌まった途端、腰砕けになる。昼メロさながらの甘ったるいセリフ。腐臭を放つ。

多少躊躇ったあと、弘樹は口を開いた。

「どういう男なんだ」

だが、恭子はその問いかけに答えなかった。なんとなく感じる。その男の個人情報を弘樹に与えたくないと思っている。

少し考え、今度は質問の方向を変える。

「じゃあ、その男のどこがいいんだ？」

ややあって、彼女は静かに答えた。

ん、と弘樹は一瞬、聞き違いかと思った。だが、彼女は同じ言葉を繰り返した。

彼は、孤独だから――と。

まったく予想もしていなかったセリフだった。そしてその感想が、どうして相手を好きという感情に繋がるのか、弘樹には理解できない。

そんな弘樹の戸惑いにも構わず、さらに彼女は言った。

「でも彼は言い訳をしないし、その孤独を誰かで埋めようとも思わない。そのための友達も恋人も必要としない」

「…………」

「そして私も、彼に孤独を埋めてもらおうとは思わない。そんな相手なら、要らない。同じ者同士。だから逆に、安心して身を委《ゆだ》ねられる」

やはり、アタマが混乱してくる。言葉面《ことばづら》は分かる。だが、その言葉の羅列が総体として何を言わんとしているのかは、皆目見当もつかない。

すると彼女は不意に笑った。

ごめんね、うまく説明できなくて。ヒロには、実感としてまだよく分からないよね、と。

「でも、いつかヒロがずっと恋人も出来ず、けどあえて作る気にもなれず、一人の状態が長く続いたとき、夜明けなんかに、たぶん分かることだと思う」

人寂しいということなのだろうか。そのときに傍《かたわら》に寝ている人のぬくもりということなのだろうか。でも、それも微妙に違うような気がする。

やはり、分からない。

先ほど彼女に感じていた激しい怒りが、徐々に減退して、今ではほとんど感じていない自分を知る。

ヒロには、まだ分からないよね——。

その柔らかで突き放したような言い方で、すでに彼女の心が明らかに自分から離れているのを知る。というか、今の彼女の声音の中に、相手の目に映っている今の自分の姿を痛感した。

……ようやく悟る。

恭子に他に男がいる、いないは関係ない。

おれと彼女の問題だ。心情の距離。もう地球と土星ほどにかけ離れている。急速におれから遠ざかっている。探査衛星でもぶち上げない限り、彼女の内面を知ることはとうてい無理だ。どうあがいても絶望的だろう。

さすがに弘樹にも、そのことだけは分かった。

五分後、弘樹は公園通りに面した喫茶店を先に出た。

分かったよ、と帰り際に捨て台詞《ぜりふ》のようにつぶやいた。ナイフはそのうち返しに行く。恭子が家にいない間に、ドアポストに放り込んでおくよ、と。

家に戻りながら、路上の潰れた空き缶を蹴飛ばした。

ちぇっ――。

それから五日ほどが経ち、ようやく決心が付いた。夕方に一つため息をつくと、ナイフを包んで紙袋の中に入れ、部屋を出た。

アパートを出て、とぼとぼと吉祥寺通りを南下していく。南下しながらもふたたび吐息を洩らす。

これで最後だ。彼女の家に行くのは。

そう思うだけで、両足が舗道にズブズブと沈み込んでいくような絶望を覚える。別れる前にやっぱり彼女をもう一度見たい。その声を聞きたい。あまりの自分の女々しさに、そして情けなさに、思わず泣きたくなる。

――ったく。

おれも、とんでもねぇ腑抜《ふぬ》け野郎だ。

……駅前のガード下を通り過ぎたとき、ひとつの事実に思い至った。

尻ポケットから携帯を取り出し、時刻を見る。午後四時五十分。

今日は木曜日。仕事を終えた彼女が家に着くのは、だいたい五時半から六時の間。で、このままおれが歩き続ければ、彼女の家には五時十五分ごろには着く。

ふむ――。

束の間迷ったが、すぐに決心した。

つまり、あのアパートの近くで歩行者から見えない位置に身をひそめ、彼女の帰りをこっそりと待つ。で、彼女が帰ってきて部屋に入ってしばらくしてから、行動を起こす。玄関のチャイムを鳴らさずに、ドアポストにナイフをゴトリと投函する。わざと音を立てる。そうすれば、当然彼女は気づく。すぐにポストを開け、紙袋の中身を見て、誰が来たかを知る。そして――。

……まあ、そこから先は賭けだ。

少なくとも弘樹はナイフを投函したあと、ゆっくりとアパートの敷地を出る。市道に出た後もゆっくりと歩き続ける。そこで彼女に、もし弘樹のことを気にかけてくれる気持ちが多少とも残っていれば、ひょっとしたら追いかけてきてくれるかもしれない。一人で舌打ちする。

まったくもって、どこまでも未練たらしい自分。冷静に考えて、ありえない。

弘樹はまだ二十年そこそこの人生だが、それまでの女との付き合いから、総体として分かったことがある。

世の中で息をしている大半の女ども……いけないとは思いながらもその場の感情につい流されて、焼けぼっくいに火がつくタイプも多い。だが、その一時の感情とは、つまるところ（自分がそれだけ想《おも》われている）あるいは（この人はあたしがいないとダメなんだ）という一種の自己陶酔の変形でしかない。その感情が、相手に新たな好意を持たせる。

相手が好きなのではない。相手というフィルターを通して、自分が好きなだけなのだ。ある意味扱い易いし、反面、軽い軽蔑も覚えるが、そういう女性ならまだしも、彼女に限って、そんなことはありえない。

だけど、もしかしたら、ということもある。まあ、やるだけはやってみよう――。

吉祥寺通りを離れ、市道へと入っていく。見覚えのある三叉路で立ち止まり、来た道から死角になる位置に隠れて、このまま恭子の帰りを待とうと束の間考えたが、止めた。

自宅から歩き続けで汗もかき、喉も渇ききっていた。暑い。もう一度時計を見る。五時十二分。下手をすると一時間弱は彼女の帰りを待つことになるかもしれない。

近所にコンビニがあったことを思い出し、移動を始める。

店内に入った途端、冷房の風が肌に当たる。汗の沁み込んだシャツを通して、すうっと背中が冷える。

雑誌のコーナーに行き、パラパラと娯楽情報誌を捲ったあと、飲み物コーナーに足を進める。ちらりと時計を見る。五時二十五分。よし。これから戻るにはちょうどいい時間。５００ミリリットルのコーラのペットボトルを片手にぶら提げ、レジのほうに向かう。

レジまであと数メートルになったとき、陳列棚の間から出てきた男と道を譲り合うカタチとなった。がっちりとした体型の、極彩色のアロハを着た三十代半ばの男。片手に買い物籠を提げている。

弘樹は一瞬立ち止まり、相手を優先させた。すると男は、薄いグリーンのサングラスの奥にある視線を和らげた。

「悪いね、にいちゃん」

いかにも向こう見ずそうな顔つきにちろりと笑みを浮かべ、肩越しに弘樹に言い捨てた。弘樹は黙ってうなずいた。なんとなく感じる。その言い方、その風体……今弘樹の前を進んでいく歩き方を見てもそうだ。のっしのっしと背中を揺らしながら進んでいく。両肩から暴力の匂いがぷんぷんと立ち上っている。どう見ても堅気とは思えない。

レジに置いた買い物籠の中から、店員が品物を取り出していく。使い捨ての髭剃りセット。缶ビールが三本。

それとさ、と男は言った。「そこにある――」と店員の後方にある棚を指差した。「マルボロの赤を二箱」

店員がタバコも含めてレジ袋に詰めていく。その間も弘樹は男をなんとなく観察している。やはり堅気には見えない。マトモではない。しかし、純然たるヤクザにも見えない。

なんとなくだが、以前に見たアメリカ映画を思い出した。B級バイオレンスの典型モノだ。街娼たちを取り纏めている黒人のチンピラ。彼女たちがストリートで稼いだ金をショバ代として容赦なく取り立て、言うことを聞かなければ平気で暴力をふるい、ヤクを打ち、自慢のシリコンを入れた黒いペニスをぶち込んでひいひい言わせる。結果的に、いつまでも自分の支配下に置く。

たぶん、そんな類の男だろう……。

代金を払った男は、店を出て行った。

弘樹もレジを済ませ、店を出る。恭子のアパートへと、大通りから市道へと進む角を曲がった。

十メートルほど先に、あのアロハの男が見えた。右手にコンビニの袋を提げ、左手は手ぶらのまま……ジーンズの右の尻ポケットが心持ち膨らんでいる。おそらくは財布。嫌な感じを受ける。

だが、それは先ほどこの男に感じた、相手の人格的成り立ちへの悪感情ではない。男のその身軽な佇まいが、弘樹に漠然とした不安を抱かせる。

が、何故そう思うのかは分からない。

偶然にも男は、弘樹が先ほど引き返してきた道、三叉路へのルートを進んで行っている。結果的に弘樹も、その後を追うようにして歩いて行く。

三叉路まで来た。

弘樹は奥の死角へとわずかに入り込み、そこで立ち止まった。片手に持ったペットボトルの蓋を開け、コーラを一気に半分ほど飲み干す。飲み干しながらも、横目で先ほどの男を覗っている。男は、さらに市道の奥へ進んでいく。

ここらあたりの住宅街は、夕暮れ時も静かだ。大通りから外れた狭い市道。アロハの背中が、戸建ての間から差し込んでくる途切れ途切れの西日に、時おりオレンジ色に眩《まぶ》しく滲《にじ》む。ゆっくりと小さくなっていく。

どこからか携帯の鳴る音が微かに聞こえてきた。弘樹は咄嗟に前方の男を見遣る。ちょうど男が歩みを止め、胸ポケットから携帯を取り出したところだった。やや踵《きびす》を返し気味に、弘樹の方角に対して半身に構えるような立ち位置になった。

携帯に出たあと、

おぅ、おれ。

というような男の返事がわずかに洩れ聞こえてきた。遠いから確実ではないが、少なくともそんな感じの語感だった。弘樹は全身を耳にして男の口から発せられる言葉に集中する。

いま？　と男は問い返したようだ。「——のさ、すぐ手前」

ふん、ふん、と男は二、三回うなずいた。その後、すぐに携帯を切り、胸ポケットに戻した。

男は路肩に突っ立ったまま、コンビニの袋の中から赤い箱、マルボロを取り出し、封を切った。ライターで火を点け、タバコを吸い始めた。

嫌な予感がさらに高まってくる。

弘樹はその男と、三叉路にある反射鏡——大通りから入ってくる道路——を交互に覗っている。

しばらくして反射鏡に細長い影が映った。近づいてくる速さ。明らかに歩行の速度ではない。自転車に乗った細長い人影。紺色の人影。間近に来るまでもなく、弘樹には分かった。

彼女。恭子だ。

心臓が早鐘を打つ。心持ち、さらにその身を死角の奥にずらす。

直後、目の前の三叉路を紺色のスーツが通り過ぎて行った。軽やかに車輪のスポークが回り、すうぅ、と弘樹の前を曲がって行った。

その先――。

路肩にいる男は相変わらずタバコをくゆらしていたが、不意に顔を上げ、近づいてくる自転車を認めると、白い歯を見せた。

頼む……なにかの間違いであってくれ。

そう必死に願っていた弘樹の思いも虚しく、自転車は男の手前で速度を落とした。だけでなく、佇む男の真横まで来ると、恭子は自転車を降りた。

男がもう一度笑い、何か話しかけたようだ。恭子のアパートのある方角へ顎《あご》をしゃくった。それに対し、恭子の後頭部が軽くうなずいた。

二人して連れ立ち、ゆっくりと道を進み始めた。その大柄なアロハと、細い紺色のスーツの背中。弘樹が茫然と見ている間にも、遠ざかっていく。

さらに二十メートルほど進み、見覚えのあるブロック塀の先で、二人はその姿を消した。恭子のアパート。

気がつけばその場にペットボトルを投げ出し、走り出していた。

もう分かっている。充分すぎるほどに分かっているんだ。これ以上見て何になる。

なのに、体が言うことを聞かない。

アディダスのランニングシューズが足音を立てず、しかし急速にブロック塀に向かって進んで行く。

アパートの敷地直前まで来て、数秒で荒い呼吸を整えた。

素早く、だが慎重にブロック塀の端からアパートの玄関側を覗き込む。

薄暗い奥のほうのドア。二つの影がある。何かボソボソと話をしながら、小柄な影のほう——恭子が鍵を取り出し、玄関のドアを開けている。その細い腰に、ごく自然に手を回している大柄な男……。

一気に後頭部の血管という血管が膨張していく。足元から自分が崩壊していくような感覚。もう、たくさんだ。それでも弘樹は二人の様子から視線を逸《そ》らすことができない。

恭子が開錠を終え、おそらくはアロハの男を先に通そうとして、自分の背中でドアを押し、大きく開く。

が、室内に入るかと思った男の影が、大きく恭子にのしかかった。左手でその腰を押さえたまま、右手を恭子の首筋に回した。

恭子が、何かを言ったようだ。

男は低い笑い声を立てた。恭子をドアに押し付けるようにして、さらに体を近づける。恭子は拒否の意思を示さない。二人の頭部が近づき、接した。男が恭子の唇を吸っている。さらに恭子の後頭部に回った男の腕で分かる。その姿勢……二人はもう、思い切り舌まで絡ませている。もう、我慢の限界だった。

おれと別れたと思った途端には、もうこれかよ。

ふっ、

――ざけんなよっ、この売女《ばいた》ぁ。

そう怒声を発し、ブロック塀の陰から飛び出そうとした、その矢先だった。

やめてよ、こんなところで――。

一瞬、そんなつぶやきが聞こえたような気がした。少なくとも、その微かな声音だけは聞こえた。落ち着いた、ひんやりとしたその口調。相変わらずの恭子。思わず足が止まる。動けなくなった。出て行くタイミングというか、きっかけを逸した。

直後、ドアが軽い音を立てて閉まった。二人は部屋の中へ消えた。

弘樹は呆然として、しばらく路肩に突っ立っていた。

少しして気づく。

片手に持ったままのナイフ。ゴテゴテとした装飾の付いた、今にしてみれば下品極まりないナイフ。あのチンピラが女にプレゼントしたのだと確信する。

ということは、間違いなくあの女衒《ぜげん》野郎が、恭子が最も大事に思っている男。さらに思い出す。あのチンピラがコンビニで買っていた使い捨ての髭剃りセット。それが意味する朝までの時間を考える。

必死に冷静さを保ちながら、弘樹は思う。

おれがふられたのは、仕方がない。我慢ができる。男と女なんだから、嫌いになられたら関係は終わる。それは、しょうがない。

でも、とふたたび怒りがぶり返してくる。

くそっ――。

おれをふってまで選んだ男が、よりにもよってあんなオヤジの、しかも女衒野郎かよっ。

さらに怒りが増す。

あいつ。大馬鹿だ。さらに言えば、そんな女にまだ未練たらたらのこの自分。笑っちまう。おれこそ正真正銘の大間抜けだ。まったくいい面の皮だ。

怒りに腹の底が黒焦げに焦げている。気がつけばアパートの敷地に足を踏み入れていた。あのアメリカ映画をふたたび思い出す。シリコン入りのペニス。歩調が速くなるにつれ、さらに怒りが増幅してくる。脳味噌《のうみそ》の血管が爆発しそうだ。

恭子の部屋の前まで来た。弘樹の目の前にドアがある。滅多《めった》打ちにしてやる、このドアを。そして中にいる二人の腰を抜かさせてやる。この辺り一帯が大騒ぎになろうが、警察を呼ばれようが、構うもんか。むしろこのアパートに今後住めないような騒動を起こしてやる。いい気味だ。

そう思って拳を振り上げた瞬間だった。

恭子の声だ。ドアの内側から、ひどく軽やかに笑っていた。思わず右手が止まる。弘樹は、恭子のこんな笑い声を今まで一度も耳にしたことがない。

明るい世界……今、ドアの内側にある。それに対して、呪《のろ》いの情念が充満している自分。その落差。あまりにも惨めだ。

「………」

ごく自然に、右腕がだらりと下がった。怒りが急速に萎《しぼ》んでいく。

——人を、恨んじゃいかんじゃろ。

じいちゃんの笑い声。

人のせいにしちゃ、いかんじゃろ。弘樹。

それはみんな、おまんのせいや。人に起こることは、悪いことも、いいことも含めて、みんなその当人のせいぜよ。

そして、こうも付け足した。

完結しろ、と。

自分の中で完結させせい。そうすればおまんは、自分の一歩をようやく踏める。

じいちゃん……。

弘樹は一つ、ため息をついた。

手に持っているナイフ。

だが、弘樹はそれをドアのポストに投函することもなく、静かにその場を離れた。

翌日、弘樹はまんじりともせず、夜明けを迎えた。窓の向こうに見えるビルの隙間から、明るい日差しが差し込み始めた。

睡眠不足のぼんやりとした頭で、時計を見る。午前七時十五分。

ふと気づく。今日は金曜日だ。

恭子は八時半までには役所に出勤する。となると、遅くとも八時十五分には家を出るだろう。そしてその時刻に、たぶんあの男もアパートを一緒に出る。

……しばらく迷っていたが、決心がついた。

洗面所で歯を磨き、顔を洗った。気分を多少しゃっきりとさせ、家を出た。

吉祥寺通りを南下してゆき、八時少し過ぎに昨日の三叉路まで来る。

しばらく待ち、携帯で時間を確認する。八時十二分。そろそろだ。

やがて見覚えのあるブロック塀のむこうから、二つの人影が出てきた。二人とも歩いている。小柄なほうは自転車を押しながら歩いている。恭子とアロハの男だ。

覚悟していたとはいえ、やはりその光景を目の当たりにすると、弘樹は今すぐにでも吐きそうなくらいムカついた。こいつら……やっぱり一晩を共にしたんだ。アロハの男を改めて観察する。がっしりとした体つきといい、その暴力的な雰囲気といい、たぶん相当な精力漢だろう。当然セックスにも貪欲で、間違いなく一晩で三回はやりまくるタイプ……くそっ。愚劣極まりない想像。だが、どうしてもそのイメージが脳裏から離れない。ムカムカして、腹の底から胃酸が大量に湧《わ》き出てくる。

弘樹は二人から見た死角——さらにその奥に深く身を隠し、三叉路に立っているくすんだミラー越しに、なおも二人が近づいてくる様子を覗った。

二人は何かを喋りながら、ゆっくりと歩いてくる。ミラー越しに目の前の三叉路を曲がっていくとき、その会話が微かに洩れ聞こえた。

今度さ、とアロハの男が言った。「ちょっとした旅行にでも行こうぜ」

「どこに？」

「まあ、伊豆か箱根辺り。近くで、しっぽりって感じだな」

恭子の微かな笑い声が聞こえた。だが、彼女はその誘いを否定も肯定もしない。

二人の姿が大通りに向かって遠ざかっていく。弘樹は静かに行動を開始した。一定の距離を置いて、尾《つ》けて行く。尾けて行きながらも内心舌打ちする。

——ざけんなよ。な〜にが（しっぽり）だ。

大通りに出た時点で、二人は別れた。じゃあね、とでも言うように恭子は男に軽く手を振り、自転車に乗った。男もうなずき返す。

恭子が自転車に乗って西に走り去るのを、男はしばし見送っていた。弘樹はなおも男を見ている。

男が歩き始める。吉祥寺通りを北に向かい始めた。

この時点で、弘樹はさらに男との距離を詰めた。もう恭子はいない。もし男が振り返ったとしても、自分が何者なのかは分からない。記憶力が良かったとしても、せいぜい昨日コンビニで出会ったことを思い出すだけだ。だから五メートルぐらい後方まで迫り、その後を追った。

平日の朝のラッシュアワーは、電車だけではない。路上でも多くの人が勤務地へと急ぎ足で通り過ぎていく。

……このままあと十分も進めば、井の頭公園の横にある運動公園の脇を通過する。そこで、男に声をかける。

公園のベンチにでも腰を下ろして、努めて穏やかに話をする。相手の人、と、なり、を確認して、その見かけほどにヤバそうな人間ではなかったら、恭子のことを大事にしてもらえるように頼む。逆に、見かけどおり本当にヤバめの奴だったら、あんたには彼女はそぐわない、とはっきり言ってやるつもりだった。

どちらにしろ、少なくとも最初は心中のムカつきを極力抑え、努めて穏やかに話をする。

そのつもりだった。

――が、
前方を行くアロハの男。その後ろ姿を眺めながら歩いているうちに、気づいた。

時おり、男の太い首が微妙に左右に揺れる。そしてまたすぐに前方に向き直る。

やがて、その理由が分かった。

午前八時二十五分。弘樹と男は、駅から来る人の群れの中を逆行するように歩いている。老若男女の色んな勤め人とすれ違う。アロハの男の後頭部が微妙に揺れた直後、弘樹がすれ違う通行人は、決まって若い女――それも、二十代のフェロモン系の女ばかりだった。

こいつは、と弘樹はまた急速に不愉快になってきた。恭子と昨晩ヤったばかりだというのに、もう他の女を目で追っている。欲しがっている。

こいつはやっぱり最低だ。下半身に節操のない最低の破廉恥《はれんち》野郎だ――。

6

その直前まで、梶原は鼻歌交じりの気分で歩いていた。

麦秋の季節。しかも空は朝からピーカンだ。そして何よりも気分がいいのは、昨晩に恭子から、他の二人の男とは別れたと、はっきり聞いたことだ。

梶原は歩きながらもつい微笑む。

そこまでして、こんなしょうもない自分を選んでくれた彼女。やはり、つい自然に微笑みは出る。

と同時に、物心ついたころからずっと自分の内部に巣くっている救いようのない虚無感のことを考える。

……極論すれば、人間など所詮はどいつもこいつもくだらなく、結局は自分のことにしか興味がなく、ましてや信用などできず、そんな奴らとこれからも一生ウンザリしながら付き合っていかなければならないのか、という見切りの上に立つ絶望感のようなものだ。

その上で、おそらく自分は、自分という存在に対する理解者を誰一人得ることができず、結局は一人で生きていくしかないのだという寂寥感《せきりょうかん》——。

そんなものを一生引き摺って生きていかなくてはならないのかという心中の鉛のような覚悟が、すっと軽くなっていくような錯覚を覚える。

梶原はふたたび笑う。

むろん、それは錯覚だろうし、人は所詮一人に過ぎない。どんなにお互いに好きになろうとも、生まれ落ちて来た世界がまったく同じでない以上、そしてその後の生き方で見て感じてきたものが同質でない以上、感覚的な意味での真の理解者など得られようはずもない。

今年、梶原は三十四歳になる。そんな幻想を抱けるほど、もう子供ではない。

だからこそ、と思う。たとえ一時の幻想でもいいのだ。人生に多くは求めない。たとえ一過性のものでもいい。それを味わわせてくれる相手は、やはり大切にしたい――。

そんなことを思いながら、駅へと向かう道をぶらぶらと歩いていた。

時おり、すれ違う若い女が目に入った。さらに笑みが深くなる。どいつもこいつも顔やスタイルを含め、その外見はそこそこイケている。

だが、最近になって感じるようになった。

顔の造作は置いておいたところで、その造作を纏めている顔つき。日常レベルからの意識がそこに滲んでくる。それが大事なのだと思う。よく見ると、みんなのっぺりとした顔つきをしている。つるんとして、どこにも引っ掛かりがない。どこにも精神の格調を感じさせない。やはり、恭子と比べれば月とスッポンだ。

うん——。

おれはやっぱり今、けっこういい気分だ。

そう思った直後だった。

「おい、あんた……」

不意に背後から声がかかった。その低く感情を抑えたような呼びかけに、梶原は後ろを振り返った。

見ると、若い男が突っ立って、こちらをじっと見ている。まだ二十歳そこそこだろう。茶と臙脂《えんじ》のコントラストの強い縦縞《たてじま》のシャツに、定番のダメージジーンズ。足元は黒のアディダス・クライマクール。

感じる。その梶原を見る視線に、嫌悪と敵意のようなものが滲んでいる。ふむ——。

つい口元が勝手に反応した。

「『おい、あんた』ってのは、おれのことか」

若い男は黙ってうなずく。その表情、妙に抹香臭い。

「で、おれに何か用か」

ふたたび若者は黙ってうなずく。梶原はしばし相手の反応を待つ。しかし相手はじっと梶原を見つめたまま、なかなか口を開こうとしない。しかしその目つきから、こちらに対する意味不明の敵意だけは相変わらず明白に感じる。

　梶原は危うくため息をつきそうになった。

「あのさ、おれは今、珍しく穏やかな気分なんだよ」またしても口がごく自然に動く。「この貴重な時間をさ、誰かにジャマされたくないんだよな」

　そうなんだ、とようやくつぶやくように若者は言った。「じゃあ、あんまり時間は取らせないから――」

　言いつつ、その顎を軽く横の公園にしゃくった。梶原はややムッとする。おい、おまえ。ヒトに何か頼むなら、ちゃんと口で言えよ。口で。

　だから若者が舗道を離れて、公園敷地内の林の中に足を踏み入れたときも、その場から動かずにいた。十歩ほど進んで、若者がこちらを振り返る。

「時間は取らせない」若者は暗い目つきのまま言った。「だから、頼むよ」

「その前に答えろ。いったいおまえ、誰だ？」

　すると若者は微かに笑った。

「やっぱり、記憶にないんだ」

　それだ、と梶原は不意に悟った。さっきから気になっていたこと。この馬鹿を無視して立ち去るのは簡単だ。だが、その背格好といい、服装のセンスといい、梶原の記憶のどこかを刺激する。微かに見覚えがある以上、立ち去れないでいる。

結局、梶原は若者に誘われるように公園の林の中に足を踏み入れた。中央部に四百メートルの周回トラックがある運動公園。

その手前のベンチの前に若造はいた。近寄って行くまでに、このガキは明らかに自分を尾けて来て、そして声をかけたらしいと想像する。

しかし、何故だ？

「――で？」と梶原は口を開いた。「もう一度訊く。おれに何の用だ。そしておまえ、誰だ？」

すると若造は、ふたたび少し笑った。

「昨日、会ったよ。あんた、コンビニで髭剃りを買っていた」

ああ、とようやく思い出した。

恭子の家の近くにあるコンビニで、コーラを手にしていたこいつ――そしてこいつは今朝からおれを尾けて来ていた。おそらくはあのコンビニ付近から。

その二つの事実が、ある可能性を濃厚に示している。

は、はーん。

梶原は思わずほくそ笑んだ。

そういうことか――。

しかし、まさか恭子の男のうちの一人が、こんないきがったツバメだとは思ってもいなかった。そしてたぶん、この頓馬《とんま》なツバメは、昨日の夜から恭子の家の周りをうろつき回っていた。

改めて目の前の男を見る。その身長にたいして、見合う筋肉がまだ充分に付ききっていない。やはり二十歳前後。しかも平日の朝だというのに、こんなふざけた私服姿だ。おそらくはまだ大学生。何の不自由もなく育ってきたボンボン野郎。

じわり、と敵意が芽生える。

よりにもよってこの青虫野郎は、恭子に別れ話をされたにも拘らず、未練たらしく恭子の家の周りをウロウロしていた。しかも昨日の夕方から今日の朝まで、だ。ったく、脛齧《すねかじ》りの学生のくせして、とんだストーカー野郎だ。

恭子は口に出しては言わないタイプだ。特に嫌なことはそうだろう。だが、口には出さないが、だいたいのことは想像できる。

このケツの青いヒヨコは、おそらく隙あらば恭子にまとわりついている。恭子の通勤の行き帰りを待ち伏せ、しつこく復縁を迫っている。

一方、恭子は頑として拒否し続けている。

だから昨日、おれを見つけ、恭子とおれが家に入ったあとも、何もアクションを起こさなかった。代わりにこうして今朝からおれを尾け、声をかけてきた。

しかし、と梶原はゲンナリした気分とともに思う。このしつこさ、この女々しさ、この陰湿さ……ぞっとする。蛭《ひる》レベルだ。心底、鳥肌モノだ。そしてたぶん、恭子もこの野郎には相当に迷惑している。

ふん、と内心で鼻を鳴らす。

だったらおれが、こいつを二度と恭子に近づけないようにしてやるだけだ。こんな若造相手に可哀そうだと思わないこともないが、仕方がない――。

7

弘樹がコンビニの件を持ち出すと、相手の表情が変わった。明らかに昨日のことを思い出した様子だった。

だが、次の瞬間、男はあっさりと笑みを浮かべ、まじまじと弘樹を見下ろしてきた。

なあ、にいちゃん、
と男はおもむろに口を開いた。「人間にとって――というか、こんな場合の男にとって、一番大事なことはナンだろうなあ」

え？

その予想外の質問に、弘樹は戸惑う。このチンピラは、いったい何を言おうとしているのか？

「好きだった女に三行半《みくだりはん》を突きつけられる。そりゃムカつきもするし、悲しくもなるだろう」男は、まるで弘樹を諭すかのように得々と語りかけてくる。「でもさ、相手あってのことだ。結局はしかたがないんじゃねーのか。え？」

男はもう一度軽く笑い、

「諦めな。潔くなれよ」そう、さらに穏やかな口調で言う。「ふられた女にいつまでもつきまとう。みっともねーぞ」

思わずカッとする。つい乱暴な言葉が口をついて出た。

おい、おっさん、と弘樹は言った。「誰が、みっともねーだって？」

ほう、という表情を男はした。が、その表情は一瞬で消え、ふたたび肉の厚い笑みが戻る。

「なるほどな」男はつぶやくように言う。「穏やかにいこうと思ってたが、どうやらそっちは、おれの御託《ごたく》なんぞ聞きたくもないらしいな」

言いながら、その立ち姿をさりげなく半身に構えたことに、弘樹は気づいた。その姿勢の意味するもの。危険信号。緊張に、肩口の筋肉が引き締まる。

「もう一度言う」男は口を開いた。「諦めろ。これ以上あいつにつきまとうな」

あいつ？　その言い方にふたたび腸が煮えたつ。

「恭子は、あんたのもんかよ？」

「何故？」

「じゃあ、なんであいつなんて言う？」

男はさもウンザリしたように、思いっきり顔をしかめた。

「いいじゃないか。おまえにゃもう、関係のない話だ」

そう、投げ出すように答えた。

が、弘樹はさらに言い募った。

「そりゃ普通の奴だったら別にいいさ。でもよ、オッサン。それがヤクザまがいの男だったら、また話は別だろう？」

男の顔がじわりと強張る。

「ひょっとして、ヤクザまがいってのは、おれのことか？」

弘樹も負けずに言い返す。

「誰がどう見たって、あんたのことだろうよ。しかも女を食いもんにするような最低ランクのチンピラにしか、おれには見えないがね」

「なるほど――」

男はそうつぶやいた。

「なるほどね……そう見えるのか」

もう一度同じセリフを繰り返した直後、何を思ったか急にゲラゲラと笑い出した。いかにも愉快そうな、弘樹を突き放すような馬鹿笑いだった。

「だがな、それを含めて恭子はおれを選んでんだよ」嘲るように男は言った。「おまえを捨ててな。かわいそうに。おまえの下手さ加減にはよっぽど不満だったんだろうなあ」

瞬間、嫉妬と屈辱に頭の中が真っ黒になった。それでも辛うじて、声だけは出た。

「なに？」

「昨日だってそうだぜ」さらに得々として男は話を続ける。「一晩中、ヒイヒイ言ってよがってやがった。必死に抱きついてきやがった。そりゃそうだろうよ。自分で言うのもなんだが、ヒナドリ野郎の粗チンとは比べもんにもならねえだろうからな」

「なっ――」

思わず絶句する。

そんな弘樹の様子を男は嬲るように見ていたが、また笑って言い放った。

「いっつもあいつからせがんでくる。相当な好きモンだ。止めとけ。おまえ程度じゃ話にならん」

こっ、この野郎っ――。

もう我慢できなかった。一足飛びに男に飛び掛かった。弘樹の右拳がその顔面を捉えようとした矢先、相手の顔がふっと右にずれた。

直後、腹部を激しい圧迫が襲った。悟る。蹴りを見舞われた。激痛に倒れ込みつつも、相手の右手首を摑もうとする。が、男の動きはさらに素早かった。弘樹の視界から、その右腕が消えた。かと思うと、

ゴッ。

微かな風圧を感じた。今度は左のこめかみに目のくらむような衝撃が走る。すさまじい痛み。頭蓋《ずがい》の中全体で脳味噌の沸き立つ感覚。左目から右目に火花が飛ぶ。

くっ――。

その痛みに、思わず歯を食いしばる。

段違いだ。

こいつ、段違いに場慣れしてやがる。

そう感じた直後、弘樹は固い土の上にもんどりうって倒れ込んだ。

すぐに立ち上がろうとした矢先、脇腹に衝撃。ふたたび蹴りを見舞われる。その激痛に、今度こそ本当に地面に突っ伏した。

「うぅ……」

それでもまだ必死に立ち上がろうとした。

が、情けない――地面に突いた両腕がぶるぶると震えている。気力を振り絞ってなんとか上半身を持ち上げた。前触れもなく、さらに鳩尾《みぞおち》に衝撃。地面すれすれから掬《すく》い上

げるように男の爪先がヒットしていた。肺の中の空気が一気に喉元を逆流し、口から噴出する。

かはっ。

今度こそ、本当に息が止まりそうだった。全身から完全に力が抜けていく。右頰《みぎほほ》がべったりと地面に貼りつく。手足の先からすうっと血の気が引いていく。

どこからか、微かにセミの音《ね》が聞こえる。さきほどこめかみをしたたかに殴られたから、たぶん耳鳴り……。

「安心しろ――」

不意に頭上から男の声が降ってきた。

「骨折するような場所は攻めてない。手加減もしてる。吐き気はしばらく止まらないだろうが、二週間程度の打撲で済む」

これで手加減レベルかよ……思いつつも弘樹はまだ声も出ない。地面に横たわったまま、じっとその声を聞いている。

だがな、と静かな声がふたたび降ってきた。「今度、もしあいつに近づいてみろ。そのときはこれぐらいじゃ済まんぞ」

直後、不意に弘樹の視界に映る地面に影が差した。と、思うと首筋に強い圧迫感を覚える。感じる。男の靴底が載っている。と同時に、ジーンズの尻ポケットにひやっとした感触が走る。右ポケットに突っ込んでいた財布。抜き取られた。

なんとなく分かった。事前に首根っこを踏んだのは、財布を抜き取る際に弘樹が身動きできないようにするためだ。そして肝心の財布の中身……たぶん男の目的は、金ではない。おそらくは身分証の類……。

ちくしょう——。

あまりの悔しさに弘樹は、つい心の中で歯噛《はが》みする。

このヤー公、何から何まで本当に手馴《てな》れてやがる。

ぱさっ、という軽い音がして、目の前の地面に財布が落ちてきた。

「なるほど、な」男の声が降ってくる。「小倉《おぐら》弘樹。聖城大学の経済学部二年」

学生証を見られた。さらに声がする。

「現住所、武蔵野市○×町５−９−３　コーポ宮川２０２。本籍地、愛知県名古屋市千種区高梨町７−15……」

今度は免許証……つまり、おれの個人情報は丸裸になったというわけだ。

「どっちを残す?」また男の声がする。「免許証と学生証。一つはおれが預かっておく。どっちを残す」

どちらも取られたくはない。だから黙っていた。

ややあって、首筋にさらに重圧がかかる。男が靴底にゆっくりと体重を載せてきている。脊柱《せきちゅう》がねじけていく。今までとは違った痛覚。じわり、と頸椎《けいつい》に痺《しび》れを覚える。

「言っておくが、このまま病院送りにしてやってもいいんだぜ」

「……免許証」

ついに諦め、弘樹は言った。

すぐ目の前の地面に免許証が落ちてきた。

ああ……くそ。

そう思った直後、どこからか声が響いてきた。

おいっ、あんたら、そこで何をしているっ——。

8

その朝、和田はたまたま自転車で巡回の途中だった。

こういうふうにぼうっと一人で巡回を続けているときに、ふと思い出す。

あのときの彼女の言葉だ。

彼には、とても共感できるところがあって、たぶんそれは、心の暗い部分から来るものなのかもしれない。

でも、お互いにそれが分かっている。自分の暗い部分を制御できる。だから、共感はしても共振はしない。溺れない。むしろ、安心する。


そして、思い出すたびに、ため息をつく。

おれはたぶん、彼女に寄りかかっていただけだ。寄りかかることによって、束の間の安らぎを得ていただけだ。

しかしそれは、彼女にとっての安息ではなかった……。

何度も彼女の言葉を反芻《はんすう》するうちに、ようやく分かってきた。

おれがその男に対して、何か劣っていたわけではない。そんなものが仮にあったとしても、男女の好いた惚《ほ》れたには、何の関係もない。

合うか、合わないか。それだけだ。

その上で、お互いの心が共振の一歩手前で、互いに違う人格だということを認め合えるかどうか。

少なくとも、彼女とその男の間には、その一定の認識があるらしい……。

そんなことを思いつつ、運動公園の脇まで来たときだった。

三十メートルほど前方の舗道から、運動公園の雑木林の中に足を踏み入れようとしている一人の男が目に付いた。黄色地のアロハに極彩色の花柄が散らばっている、がっしりとした体格の男。その斜め後ろから見えた横顔。

——ん？

和田は一瞬、妙な既視感を覚えた。のっそりと林の中に入っていく背中にしてもそうだ。微かにだが、やはり既視感を覚える。気のせいではない。

しかし、どこでだ？　一体どこで会った？

和田が近づいていくうちにも、男は雑木林の中に分け入っていく。その向こうにある場所は、よく知っている。巡回エリア柄知っているという面もあるが、それ以上にあの二月の印象が強い。

恭子。深夜の冷気を感じさせる素振りもなく、ゆったりとタバコをふかしていた。

私は、誰のものでもない。

……今にして思えば、あの佇いが最初からそう語りかけていたのだと思う。

男の後を追って雑木林に足を踏み入れた。

数歩進んだところで、林の隙間から見えた。運動トラックの脇で、二人の男が向かい合って立っている。

一人は二十歳前後と思《おぼ》しき若者だ。派手なストライプのシャツにダメージジーンズ。

そしてもう一人は、先ほどのアロハの男。

警察官としての和田が観察するまでもなく、二人の男の間には、素人目にも不穏な空気が流れている。若者は軽く顎を突き出し、対して若者より上背のあるアロハの男は、肉体的にも精神的な意味でも、いかにも若者を見下すような笑みを横顔に浮かべている。

二人の会話はボソボソと続いている。離れている和田にはよく聞き取れない。

ややあって、若者が少し大きな声を上げた。

おい、おっさん。誰が、みっともねーだって?

この言葉は、はっきりと聞き取れた。

だが、アロハの男はその挑発にも落ち着き払ったものだった。なおも淡々とした様子で何か言葉を返している。

和田が気づいたのは、男のさりげない動きだった。アロハの男はじわり、と若者に対して半身に構えた。その半身の意味するものを、和田は知っている。警察学校の逮捕術などの実技で散々に学んだ。危険信号。アロハの男はいつでも相手の攻撃を受け止めて反撃する準備が出来ている。両者の間に束の間の無言の時間がある。緊迫感が張りつめていくのを肌感覚として知る。

だが、実際に喧嘩《けんか》が始まったわけではない。逆に一時の緊張のあと、両者は別れるのかもしれない。まだ、警察官としての自分の出番ではない。

和田は会話がさらに詳しく聞こえるよう、用心して足を進めた。

アロハの男の低い声がようやく聞こえ始める。

もう一度言う、と男は言った。諦めろ。これ以上あいつにつきまとうな。

すかさず若者が答えた直後、思わず和田はギクリとした。

キョーコ？

この若者は今、キョーコと言わなかったか？　キョーコはあんたのもんかよ、と言葉を返さなかったか？　それともヨーコとかショーコの聞き違いだろうか？

木々の間に見える二人の会話はなおも続いている。

何故？　とアロハが低く問いかける。おまえにゃもう、関係のない話だ、と。

それに対して、ヤクザまがいの男だったら、また話は別だろう、と若者が答える。

しばらく言葉の応酬があったあと、突然アロハの男が高らかに笑った。その声音には侮蔑の色がはっきりと感じられた。

だがな、と男は言った。「それを含めてキョーコはおれを選んでんだよ」

今度は間違いなかった。男は今、はっきりと女の名前を口にした。さらに続けた男の話は、和田が耳を覆いたくなるような内容のものだった。

違う、と思う。まさか、あの恭子がそんな狂態を晒《さら》すとは、とうてい信じられなかった。今話題に出ているキョーコは、おれが知っている恭子ではない。

さらに和田の理性は語りかける。キョーコ。そんなありふれた名前など、この日本中のどこにでも転がっている。この人口二十万の街に、一千万以上のこの東京に、いったい何十人、いや何百人のキョーコがいるというのだ。

理性的かつ確率的に考えても、彼女のはずがない。

しかし感情と記憶が、そして和田の勘が、その理性を揺るがす。この公園……恭子のお気に入りの場所。そして見覚えのあるアロハの男。そして目の前の若者はつい最近、女から別れを切り出されたようだ。おれと同じく。女から別れを告げられた二人の男……三つの可能性。濃厚な予感が、理性を上書きしていく。

瞬間、和田ははっとした。ようやく思い出した。

確かこの男、以前に紛失したという免許証を交番に取りに来た。そのときにこの男に覚えた違和感。まざまざと蘇《よみがえ》ってくる。そこにあるのが当然のように免許証を受け取り、帰って行った。そして交番は、恭子の勤める市役所の目と鼻の先だ。

可能性が、少しずつ確信を形成してゆく。だが、と和田は思う。まだ確実ではない。ウラが取れていない。

男は、なおも聞くに耐えない卑猥《ひわい》な言葉を若者に対して投げかけている。もしその男の相手が恭子だったら――和田は想像するだけで耐えられない。だが、若者にとっては間違いなくそのキョーコなのだ。

案の定、若者はブチ切れた。右腕を振り上げつつ、一気に男に襲いかかった。

やめろっ。

そう叫びたかった。だが、濃厚な可能性が、和田の心を抑え込む。喉元まで出かかった声は舌の上でもつれて止まる。

若者の動きは明らかに素人ではなかった。武道に心得のある無駄のない動き。

だが和田の見るところ、相手はさらに上を行っていた。

それ以前に、アロハ男の何気ない身のこなしから、ある事実に気づいていた。男の利き腕は、右だ。当然、利き足も右だろう。通常であれば、殴り合いで半身に構えるとき、左半身が前にせり出すような姿勢を取る。利き腕と利き足にアプローチの距離を持たせ、充分に打撃の勢いをつけるためだ。

だが、男は右半身を前にして構えていた。分かっている、と和田は感じた。筋力に自信さえあれば、相手への攻撃は最短距離のほうがいい。つまり、利き腕と利き足が瞬時に相手にヒットする。そして相手は十中八九、その瞬時の動きに対応できない。

果たしてそうだった。若者はその右前の構えから、当然相手の左腕か左足が飛んでくるものだと思っていた。それを無意識に想定しての、殴りかかり方だった。

とん――、
と、いきなり何の前触れもなく、アロハ男の右足が跳ね上がった。目にも止まらぬような素早い動き。次の瞬間には、爪先が若者の腹部に深々とめり込んでいた。一瞬若者は呻《うめ》き声を上げ、倒れかかりつつも、なんとか目の前の右手を掴もうとする。だが、男は若者の攻撃をいなすように右腕を一瞬引き、ふたたび大外《おおそと》から伸ばしていった。鞭《むち》がしなうように伸びていった右拳は、若者のこめかみにヒットする。

ゴツっ、という頭蓋の軋《きし》む音が和田のいる場所まで聞こえてきそうな、そんな痛烈な殴り方だった。

おそらく男は正規の格闘技経験はない。だが、踏んだ場数がこの若者とは桁違《けたちが》いなのだ。その経験値から、こんな変則的な待ちからの攻撃もありだということを学んだ。

たまらずに若者は地べたへ倒れ込んだ。起き上がろうとしたところへ、男の蹴りが飛ぶ。今度は左足からの脇腹への攻撃。それでも若者はもう一度両手を突いて、起き上がろうとした。がら空きになった胸に、男の右足が吸い込まれる。

今度こそ若者は地面に突っ伏した。

安心しろ、と男は言った。骨折するような場所は攻めていない、と。

そうだろう、と和田も思う。見たところ、男の攻撃は心なしか七、八の力というように見えた。その言葉通り、徹底的に打ちのめすつもりはなかったらしい。

「だがな、今度もしあいつに近づいてみろ。そのときはこれぐらいじゃ済まんぞ」

そう警告を発するなり、男は若者の首筋を踏みつけた。と同時にジーンズの尻ポケットのふくらみから、財布を取り出した。

金ではない、と和田は思う。金を探しているのではない。

案の定、男はカードのようなものを二枚抜き取り、ゆっくりと読み上げ始めた。

咄嗟に和田は警察手帳を取り出し、記入する。

SJ大　オグラヒロキ。K部2……この略でも、ここが管轄の和田には充分に分かる。

さらに男は免許証を読み上げた。

5・9・3の202。NGYチグサ・タカナシ7－15
素早く記入しながらも、去年の男の免許証を思い出している。遺失物の書類は、書きかけたときにこの男が来たので、確かに破棄した。だから何も残っていない。

男は今、どちらかの身分証明書を預かると言っている。しかし若者は組み敷かれたまま、返事をしない。

心持ち、若者の首を踏みつけている足に、力が籠《こも》るのが分かった。

言っておくが、このまま病院送りにしてやってもいいんだぜ。

冷ややかなその言葉。まだキョーコがあの恭子だということに絶対の確信はない。だが、警察官の立場として、これ以上若者に致命的なダメージを与えることを見過ごすことはできない。

和田はようやく行動を開始した。わざと足音を立て下草を踏み、林の中を出てゆきながら口を開く。

「おいっ、あんたら、そこで何をしているっ」

意外に真に迫った声が出た。おれもとんだ詐欺師野郎だ——そんなことを感じつつも、さらに二人に近づいていく。

アロハの男は少し焦ったようだ。チッといかにも舌打ちしそうな顔をして、足の裏を若者の首からずらす。

和田が二人のすぐ前まで来たとき、若者は半ばよろけながらも立ち上がりつつあった。

「大丈夫か。きみ？」

そう声をかけながら、アロハの男に向き直った。こうやってみると、自分より若干年が上のようだ。

「こんな場所で喧嘩をするなんて、一体どういうことです？」和田は厳しい口調で訊いた。「しかも、まだこんな若者を相手に」

男は口の端を歪め、ひょいと肩を竦《すく》めてみせた。その目の色に一瞬、躊躇いが走ったのを和田は見逃さなかった。

「どういうことって……」アロハの男は言った。「つまり、こいつがさ——」

と、和田の脇で立ち上がった若者に顎をしゃくった。

「あっちの道で、肩がぶつかったと因縁をつけてきやがった」

嘘だ。その場しのぎので
っちあげもいいところだ。この二人には、以前から女のことで因縁がある。

だが、和田はそのことを突っ込まない。突っ込めば、当然その女のことも調べなければならない。電話をかけるなり会うなりして、この男たちとの関係を確認しなければならない。そして、万が一その女があの恭子だった場合、和田の立場も複雑なものとなる。だから和田は黙ったまま、若者を見た。その嘘に対する若者の反応を見たかったからだ。

若者も渋々うなずいた。

そう、と若者は言った。「確かに肩がぶつかった。でもぶつけてきたのはこのオッサンのほうだ」

咄嗟に相手との呼吸を合わせた拙《つたな》い狂言。和田はなんとなく理解する。

二人は敵対関係にある。しかしこの騒動の原因を知られたくないという一点では、利害は共通している。

それはつまり、彼女を公の場に引っ張り出したくないということだ。水商売や風俗関係の女なら問題はない。だが、その女が堅い仕事についていればいるほど、こういう問題に巻き込まれることは職場内の問題になるだろう。

お堅い仕事。その人間の風紀が問題となる職場……そのキョーコが、あの恭子だという可能性がまた強まる。だから和田も、おいそれとはこの問題に突っ込めずにいる。

　とにかく、と和田はアロハの男に尋ねた。

「あなた、その手に何かのカードを持っていますね。それはなんです？」

　言いながらも手を伸ばした。男は一瞬迷ったようだが、それでも軽いため息とともに、和田にカードを差し出してきた。

　案の定、若者の学生証だった。ついでに地面に落ちている免許証も拾い上げる。氏名、現住所と本籍地、大学名を素早く読み取る。オグラヒロキは小倉弘樹。住所と本籍地も先ほど記入した通りで、聞き間違いはない。

　それでも演技上、和田は警察手帳を取り出し、その見開きを二人に見せた。その上で、もう一度その住所と名前を写し取った。

「さあ、次はあなたの番だ。免許証か身分証の類を見せてください」

　そう言って男に向き直る。

「ん？」

　と、男は間の抜けた声を上げる。そして少し考えている素振りだったが、また口を開いた。

「たかがこれぐらいのいがみ合いで、そこまでする権限は、あんたにはないはずだぜ」

　彼に、と和田は小倉弘樹のほうを見ながら言った。「鞭打ちなどの後遺症が出る可能性もある。そのための処置です」

そのときにはすでに、和田の中に一つのシナリオが出来上がっていた。

「さあ、拝見させてください」

もう一度、強い口調で繰り返した。

男は渋々とポケットから財布を取り出した。その中から免許証を取り出し、和田に差し出してきた。和田はその内容をふたたび手帳に写し取っていく。

氏名・梶原彰《あきら》。本籍地・群馬県高崎市。現住所・豊島区池袋4－8－32－1501。

そして、免許証番号。最初の二桁は30。つまり東京で免許を取っている。次の三桁目と四桁目。93。1993年に免許を取得。そのあとに続く、最も大事な五桁から十桁までのナンバーに眼を通す。

期待していた。だが、外れだった。ポータブル端末に番号を通すまでもなく、犯罪履歴を表すその番号の羅列には、何の前科も顕《あら》われていなかった。

しかし、腑に落ちない。先ほど見たこの男の喧嘩の仕方は、恐ろしく場慣れしていた。間違いなく修羅場を幾度も経験している。こういうタイプなら複数回にわたる傷害罪の前科があってもおかしくない。

とすれば、考えられることは、一つだ。おそらくは、すべての事件が不起訴になっているか、事件になる前に当事者、あるいは関係者と調整して揉《も》み消している。

と同時に、改めて思い出したことがある。

初めて交番で会ったときも、ヤクザまでの崩れた印象は受けなかった。そしてそれ以前に、免許証番号を遺失物書類に転記しようとした際にも、犯罪履歴があるなら気づいていたはずだ。

免許証を返しつつも、つい口が動いていた。

「ご職業は、何を？」

相手は顔をしかめた。

「それこそ、答えなくてもいいだろう」

和田は再度、努めて穏やかに訊いた。

「調べれば、すぐにでも分かることですよ」

梶原は、今度はため息をついた。

「金融関係のコンサルだよ」それから、こう付け足した。「事務所は免許証の住所と兼ねている。合法の範囲内で、フリーでやっている」

嘘はついていない、と感じる。たぶん多重債務者などの債権を一本化し、何かしらの形で返済をさせる仕事。その債務者の紹介先として、男なら遠洋漁業の船員、山奥の飯場、女なら風俗といった言葉がすぐに連想できる。

そういうことか、と訊いた。

梶原は、今度は口をへの字に曲げた。

「言ったろ。合法の範囲内でやっている。あんたも免許証の六桁を見たんだから、分かるだろう」

当たらずとも遠からず、と言ったところなのだろう。

最後に、警察手帳の違うページをそれぞれに開け、そこに携帯の連絡先を書いてもらった。意味は二人には分かるだろうと思った。当事者同士は、お互いの連絡先を知らないほうがいい。

「さあ、君は帰りなさい」和田は若者に名刺を渡し、促した。「何か問題があったら、連絡をください」

小倉という若者は無言で頭を下げると、ぎくしゃくした足取りで公園の出口のほうに去っていった。体のあちこちが痛みに悲鳴を上げているのだろう。そしてその痛みは、あれだけやられれば、時間の経過とともにさらに酷《ひど》くなる。

うまくいった、と思う。これでこの梶原という男と二人になれた。

改めて梶原に向き直る。

「あの若者は、この近くの住人ですが――」和田は訊いた。「あなたは違いますね。何をしにわざわざ豊島区からこちらへ?」

梶原は少し苦笑した。

「おれにだってプライベートの知り合いはいるよ。そいつんちに泊まって、今帰るところだ」

　泊まり……間違いなく女性だ。そして駅との方位関係で、その女性の家は、この公園より南にある。

　一瞬迷ったが、さらに深くカマをかけてみることにした。

「そのプライベートのお知り合いは、役所関係か何かにお勤めですか？」

　果たして一瞬、梶原の顔が強張った。

「なんでそんなことを訊く？」

　当たりだ、と確信する。

　市役所に勤める、おそらくは妙齢のキョーコ。つまりは、三谷恭子。でなければ、この男がこんなに動揺するはずもない。こんなふうに問い返してくるはずもない。

　しかしまさか、よりにもよって、こんな類の男と――。束の間、眩暈《めまい》さえ覚えた。

　……いや、しかしまだ、確実にそうと決まったわけではない。

　和田は一呼吸置いて、一言一句を区切るように言った。

「ついさっきから気になっていました。梶原さん、あなたには何か見覚えがある、とね。そして免許証を差し出されて、ようやく思い出しました。去年の秋です。あなたは、落とされた免許証を、私のいる交番に取りに来ましたよね」

「………」

「私の交番は、市役所の目の前です」

が、相手は和田がそう言い切ったときにはすでに立ち直っていたらしい。

「そりゃ、どーも」梶原はふたたびその肉厚の顔に皮肉な笑みを見せながら言った。

「だが、違いますよ。あいつは、荻窪のキャバクラ勤めです」

明白な嘘。しかも途中から口調が敬語付きの語尾になっている。

だが、和田はあえて否定しなかった。これ以上突っ込めば、自らの墓穴を掘ることにもなりかねない。そして和田は、まだそこまでの腹は据わっていない。

「そうですか」和田はうなずいた。「まあ、とにもかくにも、こんなことはもう二度と起こさないようにしてください」

「分かりました」

「それと、もしあの若者から治療費などの請求があれば、私から連絡します。それで、よろしいですね」

「はい」

「では、これで」

和田は軽く帽子の縁に手を触れた。梶原も軽くうなずくと、公園の敷地を出て行った。

梶原の後ろ姿が完全に林の中に見えなくなったとき、和田は我知らず大きなため息をついた。ひどく気疲れしている自分に気づく。心も、ずっしりと重い。

思わず脇のベンチに腰を下ろし、また深いため息をついた。

9

弘樹はその日、よろけながらも何とか学校に行こうとした。

ここのところ、バイトの連続だったから、そろそろ真面目に授業に出ておかないと、単位を落とすことになる。

それでも自宅からキャンパスまでの道のりが、とてつもなく遠く感じられた。交互に足を踏み出すたびに、みしみしとあちこちが痛む。

入院にこそならなかったものの、病院で診察してもらったところ、体の数ヶ所に全治二週間の打撲があった。その上に、首全体を覆うようにがっちりと捲《ま》きつけられたギプスが、さらに全身の滑らかな動きを縛る。足裏からアスファルトの振動が響いてくるたびに、ズキズキと脈打つように首筋が痛む。場合によっては、キリッと刺すような痛みを感じることもある。あのクソ野郎に強く踏みつけられたとき、延髄を取り巻く筋をかなり捻って痛めたらしい。症状としては強度の筋違いのようなものだ。こちらは、全治一ヶ月だと診断された。

結局は痛みに耐え切れず、自宅から五百メートルほど進んだ時点で引き返した。引き返す途中、コンビニに寄って昼飯用の弁当を買った。

アパートの二階へと続く階段を上るときは、さらに一苦労だった。ようやく自分の部屋の前まで来たときは、この六月の陽気と絶え間なく襲う痛みのせいで、全身に脂汗をべったりと掻いていた。

部屋の中に入り、弁当を冷蔵庫に入れると、部屋の隅に据えているパイプベッドにゆっくりと寝転がった。

しばらくそのまま、眼を瞑《つむ》っていた。痛みが鎮静化するまで、しばらくはじっとしているつもりだった。

しかし――。

ゆっくりと、あの公園で受けた屈辱と、そして怒りがぶり返してくる。今思い出しても、心底ムカムカする。挙げ句、徒歩二十五分の大学へさえも歩いて行けないこんな体にさせられた。さらに言えば、夜警のバイトも当分の間は休みにするしかないだろう。バイト代が入らない……イコール、生活も苦しくなる。

くそっ、

と思わず右腕で、安いウレタン製のマット地を叩く。途端に首筋に痛みが走り、弘樹はつい呻き声を上げる。

ちくしょう。

こうなったのも、元を辿れば、すべてあいつ——恭子のせいだ。あいつがおれと、よりにもよってあんな下衆野郎との間で二股《ふたまた》をかけていたせいだ。しれっとした顔しておいて、まったくとんでもない阿婆擦《あばず》れだ。淫乱《いんらん》女もいいところだ。ッたく、ヒトをとことんまで馬鹿にしやがって。

あの下品極まりない男が笑いながら吐いたセリフを、今でもはっきりと覚えている。

かわいそうに。おまえの下手さ加減にはよっぽど不満だったんだろうなあ——。

昨日だってそうだぜ。一晩中、ヒイヒイ言ってよがってやがった。必死に抱きついてきやがった——。

いっつもあいつからせがんでくる。相当な好きモンだ——。

確信を持った言葉の暴力。イメージが、頭の中にふたたび鮮明に浮かび上がる。凄《すさ》まじい嫉妬に、体中の関節という関節が砕けそうだ。

恭子……おれは、そんな狂態になど一度もお目にかかったことがない。おれはそんなに下手なのか。あのチンピラが言うとおり、そんなに粗チン野郎なのか……恭子はおれが年下だから、言えばかわいそうだから、言い出せずにいたのか。不満だったのか。あんな下衆野郎に乗り換えるほど、おれはヘタクソだったのか？

あのチンピラの、いかにも勝ち誇ったような笑い声……たぶん、そうなのだろう。

口惜しくて、つい涙ぐみそうになる。

気持ちが静まるまで、しばらくベッドの上でじっとしていた。

……しばらくして、ようやく今の自分の気持ちに気づき始める。

あれだけ屈辱を味わわされたにも拘らず、何故かあの男に対し、そんなに憎しみを感じていない自分がいる……。

さらにややあって、ようやく自分が考えていることが腑に落ちる。

憎しみとは、同じ世界に生息している人間に感じるものだ。

あのアロハの男。言ってみれば、社会に巣くう毒蛇だ。そんな毒蛇に敵意を向けても仕方がない。毒蛇は生まれたときから毒蛇として存在している。それは死ぬまで変わらない。そんな相手に敵意を持つほど無駄なことはない。

それよりも、とさらに思う。

問題は、そんな毒蛇に惑わされ切っている恭子のほうだ。

確かに恭子は惑わされている。認めるのは口惜しいが、ああいうゴロツキのやるセックスとは、相当エゲツのないものなのだろう。金融のコンサルタントなどという洒落た言葉を使っていたが、あの警察官の話を聞いて、やっていることは人身売買となんら変わらないと感じた。自分の利益・快楽のためには、どんなあくどいことにだって手を出す。たぶん他にも、相当な悪事に手を染めている。

ふと思う。クスリ？

ひょっとして、恭子はクスリをやらされているのかもしれない。弘樹はその方面には詳しくはないが、コカインや覚醒剤には、肉の悦楽を極限まで高めてくれる効果があるという……。

だとしたら、どうする？

そんなことを考えていたとき、不意に枕元《まくらもと》の携帯が鳴った。

フリップを開ける。メモリーに入っていない数字の羅列の着信。だが、その最初の四桁で、市内であるということが分かる。

束の間迷ったが、結局は通話ボタンを押した。

「はい――」

あの、と微かに聞き覚えのある声が響いてくる。「先日公園でお会いした警察官の和田ですが――」

ああ、と思う。その瞬間に、もう弘樹の腹は決まっていた。

「怪我《けが》の具合は、どうです？」

相手が訊いてくる。

「ええ、数ヶ所が全治二週間の打撲、首が全治一ヶ月の、まあ鞭打ちのようなものです」

「この前の相手とは、小倉さんが去られたあと話し合いまして、治療費を出す意思はあるそうですが、診断書などは取られましたか」

いいえ、と弘樹は答えた。「取っていないです」

「なら、取られたほうがいいと思いますが」

いえ、と弘樹はもう一度繰り返した。「その必要は、ないです」

「と、言いますと？」

「こういう言い方はなんですが、もうああいう人間に、どんなカタチでも関わりを持ちたくないからです」さっき決めたことをそのまま口にした。「だから、この件はもういいです。終わりにしたいです」

そうですか、と相手は受話口の向こうで軽いため息をついたようだ。「では、また万がいち何かあるようでしたら、私のほうにご連絡ください」

「ありがとうございます」

それで電話は切れた。

弘樹は小さく吐息をつき、携帯を枕元に置いた。

これでいい、と改めて思う。治療費の出費は痛いし、それ以上にバイトができないことも辛いが、やはり、これでいい。

あんな世界の住人には、関わらないほうがいい。これ以上下手に関わりを持ったら、いつ何時か毒牙《どくが》にかかって、もっと酷い目に遭うかもしれない。毒蛇に、なんでおまえは毒蛇なんだと怒ったところで仕方がない。

問題は、その蛇に搦め捕られている恭子のほうだ。恭子はあちら側の人間ではない。社会的には弘樹と同じ世界に住む人間だ。同じ水域に棲《す》む魚。まだ理解し合える。共通のマトモな感覚の土台がある。だからこそ、あんなゴロツキにうつつを抜かしていることに腹も立つし、嫉妬もする。

つい苛立《いらだ》ちに爪《つめ》を噛む。

あの男と一緒にいて、恭子にいいことがあるわけがない。長い眼で見たら、必ず取り返しのつかない揉め事に巻き込まれるだろう。

それを、なんとしても恭子に教えなければならない。というか、諭す。分からせる。そのためには嫌われても構わない。

それに、と一人寂しく苦笑した。

もう彼女からは、三行半を突きつけられている。たぶんもう、恭子と元に戻ることはない。だからこそ、おれは彼女にあの男と別れるように、ちゃんとしてやるべきだ。

10

電話を切ったあと、和田は軽いため息をついた。

部下たちは定時の午前の巡回に出ている。自分だけがここに残る頃合いを見計らって、あの若者に電話をかけた。

結果、和田の申し出は断られた。

ふむ、とつい左手を顎の下にかけながら考え込む。

全治一ヶ月の怪我。それでもあの若者は、治療費を請求しないという。

もうああいう人間に、どんなカタチでも関わりを持ちたくないからです——。

そう若者は言った。

だが、と和田は思う。だったら最初からあの梶原という男になど、関わっていかないはずだ。その時点ですでに、あの若者が一種の蛮勇の持ち主であることは証明されている。そんなタイプは、むしろあそこまでボコボコにやられて、かえって敵愾心《てきがいしん》を燃やすはずだ。せめて懲らしめに、法外な治療費なりを取ろうとするはずだと和田は踏んでいた。

しかし、答えはあっけないほどの幕切れだった。

庇《かば》っている、という言葉が最初に浮かんだ。

あの公園でのやりあいを公の騒ぎにして、一番迷惑をこうむるのは誰か？　調書を作成するときに、事件としての前後関係を訊かれて一番困るのは誰か？

答えは決まっている。

二人に関わりあっている女性だ。そして公に二人との関係を知られると、風紀上の問題から職場内で困った立場になる女性だ。お堅い職場。市役所……。あの梶原の反応やその他の要素を考え合わせても、やはりその職場しか思い浮かばない。

やはり、市役所のキョーコ。だが、本当にそれが、あの三谷恭子なのか。

ふむ、ともう一度思う。

それで、おれは、どうしたい？

なんとなく思っていることはある。

しがない交番勤務ながらも、ごく普通の女性が、梶原のような男と連れ添って幸せになった例がないということも、長年の警官暮らしで何度も見てきている。

自分にできること。

確実なウラ取りも含めて、ひとつある。

だが、その腹がなかなか決まらないでいる。

三章　東天

1

梶原はその日、マンションの駐車場にここ二週間停めっぱなしだったクルマに久しぶりに乗り込んだ。駅まで迎えに行くためだ。

最寄りの池袋駅からは、このマンションまで歩いてくると二十分以上かかる。初夏のこの陽気だ。歩くのは辛かろうと、気を遣ってクルマで迎えに行くことにした。

いいよ、そこまでしてもらわなくても——。

昨日、恭子は電話口でそう遠慮していた。まあ、いいって、と梶原はなんとなく笑った。

好きな女を駅まで迎えに行く気分。まんざらでもない。

ステアリングを切り、駐車場の敷地を出て行きながらも、つい微笑む。

恭子のあの告白の日以来、彼女との距離が急速に縮まっていくのを感じた。それまでは、月に二回ほどしか会わなかった。連絡も、訪ねる前に一度か二度、メールを送るだけだ。

だが、ここ二週間の間で、会うのは今日で三回目だ。先週の木曜に会いに行った。次いで今週の火曜日。

そして今日の土曜日。恭子は初めて梶原の家に来る。それとともに、その前後の連絡も頻繁になった。

ある内的な一線を越えた途端、もうこれだ。まったくしょうもないおれ。

首都高速五号線の下を通っている254線から劇場通りに続く道に入ると、道は混んでいた。三つ先の信号までクルマが数珠繋《じゅずつな》ぎになっている。心配することはない。午前十一時に駅の西口で待ち合わせだった。対してダッシュボード上の時計は、まだ十時四十三分。充分に間に合う。

梶原は前のクルマのトランクに照り返している陽光に、少し眼を細める。

昨日のうちに食材の買い出しは済ませていた。

昨日の電話で、こっち方面に来るなら、どこか行きたい場所はないか、と訊《き》いた。

この女と吉祥寺で会うときは、いつも彼女の部屋の中でだけだった。それは地元の公務員という仕事柄、近所の目を気にしているからだと思っていた。一方、この都心なら、特に人の目を気にすることもない。

しかし、特にない、というのが恭子の返事だった。「それよりも、部屋でゆっくり過ごしたいかな」

なるほど、と思った。そしてまた一つ、彼女の特性に気づく。おれと同様、特に用がないときは家にいたがるのだ。出無精なのだ、と感じる。

だから、念のために今日の晩飯の分までは、食材を買い揃《そろ》えてきた。人はそうは思わないらしいが、梶原は意外に日常のことに関してはマメだ。少なくとも自分ではそう思っている。そして自炊も好きだ。一人でいるときは、いつも家で食事を作る。わざわざ外食に出ることはない。そしてその傾向は、恭子にもある。

ふん、とふたたび一人笑いながら、ステアリングを指先で軽く叩《たた》く。

おれと恭子。ひょっとしたら思い込み過ぎなのかもしれないが、やっぱり意外に、もっと本質的な部分で気が合いそうだ。

ヒトは特に用がない限り、あまり外を出歩くものではない。ゆったりと家でくつろいでいたほうがいい。

梶原の持論だ。

外の世界は、一見楽しく刺激に満ちているが、それはつまるところ、人間の欲望を刺激するためだけの舞台《ステージ》に過ぎない。性欲、物欲、食欲、虚栄欲、さらにマシな部類として知識欲。そんなものすべてを満たすために、あらゆる電飾とショーウィンドーのディスプレイが通行人に呼びかけてくる。媚《こび》を売りまくってくる。

欺瞞《ぎまん》の世界だ、と思う。

都会の彩色に眼を奪われる者は、好むと好まざるとに拘《かかわ》らず、ひたすらに欲望を刺激され続ける。結果、この資本主義社会の基盤を支える消費活動の奴隷と化す。単なる観念でモノを言っているのではない。梶原は仕事柄、その消費欲の奴隷となり、多重債務に陥った人間をこれまでに何百人と見てきた。

たぶん恭子は、そのことを感覚的に分かっているのだと思う。

人間、本当に必要なものはそんなに多くない。必要最小限の仕事道具——梶原にとっては、仕事上利便性の良い繁華街のワンルームの住まいと、仕事に必要なクルマと携帯、そして当座食っていけるだけの預金、さらには一週間で着まわせる程度の服さえあればいい。

そんなものだ。それ以上余分に物を持つと、逆に足を引っ張られ始める。

ふと思い出す。

この前、公園で締めてやったあの若造。妙に色気づいた服装のセンスをしていた。ラフといえばラフだが、それなりに金のかかった物を着ているのはぱっと見にも分かった。学生の分際で。おそらくは大学もロクに行かず、せっせと服や携帯代のためのバイトに精を出しているのだろう。馬鹿な奴だ。

というか、この二十一世紀の世の中は、そんな馬鹿で満ち満ちている。みんな、欲望のために金を出す。そしてその金と引き換えに、いつだって自分の大切なものを切り売りしている。モノが増えるのに反比例して、どんどん自分が磨《す》り減っていることに気づいてもいない。

しかし、と少し気分が沈む。

あの若造に、おれはいったいなんだってあんな嘘をついたのか。

恭子がおれを相手にヒイヒイよがっていたなんて、大嘘もいいところだ。確かに娼婦が相手なら、梶原もそんな痴態を繰り広げる。より過激な刺激を求める一種のプレー。遊びなのだ。

だが、好きな女との性交は、遊びではない。いや、それは厳密には性交とも言えない。喩《たと》えれば、肌を通しての会話だ。だからその会話の時間は、静かに、大河の水面のようにゆるやかに流れていく。刺激を求めるのではない。肌合いが心地いいのだ。

なのに、おれはあんな大嘘をついて、あの若造を嘲笑《あざわら》った。

嫉妬《しっと》なのだ、と感じる。あの若造を傷つけてやりたかった。恭子はおれのものだと誇示してやりたかった。

ふう、と思わずため息をつく。

だがそれは、大嘘以前に、根本の部分で間違っている。

恭子は、どこまで行ってもおれのものではない。おれもまた、どこまで行っても恭子のものにはならない。人それぞれ、自分の人生は自分のものでしかない。裏を返せば、そういう意味で、誰のせいにもできないものだ。

梶原は、時おり思う。恭子に感じる。

たぶん、おれと同じように暗い幼少時代を送っている。言葉に出さなくても分かる。今までに口にした何気ない言葉。何かを見たときに洩《も》らす、ふとした感想。モノの見方。そこに過去が滲《にじ》む。その過去が、梶原の胸に沁み込んでくる……。

ようやく四つ目の信号を過ぎ、高いビルの並び建つ雑多な繁華街に入ってきた。ダッシュボード上の時計を見る。十時五十二分。大丈夫だ。ここから西口のロータリーまでは、もう五百メートルもない。

次いで、また一人、苦笑を浮かべる。

言い訳だ、と思う。自分でも分かっている。こんな自分でも、ぼんやりと海外のニュースなどを見ているときに、たまには巨視的な目線になることもある。

確かにおれの過去。泥にまみれている。肥溜《こえだ》めなみに、今でもぷんぷんと臭《にお》っている。いくら必死に蓋《ふた》をしたところで、その隙間《すきま》から悪臭が洩れ出てくる。

だが、それを言い訳にはしないほうがいい。北朝鮮。シエラレオネ。コロンビア。パレスチナ。アフガン。この世の中、おれの生い立ちより悲惨な奴らはいくらでもいる。

自分の存在というものへの自覚ができた時点で、もうそいつの人生は、そいつのものだ。自覚がある限り、たとえ数少ないにしても、そいつにはその後の時間の流れへの選択権が出来る。だから過去の傷は、今の自分の言い訳にはならない。

たぶん、そのことも恭子には分かっている。

だから今まで必要以上にヒトとの関わりを持たなかった。言い訳には使わないが、それでも過去は過去としてある。幼い頃に培われたモノや人を見る経験値の質が、いわゆる標準的な家庭で生まれ育った人間とは、絶対的に違う。所詮はベースの部分で分かり合えない。

ベースの部分で分かり合えない二人がお互いを好きになるほど、激しく苛立ち、寂しく、結果として虚しくなるものはないだろう。

だが、と思う。

恭子はこの前、おれに対して扉を開いた。たぶん、あのときのおれに自分に似たものを確信したからだ。そしてそれは、おれがなんとなく彼女に対して抱いていた感覚でもあった。

おそらくはこれからの時間で、ベースの共通理解が深まれば深まるほど、さらに密な関係になっていく。ひょっとしたら途中で、やっぱり違うとお互いに悟るかもしれない。そのときは、そこ止まりの関係になる。

しかし、梶原の勘は囁いている。

たぶん大丈夫。間違いない。

広大な荒地の中から砂金を一粒だけ拾い上げたような感覚。人生とは、つまるところ自分の理解者を得るための旅に過ぎない。あるいは何かの行為の中に、本当の自分を見《み》出《いだ》す。絵描《えか》きがちょうど、自らの作品の中に真の自分の有《あ》り様《よう》を発見するように。その二つ以上の意味はない。

それは前者であれば、男でも女でもいい。真の理解者を得たとき、二つの人生は融合し、互いに変質していく。それの過程がたぶん、芳醇《ほうじゅん》というものなのだろう。

うん……。

ウィンカーを出し、交差点を左折して、要町《かなめちょう》通りへと入っていく。両側に広がった大通りの向こう、駅前の東武百貨店が見えてくる。

おれと恭子の人生。融合した場合、どうする？

……たぶん、今までのおれではいられない。今の暮らしではダメだ。

そのとき、どうする？

いや、そのときではない。やはり今から考えておく必要がある。もし無駄《むだ》撃ちになったとしても、それはそれでいい——。

駅前近くまで行くと、すぐに恭子は見つかった。というか、恭子が先にこっちを発見していた。歩道をゆっくりと近づいてくる。

梶原はつい苦笑する。相変わらずのジミ系だ。足元はナイキのスニーカー。おそらくはユニクロのジーンズに、ライトオンあたりで買った薄手のダンガリーシャツをTシャツの上に羽織っている。

「よく、すぐに見つけられたな」

助手席のサイドウィンドーを下げながら、梶原は恭子に話しかけた。

うん、と恭子はうなずき、ドアを開けた。助手席に乗り込んでくる。乗り込んでから、さらに言葉を続けた。

「茶色の、地味に見える角ばったセダンって言ったら、これしか見当たらなかった」

「そうか」

ロータリーを回りながら梶原もうなずく。劇場通りの交差点まで戻る間、二人とも無言だった。

交差点を右折し、劇場通りへと入る。

不意に恭子が口を開いた。

「これ、なんてクルマ」

「どうして？」

恭子は目元で少し笑った。

「だってこのクルマ、見た目も室内も、あまりにもそっけなくない？　しかもマニュアル」

梶原も笑った。

「ま、元々がタクシー専用車として作られてたクルマだからさ」言いつつも、路上に停まっているタクシーを指差す。「ほら、あれだってフェンダーミラーを除けば、このクルマと同じだぜ。色が派手だから分からないだけだ。タクシーとしては、ごくありふれた車種だ」

ふうん、と恭子はつぶやいた。「で、名前は？」

「日産のクルー。多少は一般にも売っていた」

ふたたび恭子が微笑む。

「服装とは違って、クルマは地味なんだね」

そう、と梶原はつい口を滑らせた。「仕事で使うこともあるし」

一瞬沈黙があり、恭子が躊躇いがちに口を開く。

「……牛頭《ごず》の仕事？」

まあ、と梶原は渋々ながらも正確に答えた。「人を詰め込むときもある。狭い道を入っていくときも、ロングで山奥まで行くときもある」

5ナンバーセダンとしては、室内がかなり広い。角ばっているから、前後の見切りもいい。もともと耐久性には定評のあったC32ローレルベースのシャーシなので、車体も頑丈。タクシーなら四十万キロ走っているクルマもザラだ。しかも、安かった。ちなみに後部座席のドアは、タクシー用の自動ドアをオプションで付けた。逃走防止用だ。

そんな諸々《もろもろ》の理由で、このクルマを買った。

MTの後輪駆動。買って三年目に、元々載っていたRB20E型エンジンを、事故車で見つけたスカイラインGT－RのRB26DETT型エンジンに換装《スワップ》した。基本は同じスカイラインの、直列六気筒形式。載せ替えるのは簡単だった。当然、本気を出せば恐ろしく速い。飛ぶように走る。足回りも冷却系もそれに合わせて強化してある。

「………」

が、そんな話は助手席の連れにはしない。エンジンを載せ替えたのは、ごくまれに逃げる相手やクルマに簡単に追いつくためだ……おれと同様、このクルマもロクデナシの所産だ。

やはり、あまりしたい話ではない。

マンションに着いた。

露天の駐車場にクルマを停め、マンションのエントランスへと入っていく。

築三十年のマンション。二十階建て。薄暗いエントランスから古びたタイル貼《ば》りのフロアを踏んでいくと、奥に二基のエレベーターが見える。その間、どこにもセキュリティはない。エントランスのすぐ脇に管理人室はあるが、内部は梶原が引っ越してきたときからずっと無人だ。そして、管理人室の反対側の壁にある郵便受け……アルミ製のポストボックスの多くは、ＤＭやチラシがギュウギュウ詰めになったままの窒息状態だ。個人名の出ているプレートは皆無。名前があるところも、決まって『ＲＯ企画』とか『富永コンサルティング』などという、いかにも胡散《うさん》臭げな法人名、あるいは団体名が貼りつけられている。梶原は恭子を伴いながらも、心中苦笑する。

ここは、おれを含めてロクデナシどもの巣窟《そうくつ》だ。

「これで、管理費は八千円取るんだ」梶原はエレベーターのボタンを押しながら、恭子を振り返った。「安いけど、高い八千円だろ」

恭子は少し微笑む。だが、何も言わなかった。

梶原は再び心地よさを覚える。今の問いかけに気の利いた返事は存在しない。何を言ったところで、この現実は覆うべくもない。だから、この女は黙っている。

遅く重ったるい昇降機が降りてくる間に、無言の共感は、さらにゆったりとした居心地のよさに変わる。チン、という昭和の音とともに、エレベーターに乗り込む。

十五階に着き、エレベーターを降りる。ひび割れたコンクリート製の外廊下を奥まで進んでいく。西南の角部屋。１ＬＤＫ。家賃は十五万。

「どうぞ」

そう言って部屋の鍵を開け、先に恭子を通すために大きく扉を開いた。

古いけど、と恭子はしばらくして言った。「部屋は悪くないね。眺めもいいし、月とかも良く見えるでしょ」

「そうかね？」

答えながらも梶原はキッチンでせっせと昼食を作っている。リビングは、旧式然とした形ながらもカウンターキッチンの間取りだ。目の前のフライパンは弱火。ニンニクと鷹《たか》の爪《つめ》がオリーブオイルの中に浮いている。ちり、ちり、と香ばしい匂いを弾けさせ、微妙に踊っている。

その匂いの向こうに、恭子がいる。開け放った窓際のソファに座ったまま、タバコをくゆらせている。外には低いビル群の連なりの向こうに、池袋西口の繁華街が見える。「悪党比率《ろくでなし》五割の街だ」つい、そう口走った。「そう思うと、あまり感心もしない眺めだ」

恭子がふたたび微笑んだ。

ズンドウの湯が沸いた。１・６ミリのパスタを二百グラム、適量の塩とともに、鍋の縁に沿って円形状に流し込む。茹《ゆ》で時間は七分。タイマーを押してから、梶原の動きはますます忙しくなる。パスタを熱湯の中で泳がせ、フライパンにシャウエッセンの斜め切りを投入。塩水に浸していた玉ねぎのスライスを水切りする。大皿の上に載せ、さらにキュウリをスライスして上に載せ、熟しきったアボカドを二つに割り、包丁の下刃で種を刳《く》り貫《ぬ》き、賽《さい》の目《め》状に切ってさらにその上に載っけていく。その間も、時おり左手でフライパンを軽くシャッフルしている。シャッフルしつつも、即席サラダの上にオリーブオイルを少しかけ、さらに昆布ポン酢、さらにその上から塩と黒ゴマをまぶしていく。

傍目《はため》にもその忙しさが分かったのだろう、とうとう恭子が笑い出した。

「だから、私も手伝うって言ったのに」

確かに、と心の中で思う。

先ほど梶原が一人でキッチンに立ったとき、彼女は何度も手伝おうか、と言ったものだ。

「いいから、いいから」

それでも梶原は拒否した。いつも恭子の家で、彼女に作ってもらってばかりだった。だから今日は、おれが作るのだ。

梶原の手先は相変わらず忙しく動いている。背後の棚からグラス、ナイフとフォーク、ランチョンマットを、冷蔵庫からワインを取り出す。

だが、あせあせと動きながらも、心は意外にしんと静まっている。というか、この今の平穏な現実から心が乖離《かいり》して、内面に沈み込み始めていることを知る。

梶原は仕事柄《がら》、今までに何百人もの多重債務者および生活破綻者をこの眼に見てきた。そして、そのような状態に陥る人間は、基本的に『欲』に対する自制心に問題があるのだと、最初の頃は思っていた。

性欲。アルコール依存症を含めた飲食欲。物的所有欲。自己顕示欲、その延長線上としての虚栄欲。

そんなものを満たすために、つい自制の箍《たが》が外れ、分不相応な金の使い方をする。むろん、将来の不測の事態に備え、貯蓄などという概念もない。そういう放埒《ほうらつ》かつ刹那《せつな》的享楽的な生き方をする人間の類型なので、世間的に見てもマトモな仕事についていない者が多い。風俗嬢のヒモ、ならびに風俗業従事者、パチプロ。マトモな世界でも、飲食店経営者、中小の建設業関係者などには、特にその傾向が強かった。

が、あるときに、まったく別の要素を持つ者もまた、生活破綻者になるのだということに気づいた。

その類型は、世間的には一流企業と言われる会社に勤めているサラリーマンや、恭子のような役所勤めの公務員、それも四十歳前後の人間に圧倒的に多かった。

家庭を持ち、三十五年ローンで家を建て、老後の人生もほぼ固まった時期に、それまで築いてきた自らの生活を、いきなりぶち壊してしまう。男女は関係ない。それまでの安定した、少なくとも世間並みの幸せを自ら放棄してしまうような暴挙に出る。

具体的には、失踪《しっそう》というパターンが最も多い。それまでの日常だった会社と家庭から、いきなり姿を晦《くら》ましてしまう。

たった一人で姿を消す場合もあれば、一種、老いらくの恋というやつもある。それぞれ家庭持ちの男女が、何かの機会に互いを好きになる。悩みぬいた挙げ句に家庭を捨て、手に手を取り合って、サラ金から当座の生活費を摘《つま》んで逃げる。

そんな自分たちの未来に、明るい展望など何もないということにも充分に気づいているにも拘らず、だ。

問題は、あるいは始末に負えないのは、その老いらくの恋——でさえ、失踪自体の本質ではないというところにある。単なるきっかけに過ぎない。

少なくともそんな人間の類型があることに、ここ数年で梶原は気づいた。

梶原は思う。

彼らに共通しているのは、端的に言えば『育ちの悪さ』だ。育ちの悪さ、とは家の血統が悪いとか、貧困の家庭で育ったとか、そういう意味ではない。

もちろんそういう背景要因も大きいが、それが本質ではない。

本質は、そんな不適要因の上に成り立った、幼少期から少年期までの人間関係の問題だ。人間関係における徹底的な不毛。ひいては社会全体への不信感。つまりは、自意識が芽生えたときから修羅道の世界を生きてきた。

そんな負の要素を数多く経験しつつ幼少期を送ってきた者の多くは、その負の連鎖に呑み込まれ、すでに二十歳ごろには、梶原のような、いわゆる社会からの落伍者《らくご》になっている。

だが、これは言ってみれば分かり易いパターンだ。

問題は、その修羅道から這《は》い上がってきた、ごく少数の人間の場合だ。

梶原が見るところ、このタイプには地頭のいい人間が多い。

自分の生い立ちを呪《のろ》ってグレてみても、所詮は一時のごまかしに過ぎず、そんな行為が将来的には糞《くそ》の役にも立たないことに、すでに十代前半でぼんやりと気づいている。最終的には、さらにひどい肥溜めの中に堕《お》ちていくだけだと分かっている。

今の日本での唯一の抜け道は、高学歴を手に入れ、永久に故郷を離れることを含めて、今後の人生の選択肢を数多く手に入れるしかない。

そして一流と言われる企業や官公庁に入り、自分の過去とはまったく違う世界を築いていこうとする。

しかし、過去は消えない。持って生まれたものを捨てることはできない。どこまでも追ってくる。

だいたいの場合、就職と結婚が一つの契機になるようだ。新しい世界に羽ばたこうとして、事実、人並みに安定した仕事と、そして家庭を手に入れたとする。

だが、彼らはその根本的な部分で、絶えずそんな自分に違和感を覚えている。そしてそんな自分をなんとか誤魔化しながら生き続けようとする。

つまりは、基本的にはその安定した幸せをしっかりと受容できるか……自分の過去と現在の幸せの、その内的なバランスを取れるかどうか。

その許容量《キャパ》の問題なのだ。

過去からは逃れられない。皮膚に沁み込んだ幼少期の記憶は消えない。忌み嫌いながらも、そんな過去に、ふと郷愁に似た懐かしさを覚える自分がいる。

例えば、暴力をふるう父親に育てられた女性が、自分の結婚のときに、再び暴力亭主になるような男を選ぶ傾向が多い、ということと根本は共通している。

現に梶原がそうだ。

あんなに忌み嫌った故郷での記憶。あの売女《ばいた》同然の母親のこと……だが、三十を超えた今も、折に触れて思い出してしまう。

そして現在の自分を思う。

おれは今、初めて女をこの部屋に入れた。たぶんマジだ。本気でこの女との将来を考え始めている。自分のことを語りはしないが、恭子もまた、おれと同じように複雑な生い立ちをしていることは、ほぼ確信として感じている。

そんな恭子がこれからのことをどう考えているかは分からないが、少なくとも梶原の志向は、これから恭子との行く末で幸せな生活をしていくことを前提としている。

だが、そんな幸せで安定した生活を手に入れたとき、果たしておれにはそれをずっと許容していけるだけの、心のキャパシティがあるのだろうか。

恭子もまた、そうだ——。

ふう。

内心ため息をつきながら、アボカドサラダの上にさらに醤油を垂らす。

が、顔を上げたときには、その迷いを腹の底に沈め、恭子に向かって微笑んでいた。

「おし、完成。じゃあ、食べようか」

恭子も、微かに笑った。

……あくまでも腹の底に沈めただけだ。押し隠してはいない。

だからたぶん、この感じは相手にもそこはかとなく伝わっている。

2

日曜、和田は非番だった。

太陽が傾き始めた午後に、ようやく決心がつき、自宅を出た。

職業柄知っている。日曜の夜というのは、人間、よほどのことがない限り、来週の活動に備えて自宅におとなしくしているものだ。あるいは居なくても、夜半前には帰ってくる。

行き先は池袋だ。この前、手帳に控えた梶原という男の住まいに行く。

新宿で中央線から山手線に乗り換え、池袋に着いた時点で午後六時だった。

西口を出てしばらく歩くと、お約束のネオン街が見えてくる。しかしビルの向こうの空には、充分な明るさが残っている。

当然だ、と改めて気づく。もう六月の上旬なのだ。

ゆっくりと歩いて行きながら、つい和田は苦笑した。

このところ、季節感も感じなくなっている自分がいる。というか、そのときの季節も絡めてはっきりと思い出せる印象的な出来事——記憶のようなものが、近年ほとんどない。

改めて考える。いつ頃からだろうか。……分からない。たぶん、警察学校を出て数年たった頃から、次第に少なくなってきたような気がする。遭遇した出来事やちょっとした会話、ヒトとの出会いに、鮮やかな印象というものを感じることが少なくなっていったような気がする。

二十歳前後のとき、希望に溢《あふ》れて警察官になった。

だが、警察官といえどもやはり組織の中の一員ということでは、典型的な勤め人とそう変わらない。……いや、『すまじきものは宮仕え』という意味では、それ以上だろう。全国に二十七万人もの従業員を抱える巨大組織。当然その組織を維持・活動させていくためには、無数の煩瑣《はんさ》な規則があり、様々な階級があり、そしてその階級に至るための、いくつもの厳然とした出世への道筋が示されている。

正直、その巨大なシステムの前では、どんなに日常の業務を懸命にこなしたところで、自分など取るに足らない存在だということを度々思い知らされる。ましてや本庁の人間など、三十過ぎても未《いま》だに交番《ハコ》詰めの和田から見たら、雲上の人間に等しい。

管轄内で何か事件が起こったとして、最初に和田たち地廻りの巡査がその現場を発見したとしても、まずはその初動捜査にすら参加させてもらえない。すぐに所轄の警察署――支店から捜査係がやって来るからだ。和田たちはサポートに回るだけだ。さらに事件が大きくなれば、その支店の捜査員も差し置いて、本庁の一課から組織犯罪対策部までのいずれかが出張ってくる。この場合、和田たち交番《ハコ》詰めの扱いはさらに悲惨になる。せいぜい現場周辺の警備や交通整理に立つのが関の山だ。

圧倒的な無力感……。

かと言って、その立場を手に入れようと奮い立ち、懸命に昇進試験の勉強を続けたところで、ノンキャリアの人間の将来はたかが知れている。同僚からの〝出世馬鹿〟という嘲りと軽蔑の視線に耐えながらも、一生昇進を順調に続けたところで、せいぜいが所轄の警察署長止まりだ。キャリア組が入庁後わずか数年で到達する地位に過ぎない。そして当然、その立場でも、本庁からの管理官クラスが来ればまったく頭が上がらない。

一面、その矛盾は仕方がないことだとも思う。

この巨大組織を全国規模で効率よく動かしていくためには、そういう区分けはやはり必要だということも充分に自覚している。

しかし、その組織効率と、そこに属している個人の人生の充実度は、また別の話だ。

最近よく思う。

警官だけでなく世間でも知っている。ニュースでも流れるこの組織の末端員の、聞くも無様な不祥事……。

電車内での痴漢。財布など金がらみの落とし物横領。エスカレーターでのスカート内部の盗撮。

それら不祥事は、そのほとんどが巡査部長クラス以下の階級が仕出かすことが多い。露見した彼らによれば、ちょっとした出来心だったという。

たぶんその調書に嘘はない、と和田は感じる。

そして特に盗撮や痴漢などという不祥事は、ある一定の条件のもとで頻発するように思う。

G8やAPECなどの各国首脳クラスが集まる国際会議。その会場周辺の警備に、首都圏はおろか全国からノンキャリアの警官が駆り出される。

むろん、業務はあくまでも会場周辺の警備ということに尽きる。会場内警備は本庁のエリート部隊、そして要人警護部門の受け持ちとなる。

和田にも経験がある。一昨年行われた横浜みなとみらい21地区でのAPEC。十一月だった。その期間の一ヶ月半前から会議終了まで、トータル約二ヶ月。和田はずっと会場から一区画はなれた交差点に立ち続けた。驟雨《しゅうう》が降る日も、夜半に冷たい風が吹きつける日もあった。和田はただ、立ち続けた。まだその交差点の名前は覚えている。『みなとみらい大通り』と『さくら通り』が交差する十字路だ。

夜になるとパシフィコ横浜から明かりが洩れ出ているのが、遠目にもよく分かった。同じ警察官とはいえ、おれにはまったく縁のない中枢部エリア……。立ち続けている冷えきった両足に、無力感という名の根が生えていた。

人間は、未来に希望を失ったときに、人間ではなくなる。人間とは、少なくとも警察官においては倫理的に縛られているヒトのことを言う。

だから、あんな事件が起こるのだ。

おれはもう、特にあの頃からさらに一段と自分の警官としての立場に無力感を抱くようになっている。

他のノンキャリアの警察官たち。ヒマさえあれば武術で体を鍛えている者もいれば、給料も良く、独身時代は基本的に官舎生活なのですぐに結婚してマイホームを建てる奴もいる。そしてその中に、ささやかな自分の存在価値を見つける。

だが、おれには何もない。かろうじて警察官としての倫理観は失わずにいるが、そしてそれが、多少なりとも社会の役に立っているだろうという自覚もあるが、それでもその自覚を取ったら、おれには何も残らない。自分の存在。まるで無意味だ。単に息をして糞便《ふんべん》を垂れ流すだけの生き物に過ぎない。

あの女《ヽヽ》――恭子のことを思い出す。

言うまでもないが、市役所の戸籍係で働いている。

季節もはっきりと覚えている。二年前の春、市役所へ自転車で向かう恭子を初めて見かけた。そして今年の冬、公園でタバコをくゆらせながら、ベンチに座っていた。

今さらにして気づく。

彼女は違う――。

今も淡々と役所の事務をこなしているのだろうが、たぶん仕事に対しておれのような虚しさは覚えない。

時おり和田は思うのだ。

人間の一番やっかいで、かつ始末に負えない部分は、ヒトは自分がこの世に生まれて来たことに、少なくとも生物学的には何の意味もないということを、あるいは、そういう意味において人生というのは基本的に虚しいものだということを、うっすらと自覚している点だ。

だからこそ、物心ついたときから、その虚しさを何かで埋めようとする。男の場合、長じてその傾向はさらに甚だしくなる。仕事に人生の価値を見出す奴もいれば、恋愛が命という者もいる。その延長線上で、家庭第一主義に徹する男もいる。

だが、とさらに和田は思う。性差別ではなく、それでも女はいい。

つまるところ、男は子供が生まれても、その新生児が自分の腹を痛めて産んでいない限りは、人の親になったことを自覚しにくい生き物だ。

やがて彼らが成長し、自分に似ていたりする部分を発見することによって、精神的に父親になったとしても、肉体的な意味では、その自覚は永遠にありえない。

だから男は、自分自身の証明のために、つい家庭以外の何かを求めがちになる。仕事中毒。出世欲。浮気。常軌を逸した趣味へののめり込み……例をあげれば、そんなものだ。

逆に言えば、女は子供を産むことによって、肉体的にも精神的にも完全に母親になる。だから世間一般の女は、結婚というものにあれだけ執着を見せるのだ。そしてその延長線上にある子供のいる家庭というものに恋焦がれるのだ。

たぶんそれは、あの女にも充分に分かっている。

しかし彼女は和田の見る限り、誰かとともにずっと生きていく気も、結婚する気もさらさらなかった。少なくともこの前の話を聞くまでは、確実にそうだった。

人の存在には、何の意味もない。

かといって、そういう意味で仕事や結婚に逃げようともしない。ごく自然に孤独の風雪に耐え、その事実を受け入れて淡々と生きているように思える。

辛い生き方だ。だが、たぶん核心を見つめた、女性としては数少ない生き方だ。その自立の精神……。

おそらくはそこに惹かれていた。好きだった。

だからこそ、今おれはここにいるのだと感じる。三谷恭子が、あのキョーコだということを確実に確かめるために、梶原という男の住まいに向かって歩いている。

歩きながらも携帯でGPS画面を呼び出す。手帳にあった住所。予《あらかじ》め登録しておいた。

ふむ、と少し微笑む。

あとほんの三百メートルほどで、そのマンションに着く――。

3

ふう、と梶原は思わずタバコの煙とともに吐息を洩らした。

一時間ほど前に恭子は自宅へと帰って行った。

明日はいつもどおり、朝が早いから――そう言い残して。

それは昨日、恭子が来たときから分かっていたことだ。妙に軽そうなバッグを片手に持っていた。ああ、一晩だけのつもりなのだな、と感じた。

ふむ……。

分かってはいたが、やはりこうして日曜の夕方にふたたび一人になると――我ながら情けないとは思うが――やや物寂しく感じる。

部屋から見える空が薄い浅葱《あさぎ》色に変わり、ゆっくりと深いオレンジに染まっていくまで、ソファにぼんやりと座っていた。

ただまあ、と梶原は思い直す。そんな恭子の淡泊な部分が、必要以上にベタベタくっついてこないところが、いいところでもある。心地良い部分でもある。

さて、と。

タバコを消し、部屋の隅にある小さな机の前まで行く。その上のPC——ラップトップの電源を入れる。画面が立ち上がり、ネットにつなぐ。つい最近、〝お気に入り〟リストに登録したサイト……。

そのサイトをクリックしようとした時点で、玄関からチャイムの音が響いた。

お。

なんとなくソワソワしながら立ち上がる。この家を訪れる知り合いはいない。東京に出て来てからの友人などそもそもいないし、仕事上の相手とは近くの喫茶店で打ち合わせをするだけの付き合いだ。たまに来るのは、勧誘目的の新聞屋だけ……だがそれも、ここに越してからの三年半、ずっと断り続けているので、ここ一年ほど姿を見せていない。

やはり、恭子が戻ってきたのだと感じる。

たぶんもう一晩ここで過ごすために。電車に乗って、やっぱり途中で気が変わって引き返してきた。

玄関に向かって行きながらも、つい苦笑する。

男なんて、どんなに表面上は強がっていようが、所詮はこんなもんだ。浮き立つ気分を抑えきれない。

が――。

玄関のドアスコープから外廊下を覗《のぞ》いた途端、自己満足混じりの上機嫌は失望へと変わった。

レンズの向こうに、見覚えのない背格好の男が立っている。服装もそうだ。顔は暗くてよく見えない。築三十年のマンション。ドアを開けなくても、その隙間から容易に声は通る。

「失礼ですが、どちらさまですか」

梶原はやや大声でそう問いかけた。

あのう、と男はやや躊躇いがちに口を開いた。少なくとも梶原はそういう印象を受けた。

「先日、あの吉祥寺の公園でお目にかかったものですが」

あ、と思う。

言われてみればそうだ。しかし制服という警官の記号。それがなければ、人の印象とはこうも薄いものなのか。

それはともかく、梶原は今までのまったりとした気分から、一気に緊張モードへと移行する。

思い出す。警察手帳の名前。確か和田とかいう警官。そして梶原のような仕事にとって、警官は天敵だ。危険信号。頭の中が素早く回転を始める。

こいつ、一体何のためにおれの家までわざわざやって来た？　あのクソガキが治療代を請求してきたのか？　でもそれなら電話で済む用件だ。こうしてわざわざ訪ねてくる必要もない。それとも……と、梶原は不意に思い出す。

今年の三月、吉祥寺のホームで痴漢野郎を散々にいたぶった挙げ句、金を巻き上げた。それが何かの拍子にバレたのだろうか。

しかし、それにしては変だ。こいつは今日、私服で来ている。たぶん警官としての立場ではない。しかし、いったい何故《なぜ》？

やはり、意味不明だ。

そこまで一瞬で考えた。梶原は口を開いた。

「で、どういうご用件でしょう」

失礼ですが、と和田は言葉を続けた。「この前の件で、少しお訊きしたいことがありまして、こうしてお伺いしました」

ふむ、と一呼吸つき、さらに考える。それから再度口を開く。

「それで、私に訊きたいこととはなんでしょう」

するとレンズの中の影は、束の間迷ったような素振りを見せた。

「梶原さん、あなたとあの青年が喧嘩をする前に、女性のことで何か言い争っていましたよね」

え？

予想もしない質問に、思わずうろたえる。考え無しについ返事をしていた。

「で、その女がどうしたんです？」

その女性は、と和田は言った。「こちらの調べたところによりますと、私の管轄に勤め先のある公務員の三谷恭子さんという方ではないかと思うのですが、違いますか？」

ギクリとする。さらに警戒が強まる。

しばし梶原は無言になった。やがて口を開いた。

「それは、たかがこの前の喧嘩のようなことで、そこまで調べなくてはならないようなことですか？」

さらに梶原は言葉を重ねた。

「それにあなた、たしか和田さんですよね。捜査令状をお持ちですか」

相手はレンズの中の外廊下でしばし黙っていた。が、やがて声が聞こえた。

「ともかくも、この前の件に絡んで、その言い争っていた女性のことについてお伺いしたいことがあるのです」

「どんな資格で？」梶原はなおも言った。「どんな権限で、あなたがそんなことを訊けるわけです」

「どんな資格も、権限もありません。あなたの住まいは私の管轄外ですし、だから私もこうして一私人として来ています」和田の口調は落ち着きはらっていた。「ですがまあ、この件について何も答えたくはない、とおっしゃるのでしたら、直接その三谷という女性に会ってみるまでのことですがね」

梶原は内心、ため息をついた。

こいつが恭子に会えば、当然あの喧嘩の件を伝えるのだろう。おれが彼女の情人《イロ》なら、あのクソガキだってかつてはそうだった。そしてその相手を、おれはぶちのめした。やはり、かなり不愉快にはなるだろう。結果、おれたちの今の良好な関係に罅《ひび》が入りかねない。

それにこいつ、何故か恭子のことを知っている。あのガキから聞いたのだろうか。治療費の件ででも連絡したとき、恭子のことを洗いざらい喋ったのだろうか。

それにしてもいったい彼女の何を知りたいっていうんだ？

相手になんら捜査権限がないにも拘らず、結局は好奇心に負けた。

それに、と思う。恭子に関する限り、おれには法律的には後ろめたいことは何もない。

鼻からゆっくりと息を吐き、口を開いた。

「で、どんなことを訊きたいんです？」

するとうと相手はこう答えた。

「ここで今、ドア越しに尋ねても構わないんですか」

「…………」


結局はマンションを出て、いつも打ち合わせに使っている喫茶店に向かった。扉を開けた途端、しまった、と思う。ヤミ金融の知り合いが、すぐ手前のテーブルに座っていた。たまに仕事を廻してもらっている奴だ。当然ヤクザのヒモ付きだ。しかもこいつらの習性上、喫茶店の扉が開くと必ずそちらのほうを見る。当然のように梶原に気づき、黄色い歯を剥き出しにして下卑《げび》た笑顔を見せた。

よう、ひさしぶり。元気か？

仕方なく梶原も軽く笑ってみせた。

「良くもなく、悪くもなくだ」

そうか、と相手は梶原の後ろにいる和田にちらりと視線を向けた。「ま、お互い頑張っていこうや」

曖昧にうなずき、奥のテーブルに進んで行く。

「お仕事の、知り合いですか？」

テーブルに腰を下ろすなり、対面に座った和田が口を開いた。

ため息をつきたくなるのを堪え、梶原は言った。

「前に言いましたよね。金融業の知り合いです」

バツが悪い。こいつは警官なのだ。職業柄、おれたちとはどう考えてもお友達にはなれそうもない。

なるほど、と和田はうなずいた。「予想通りの裏稼業のようですね」

だが、その口調には皮肉も刺すような軽蔑も感じられない。

すぐにウェイターが注文を取りに来た。

相手がメニューを見ている間、梶原は改めて和田を観察した。年は梶原と同年代か、若干下という感じだ。先ほども思ったが、私服に戻るとまるで警察官ということを感じさせない。顔は、美男子とまではいかないが、造作はわりあいまとまっているほうだ。ごく平均的な顔ということもできる。だからこそ、制服を脱ぐと見分けがつかなくなる。その表情にも、暴対の刑事にありがちな独特のアクの強さも冷ややかな凄みも見られない。まあそれは、交番《ハコ》詰めの警部補だから無理もない。意外に平穏な日常業務だということを、梶原は知っている。

しかし、だからこそ疑問だ。どうして恭子のことを知りたがる。彼女の何を知りたい。

「――それで?」

と梶原は言った。

「私に訊きたい話ってのは、なんです？」

しばし和田は無言だった。こちらをじっと見てくる。

が、不意に笑った。

「まあ、先ほどの問いかけで、尋ねたいことの半ばは分かりました」

あっ、と感じる。

直後、あのくどくどとした問答の意味がすべて分かったような気がした。引っかけだ。ブラフだ。はったりだ。あのクソガキが問題なのではない。

こいつ。あそこで言い争いの種になっていた女の正体が三谷恭子だということを確かめるために、わざわざこの池袋までやって来た。仕事でもないのに。

梶原は我知らず上唇を一瞬舐《な》めた。

だが、まさか――。

恭子にはもう一人男がいた。しかもこいつの勤務する交番は、あの市役所の目の前だ。何かのきっかけで知り合ったとしても不思議ではない。

……まさか、こいつなのか。れっきとした警官の、こいつなのか？

素早く左手の薬指に眼をやる。リングはない。

それでも知らぬうちに口元が動いていた。

「和田さん、あんたは結婚していますよね」

相手は少し微笑んだ。

「彼女から、お聞きになったんですね」

確信する。もう一人の男は、間違いなくこいつだ。

「……まあ、そうです」

梶原がかすれ声でそう答えると、相手はうなずいた。

「聞かれているとおり、彼女は私とは友達付き合いだけを続けていた。そしてこの前、好きな人が出来たから、もう会えないと言われた」

間抜けな感想だ、と思いつつも言葉が口を洩れ出た。

「しかし、あんたなのか」

よりにもよって……。

すると相手はもう一度笑った。

「でも、あの時の喧嘩を見かけたのは偶然ですよ。少なくとも、あの若者のようにストーカーみたいなことはやっていません」

嘘をついていないことは、なんとなく分かった。だから梶原もうなずいた。

それからお互いにしばらく黙り込んだ。

間抜けだ。当然だ。同じ女を好きな男同士で、いったい何を話すことがあるというのか。

だからと言って、梶原は和田に対し、あの若造に感じたような敵意は起こらない。事前に恭子からも聞いていたし、現に今、この男も言った。

彼女とは、単なる友達だった、と。

たぶんこの男もあいつのことが好きだった。おそらくはこいつから彼女にアプローチした。だが、妻帯者ということもあり、そこまでの関係を恭子はやんわりと拒んだ。そしてこの男もまた、それを淡々と受け入れた。おそらくはそんな経緯だろう。

梶原が今まで付き合ってきた水商売の女。おそらくは梶原の知らぬ間に客と寝たことだってあっただろう。それに比べれば、なんてことはない関係だ。だから嫉妬心も起こらない。

それに、と思う。

相手の、この最初から腹を割ってみせる感じからすると、警官という立場を利用して梶原を追い詰め、何かの罠に嵌《は》めるということもなさそうだ。

さらに言えば、妻帯者の身で他の女に手を出そうとしていたことが警察内でバレると、たぶんこの男の今後の立場は相当悪くなる。おれが匿名でチクることもできる。そこまでのリスクを冒してまでおれに会いに来ている。

先ほど和田が言った『一私人として来た』という言葉が、頭を過《よぎ》る。

ふむ——。

やはり、安全だ。

そう思うと、次第にこの男に対する警戒心が溶け、少しずつゆったりとした気分になった。

ウェイターが注文の飲み物を持ってくる。アイスコーヒーを梶原の前に、ホットを和田の前に置き、去って行く。

「で、知りたいことのあとの半分ってのは、何です」

梶原がそう尋ねると、相手はやや躊躇いがちに口を開いた。

「……これは、彼女に袖にされた私には、訊く資格のない質問かもしれません」

「はい？」

そう問うと、相手は沈んだ目つきで梶原を見上げた。

「その上さらに、あなたにとっては大きなお世話かもしれませんが、敢《あ》えておうかがいしてもいいですか？」

さあ、と梶原は、正直迷った。「まあ……おれが答えるか答えないかは、その質問の内容にもよりけりですが」

すると相手はやや首をかしげた。

「梶原さん、彼女は最近、急速にあなたに精神的な意味で寄り添い始めましたよね？そして、たぶんあなたとずっと一緒にやっていきたいと」

少し考える。

たぶんそうだろう……。

このおれも今の時点では、これから恭子とずっと一緒にやっていくことを望んでいる。だが反面、彼女の気持ちが、今後もずっと変わらないとは言い切れない。おれもまた、そうだ。時の経過は、ヒトの心を絶えず風化させていく。

用心深く、梶原は答えた。

「少なくとも、今の時点では、おれもそうです。そう思っています」

逆に言えば、と和田は訊き返してきた。「今はそう思っているが、今後どうなるかは確実には言えない、ということですか」

そうです、と梶原は正直に答えた。「どうなるか分からない将来に関してあれこれ考えても仕方がないし、人間は、好きな相手と一緒にいられるからといって、その後も幸せになるとは限らんでしょう」

怒るかと思った。無責任なことを言うな、と罵《ののし》られるかと、やや身構えていた。

だが、意外にも相手は目元で微笑んだだけだった。少なくとも皮肉な笑みではない。

こいつ――。

分かっているのだ、と思う。

……あるのは、いつだって今だけの事実に過ぎない。永久な真実ではない。

少なくとも人と人との関係において、そんなものはどこにもない。というか、期待してはいけない。

相手に対し、自分に都合のいい将来の夢想をするのはそれぞれの勝手だろう。だが、それを相手に期待し始めた時点で、何かがおかしくなる。ズレていく。

さらに相手に保証を求めて動くようになれば、そういう考えで相手を見るようになれば、もう終わりだ。たちまちその友情なり恋愛なりは腐臭を放つ。

そう考えた上で、梶原は結論づける。

たぶん、お互いが相手に対して唯一できることは、相手の未来の感情に期待せず、ただ、付き合いが長続きした場合に、相手の気持ちに応《こた》えられるような準備をしておくことだけだろう。

愛というものが何かは知らないが、言ってみればそんな姿勢が、愛みたいなものなんじゃないのか——。

気がつけば、そういう意味のことを静かに口にしていた。

相手も、ゆっくりとうなずいた。

「言い方を変えれば、ただ与えるだけのものだ、と？」

不意に照れた。梶原はつい右頬《みぎほほ》を掻《か》いた。

「ま、おれみたいな半端モンが何を言うか、という感じもありますが」

だが、和田はなおも冷静に尋ねてきた。

「大変失礼ですが、具体的には？」

答える必要のない質問だと思う。それこそ大きなお世話だ。理性ではそう思う。

だが、不思議だ。ごく自然に口が動いた。しかもさっきから敬語の使いっぱなしだ。

「傍目にはどう見えるか分かりませんが、おれはガキの頃ひどく貧乏だったせいで、今でもかなり地味な生活を送っています。そうしないと不安だし、まあ、飲みに行く友達とかもいませんしね」

「なるほど」

「で、この十年で貯《た》まった金が、普通預金に二千万弱」

「…………」

「そして今は、新しい仕事を探し始めました。まだネット検索の段階ですが、少なくともこれから彼女と一緒にいるためには、今の仕事では駄目だろうと思っています」

そこまで言ったときに初めて分かった。

こいつは、彼女の行く末を心配している。だからこんな不躾《ぶしつけ》な問いかけをしてきた。

つまり、そういう意味ではおれとこいつは同じ人間だ。

なるほど、と相手はもう一度うなずいた。そして不意に破顔した。

「いや、分かりました。もう充分です」

「え？」

「偉そうな言い方になりますが、そこまで分かっていらっしゃるなら、私からは何も言うことはありません」

ですか、と梶原も苦笑した。

確かに自分にもこれ以上、何も言うことはない。

それからすぐに喫茶店を出た。出て右を向くと、二百メートルほど先に池袋の北口改札が見える。

「お時間を取らせました。では、私はこれで」

そう言って、和田が軽く頭を下げてくる。その下がった頭頂部を見ながら、こいつとはもう一生会うこともないのだろうな、と感じた。結婚しているこいつ……たぶんその家庭は幸せではない。

踵を返そうとした相手に、つい声をかけた。

「和田さん、でしたよね」やや躊躇ったあと、梶原は訊いた。「あなたは彼女――恭子のどこが気に入っていたんですか」

相手は束の間黙って、自らの足元を見ていた。が、すぐに顔を上げた。

「たぶん、幻想みたいなものでしょう」

「はい？」

「だから、幻想です。だから彼女と話していると落ち着いた。自分が手にできなかった理想みたいなものを、投影していただけなんでしょう」

「…………」

でも、と和田は言った。「だからぼくはそれ以上、彼女の気持ちに立ち入れなかった。当然です。誰のせいでもない。自分のせいです」

つまり、と梶原は用心深く訊いた。「身勝手だったと？」

相手はあっさりとうなずいた。

「まあ、そうです」そしてこう付け加えた。「たぶん、口にこそ出さなくても、何かを押しつけているだけだった。今にして思えば、すべての感情が自分のためでした」

なんと答えてよいのか分からなかった。

梶原が黙っていると、相手は少し笑った。

「それでも彼女は、ぼくの相手をしてくれた。感謝しています。できれば将来、楽しい人生を送って欲しい。こうしてわざわざあなたに会いに来た理由も、そこにあります」

「──ですか」

相手はうなずいた。

「はい」

言いつつも、ちらりと時計を見た。「そろそろ家に帰ります」

言い終わると、駅に向かってすたすたと立ち去って行った。

梶原はその後ろ姿を見送りながら、家か、と思った。

家……。

でもそれも、自分でチョイスしたことだ。

不幸なら不幸なりに、今後の和田が判断することだ。修復するであれ、バラけるであれ、そこにしか始まりはない。

ふと苦笑する。

柄にもなく、変に思索的になっている自分に気づく。それでも思う。

勇気ではない。勇気は持続しない。結局のところ、明日に向かう手段は、気組みでしかない。

4

心地よい日差しと外気温。

当然、湿気は少ない。

初夏。六月なのだ、とぼんやり思う。この爽やかな季節は束の間に過ぎ、梅雨が来て、やがて夏が訪れる。

男はいつものように藪の脇の定位置に寝転がっている。もうすぐ池の向こうの時計台が二時を示す。

やって来た。

ミタニキョウコ。例によって岸辺の木立を抜け、男の目の前にあるベンチまで、ゆっくりと進んでくる。

当然、ベンチにはあの老人が座っている。

「こんにちは」

彼女は老人の傍まで来ると、柔らかな声をかけた。

老人の顔が上がり、首も回った。

こんにちは、と老人も笑った。そして一瞬置き、躊躇いがちに口を開いた。「失礼ですが、ミダニさんですよね」

すると彼女もにっこりと微笑んだ。

「日記、また読まれたんですね」

「そうです」

彼女は老人の隣にゆっくりと腰を下ろした。

「それにしても最近、日曜はよく晴れますよね」

「だから、あなたも私もこうしてやって来る」

完全に呼吸が合っている、と男は思う。つまり、二人とも双方に対して安心している。

ところで、と老人は言った。「今日は、私からあなたに質問をしたいと思っているのですが、大丈夫ですか」

ええ、と彼女は答えた。「いいですよ。今まで私のほうばかりが訊いてましたから」

「どうして、私だったんです」

「はい？」

「つまり、見も知らぬ相手で、手持ち無沙汰な、かつ時間を持て余した老人は、この公園の中にいくらでもいたでしょう」老人は言った。「その中で、どうして私に声をかけたのです」

しばらく彼女は黙っていた。しかし、ややあって、

「たぶん、言葉に出せばいくつでも理由は出てきます」と口を開いた。「髪型を含めた身だしなみの良さ、高価そうな服……見た目に六十を過ぎた男性で、それができるというのは、やはりそれなりの方なんだろうな、と」

老人はうなずいた。

「なるほど」

「でも、それが決め手ではありません」彼女はさらに言葉を続けた。「そこの――」

と言って、十メートルほど先にあるベンチを指差した。

「なんとなく興味を持ってから声をかけるまでの二週間、そこのベンチに座って、なおもあなたを観察していました」

老人が驚いたように彼女を振り返った。

「そうなんです」彼女は仕方なさそうに苦笑した。「私はある程度確信を持った上で、あなたに声をかけました。決して偶然ではないのです。ズルいですよね」

「……いえ、そんなことは」

「ともかくも、二回の計四、五時間、ずっとあなたを観察し続けました。本を読むふりをしながら。いかにも興味のない様子を続けながら。だからたぶん、あなたが読み返した日記にも、私のことは出てきていなかった」

「………」

「あなたは時おり亀に餌をやるとき以外は、ただじっと水辺を見つめていました。近くの水面ではなく、この大きな池の対岸近くの水面辺りを、ただ見つめていました。そして、時おり眼を閉じていました」

そこまでゆっくりと、だが一気に喋り、彼女は老人を見た。

「そのときに、じわりと感じるものがあったのです」

老人は相変わらず黙っている。そして何故か眼を瞑《つむ》った。

「勘違いではありません。確かに肌に、感じたのです」彼女は自分が誤解されることを恐れてか焦ったように繰り返す。「さらさらと水が流れるような音も聞こえたような気がします。まるでこの世界に、水しか流れていないような感覚。そのせせらぎも、脳裏にはっきりと映し出されました。ひどく、心が落ち着きました」

依然眼を閉じたまま、ようやく老人は口だけを開いた。

「……例えば、こういう感じですか？」

直後だった。

男は驚愕《きょうがく》のあまり、それまでの自堕落な姿勢から思わず半身を起こしそうになった。

確かに錯覚ではなかった。いや……やはり幻聴なのか。両耳に聞こえてくる。

水の流れ――せせらぎの音。

目の前に川があるように感じる。午後の日を受け、波立つ瀬という瀬がキラキラと輝き、涼やかに流れているイメージが透明に透けて、ぼんやりとした公園の背景に重なる。

が、その風景は一瞬でなくなった。

「………」

男はあまりの驚きに声も出ない。

なんだ？

なんなんだ、今のは??

幻聴や錯覚の類にしても、あまりにもリアルすぎる。完全に腰が抜けていた。

網膜が、ようやく正常に戻ってくる。

目の前にはいつものようにベンチがある。そして老人と彼女がいる。

老人が改めて彼女を見た。

「聞こえたか、あるいは見えましたか？」そして静かに口を開いた。「あなたが感じたという、その川のせせらぎが」

彼女も明らかに驚愕した様子で、無言で、しかし激しくうなずく。

「シカンですよ」

老人はつぶやくように言った。

シカン？　と彼女は鸚鵡《おうむ》返しに訊ねる。

「静止の『止』に、達観の『観』です。それで、止観と読みます。天台宗における、禅定という心の鍛錬法の一つです」

「――はい」

彼女はまだ動揺しているようだ。語尾が少し震えている。

老人は少し笑い、また言葉を続けた。

「私は今の病気をはっきりと自覚した当初、恐怖と絶望に気がおかしくなりそうでした。病の進行は進行で仕方がないとしても、それでも今後をつい考えてしまう恐怖心と孤独感だけでも何とかできないものか、せめて心だけでも平穏に保てないものか、と」

「……はい」

「それで、それまで教鞭をとっていた大学を辞め、鎌倉の五山、主に臨済宗を巡りました。座禅は、分かりますよね？　結跏趺坐《けっかふざ》し、雑念を払って自らを空《くう》にしていくというものですが、どうも私には体質的に馴染まなかったようです。いくら想念を取り払おうとしても、やはりこの病気への恐怖心、将来への苛立ちからは逃れられなかった」

「………」

「そんなとき、懇意になった僧からこの修行法を聞きました。もともとは平安朝から続く天台宗の阿闍梨《あじゃり》——つまりは高僧の行法のひとつだったようです。座禅のように心を徹底的に空にしていくやり方とは逆に、むしろ、ひとつの対象に自分の想念を集中させることで、心の動揺や不安を取り去り、さらにそこから心胆を練るというものです」

老人の話は続いた。

「その止観のうちのひとつに、『水観』というものがあります。ただただ、川の流れを見続けるのです。何日も、何週間も、何ヶ月も、です」

「………」

「私はこれを、最上川《もがみ》の人里離れた支流で徹底的にやりました。初夏から晩秋にかけての半年でした。日記にそう書いてありました。天気のいい日は川のふちに座り、雨や強風の日は民宿の窓から、ただひたすら川の流れを見続ける。ただ無心になって見続けるのです。川の流れは無常です。同じ浮遊物が流れてくることは二度とないし、同じ水のうねりも二度とない。人生の、その瞬間その瞬間と似ています。つまりは人生の無常の実感とでもいいましょうか、とにかくそんなものを身に沁みるまで感じる。観《み》続ける。すると、不思議と心もそれまでよりは穏やかになっていきました」

そこまで言って、老人はやや微笑んだ。

「結果、そばに川がなくても、大きな水の気配さえあれば、例えば噴水の音、鯉やオールが水を跳ねる音、ちょっとした波打ち際の音などで、眼を瞑れば脳裏に、くっきりとその時の川の流れを描くことができるようになりました。本当に心の鍛錬ができた人間であれば、水の気配がなくても、たちどころに自分の心の中に川の流れを描くことができるらしいですがね」

でも、と彼女は口を開いた。「でもだからと言って、どうしてその個人の観念が他人にまで影響を及ぼすことができるのです？」

「真にこの行法を極めた阿闍梨が水観をしていました。そのときに不用意に室内に踏み込んだ者は、たちまちその川の奔流に呑み込まれて危うく溺《おぼ》れかけたそうです。むろん、幻覚ですがね」

「幻覚、ですか？」

老人はうなずいた。

「しかし、時にはその幻覚で溺れ死ぬ場合もあったそうです」

「まさか――」

しかし、老人は首を振った。

「真偽のほどはともかく、文献にはそういう記録が残っていました」

「………」

「それに私にも以前、似たような経験があるのです」老人は話を続ける。「大学の実習で、ゼミの学生に了承の上、ある臨床実験で、催眠療法を施したことがあります。深い眠りの状態に導き、単なる冷たい針金を、『これは火で焼いて熱くなった針金だ』という暗示をかけ、手首にそれをいきなり押しつけました」

「はい?」

「学生は悲鳴を上げ、結果、手首に火ぶくれがくっきりと残りました。つまりは火傷《やけど》です。ですが、当てたのは単に冷たい針金なのです。確かに幻覚です。しかし、実際に手首に残ったのは、火傷という現実です。つまり人間の体は、その精神の在りようによっては、時にして現実の理《ことわり》を越えることもあるという事例です」

男はその話を聞きながら、背筋が寒くなるのを禁じえなかった。ありえない。だが、そのありえないことのリアルさを、今実感したばかりだ。

　さて、と老人は彼女の顔を見て微笑んだ。「あなたが私に声をかけてきたきっかけがそうであれば、さらに訊きたいことがあるのですが……」

　ミタニキョウコはやや戸惑ったようだったが、それでもうなずいた。

　それを確認して、老人は口を開いた。

「日記によると、あなたとこうして話す以前に、こんな私にもごくまれに声をかけてきた人間がいたらしいです。しかし私は自分の病気による引け目から、常につっけんどんな態度を取っていたようです」

　男はまだ先ほどの驚きを多少残したまま、老人の話に耳を傾けている。

　この出だしの展開……もう一つの質問。

　老人には、おそらく何かの確信がある。だから質問を重ねている。

　だが、いったい何を言い出そうとしているのか。この話は一体どこへ行こうとしているのか——皆目見当もつかない。

「また、後々のことを考えても、そちらのほうが良いと思っていました。次の日曜に声をかけられても、私にはまったく記憶が残ってないですから、たぶん自分に話しかけられたのではないと無視するか、あるいは無視しないまでも怪訝そうな顔をするでしょう……言っている意味は分かりますよね」

「つまり……知り合った相手に不快な思いをさせてしまう、と」

老人はうなずいた。

「そうです。だから私は、この公園以外の場所でも、今の病気になってからの知り合いは、極力作らないようにしてきました」

ミタニキョウコもうなずき返す。

「ですが、あなたが私に初めて声をかけてきた日、私はどうやらそれまでの自分なりの決まりを破って、あなたの会話に付き合っている。何故だろう、とその日付のページだけ、何度も読み返しました」

老人はそこで、鞄の中から分厚い革製の手帳を出した。しおりを挟んだページを開け、ふたたび口を開いた。

「読みます。今年の初めの日記です」

そこから老人は静かな声で、しかもゆっくりと日記を読み始めた。男は耳を澄まし、その一言一句に集中した。

老人は語り始めた。


一月十一日。日曜。晴れ――。

長い間日記を読み返していないから確実ではないが、この病気になって以来、必要のある場合を除いてはなるべく新しい知り合いを作らないようにしているはずだ。これは、朝起きれば毎日自分に言い聞かせていることでもある。

しかし今日は、おそらくその自分なりの約束事を初めて破ったようだ。

公園のベンチに座っていると、突然ある女性に声をかけられた。まろやかな若い声だった。ついその声のほうを振り向くと、案の定、二十代と思える女性がにこやかに微笑んでこちらを見ていた。

斜めの角度から見えたその顔の造作。整っている。だが、それは関係ない。一瞬、無視しようと思い、顔を池のほうに向けかけた直前、いい天気ですね、とさらに声をかけられた。私はつい、また彼女の顔を見返してしまった。

相手は、今度は正面から私を見てきていた。私も当然、正面から彼女の顔を見た。やはり整った顔立ちをしている。しかし、それでもこの私には何の意味もなさない。六十を過ぎ、しかもこんな病気になって息子たちに心配されている自分……無力感。不安感。性欲さえここ数年感じたことがない。よく出来た裸体のブロンズ像を無感動に見ているようなものだ。

だが、何故だろう、その瞳を覗き込んだ途端、妙な感覚にとらわれた。上手く言葉にできない。夜のように静かで、煩瑣なものが見えず、夜半過ぎの露に濡れそぼった芝のような、しっとりとしたその目つき……だが、不思議と暗くはない。ほのかな明るさを感じる。その明るさに、静謐《せいひつ》さを感じる。

気がつけば、つい言葉を返していた。それだけではない。初対面の相手に、自分の病気のことまで喋っている自分を発見した。誰とも分からない相手。危険極まりない。それでもつい、本当のことを言ってしまった自分がいる。何故だろう——。

老人はそこまで読むと、日記を閉じた。そして彼女を見て、少し微笑んだ。

「あとはまあ、その後に話したいろんなことが書かれています。ここは、省きましょう」

「………」

「その後、晴れた日の日曜は、ミタニさん、必ずここであなたと会っていた。私はいつも初対面の人間としてあなたに接していた。そして声をかけられたら必ず、驚いたことにこの私が、いつもあなたにはちゃんと返事をし、自己紹介をやり、しかもそのあと、さらにたまげたことには、とりようによっては、かなり深い会話までしている」

「………」

「当然、どの日曜の日記でも、あなたの初対面の印象を書いています。そしてその印象は、その時々によって言葉の表現こそ違え、私が今喋ったこととほぼ同様のことを書いています。たぶん、だから私はあなたに話しかけられたら、いつも挨拶を返していたのでしょう。ですが、それは単に表層の結果であって、少なくとも本質ではない」

老人はそこまで一気に喋ると、じっと隣のミタニキョウコを見つめた。

彼女は明らかに戸惑っていた。

「……おっしゃっている意味が、よく分からないのですが」

老人は再び笑った。

「言い方を変えましょう。少し前の日記に、こういう件《くだり》がありました。あなたは、今もそうなのかもしれませんが、三人の男性と付き合っていた、と」

「………」

「いや、正確には男女の関係になったのは二人です。そう書いてありました。ですが、話を聞いて私が感じたところによれば、その三人の男性は、それまであなたとは何の関係性もなかったのに、ふとしたきっかけでかなり強引にあなたに近づいてきて、交際を迫っている。まさに、迫っているという印象を、私は受けました」

彼女はやや躊躇いがちに口を開いた。

「たしかにそのとおりです」そう、急に萎《しぼ》むような口調になった。「実は、これが初めてではありません。高校の頃から、ちょっとしたきっかけで話した同級生や、果ては年上の社会人からも強引に口説かれることがありました。大学、社会人になってからは、その傾向がさらにひどくなりました。ストーカー被害に遭ったことも、何度かありますす」

するとと老人は、得たりとでも言うように首をかしげる。

「誤解しないで欲しいのですが、決して自慢しているわけではありません。そんな感じで男性に関心を持たれることが、嫌でたまりませんでした」

「何故です」老人は訊いた。「確かに迷惑な場合も多々あったでしょうが、それでも多くの男性に興味を持たれ、好かれることは、女性としては基本的に気持ちの良いことではないのですか？」

男には、それが老人のブラフのように聞こえた。

――老人は、何か分かっている。何かに気づいている。ほぼ確信をもって、それでもあえて今の質問を投げかけている。

「少なくとも、私の場合は違います」

彼女はきっぱりと答えた。

「何故です」

老人はさらに切り返した。

彼女は、躊躇いがちに口を開いた。

「たぶん、私は世間的に見て――口幅ったいようですが――一般的に言うブスではないと思います。でも一方、そこまで男性を惹きつけるほどの派手で美しい顔立ちを持っているわけでもありません。どちらかといえば地味で、多くの異性から興味を持たれるほどの外見ではないということです。事実、通りすがりの男性に声をかけられたことは一度もありません。パーティや懇談会など、多くの人がいる場所でも同じです」

「ふむ」

「交際を迫ってくるのはすべてが、何かの事情で面と向かって少し話をしただけの相手でした。たいがいが、ほんのちょっとの時間、話しただけです。そこからが、いつも始まりです」

「なるほど」

老人はうなずく。

「でも、少しの時間でそうならない相手は、それからも私に対して興味を示しません。うまく説明できないですが、それって、おかしくありませんか？　モテる、あるいは男性によく好かれるということとはまた別の問題が、私の中にあるとしか思えないのですが」

「そこです」老人はズケリと言った。「たぶんそこに、本質がある」

「……どういうことです？」

だが、老人はしばらく黙ったまま彼女の顔を見ていた。

やがて、口を開いた。

「先ほど、あなたは言いましたよね。私に声をかけてきたきっかけ。あなたはこの人の多い日曜の公園で、よりにもよって私などを選んで声をかけた」

「はい」

「おそらくはそこに、同質の答えがある」しかし、その口調はほぼ断言に近かった。「あなたが私に何かを感じたのと同じように、あなたにも、そう感じさせる何かが、ある特定の男性にはあるということです」

「………」

「逆に言えば、そうさせるものが、あなたの過去にある」

「過去、ですか」彼女は珍しく苦笑した。「あまり、思い出したくもないことですけど」

老人も苦笑した。

「たぶんあなたの生い立ちが、現在のあなたにまで翳《かげ》を落とすほどのものであることは、日記にあったあなたからの質問で、ある程度の想像がついていました。しかし、今言ったことは、そういう意味ではない」

「……続けてください」

「繰り返しますが、その生い立ち自体は関係ありません。いや、関係はありますが、問題はその生い立ちではない」老人は言った。「たぶん辛かったであろう幼少期に、あなたはその現状に耐えるため、おそらくは無意識のうちに何かをやっていたはずです。そしてその行為により、自分の精神をなんとか安定させていたはずです。幼い頃から、精神的に自立していたはずです。ちょうど、この私が今の病気になってから、懸命に水観に取り組んだように」

「………」

「たぶんそれが、今のあなたが人を見るときの眼の動かし方や、何か言葉を発するときの顔の表情に残っている。特定の人間を惹きつける何か独特のもの……さっき、私が日記に書いていたとおりの印象です。だから私も、あなたの呼びかけについ答えてしまった」

男が見るところ、彼女は身動《みじろ》ぎもせず、じっと考え込んでいる様子だ。遠目にも、額に汗がうっすらと滲んでいるのが分かる。だが、たぶんそれは、この陽気から来るものではない。おそらくは心の緊張から来るもの――。

さあ、と老人は促すように微笑んだ。

「今もその痕跡が表情に残っているぐらいですから、あなたはもう、気づいているはずですよね。それは、なんですか？」

彼女は顔を上げ、老人を見た。そして、ぎこちなく笑った。

「確かに。もう気づいています。そして考えてみれば、今でもよくやっている行為です」

「ですよね？」

「でも、まさかそんなことが、とも思いますけど……」

「ですか」

「けれど、先ほどの水観の話を聞き、やっぱりそれに近いこともあるのだな、と改めて考えていました」

なるほど、と老人は短い単語で繋いでいく。彼女をさらに促している。

やがて、彼女は静かに話し始めた。

男はさらに耳を澄ませ、彼女の物語に聞き入った。

ややあって、男の背筋と腋《わき》の下にも、じわりと冷たい汗が滲んできた。

5

風が、ゆっくりと湿ってきているのが分かる。

空もそうだ。午前までは晴れていたのに、午後も遅くになるにつれ、開け放った窓からビルの向こうに切り取られた空は、薄いブルーから、ゆっくりと灰色に変わっていた。

長期の天気予報でも言っていた。

梅雨が、もうすぐそこまで来ているのだ。

弘樹は寝転がっていたパイプベッドからようやく起き上がった。それからゆっくりと首を左右に回してみる。痛みはない。ギプスは四日前に取れていた。今度はもう一度、素早く首を左右に振ってみる。やはり、痛みはない。ほぼ完治だ。

それからテーブルの上に二十日ほど転がしたままにしてあった紙袋を取り上げる。ずっしりと重い。あのナイフが入っている。この前、恭子に渡しそびれたナイフ……挙げ句、翌日にはメッタメタにやられた。

ふう、と思わずため息をつき、ナイフの紙袋を無意識に上下させながら、自分の気持ちをゆっくりと整理してみる。

うん――。

やはり、このナイフを返しに来たという口実の下、もう一度恭子の家に行こう。そしてあの男と別れるよう、駄目元でも恭子を説得してみよう――。

簡単に身支度を整え、四時半にアパートを出た。

吉祥寺駅のガード下をくぐり、公園通りに出たときに、さらに西風が湿ってきているのを感じる。

夜には間違いなく降り始めるな、とぼんやりと思った。

公園通りから続く吉祥寺通りを南下して行って、五時少し過ぎには、恭子のアパートの前まで来ていた。当然、彼女はまだ市役所から帰って来ていない。

敷地に一歩足を踏み入れ、さらに躊躇いがちに奥まで進む。奥の角を曲がり、ブロック塀とアパートの側面に挟まれた狭い隙間に身を潜ませる。

恭子はいつも五時半頃に自転車で帰ってくる。役所仕事なので、時間のズレはほぼない。だから、この薄暗いスペースでじっと待っているうちに、敷地の入り口脇にある駐輪場にスタンドを立てる金属音が聞こえてきたら、間違いなく恭子だ。その音が聞こえてくるまで、この薄暗く湿ったスペースに身を隠しているつもりだった。

……じりじりと、時間が過ぎていく。

手に持っているナイフ。意識する。これが、あのムカつくチンピラ中年が持っていたもの……ロクでもないこと極まりない。やはり、思い出すたびにイラつく。と同時に、なんとなく手持ち無沙汰で、そのナイフの入った紙袋を右手から左手へ、そしてまた左手から右手へ。そんな無意味な行為を繰り返す。

不意にカタリ、と軽い音が微かに響いた。軽い乗り物が、段差を越えたような音。

ひょっとして、と思う。さらに耳を澄ます。

次いで、死角からはっきりと聞こえてきた自転車のスタンドを立てるような金属音。

間違いない。

そう思った直後、迂闊にも思わず一瞬、首を出してアパートの外廊下を見てしまった。

……あっ。

危うく声を出しそうになるのを堪え、素早く首を引っ込めた。額からどっと冷や汗が噴き出る。

一瞬で捕らえた像だったが、こちらを向きかけていたその横顔と、上背のある痩せぎすの体格には、明らかに見覚えがあった。警官。それもたぶん、あいつ。この前の公園でおれたちの喧嘩の仲裁に入った警官――たしか和田とか言っていた。今日も制服を着ている。でも何故だ。なんで恭子のアパートを訪ねてきた？　なんで??

薄暗いスペースに蹲ったまま、弘樹は激しく混乱する。しかし一方でこうも思った。けど、恭子の住んでいるアパートに来たからといって、恭子を訪ねて来たとは限らない。このアパートに住んでいる他の住人かもしれない。

だが、そんな弘樹の淡い期待もすぐに裏切られる結果となった。

外廊下のコンクリートを踏む革靴の音。コツ、コツ、コツと次第に近くまで響いてくる。弘樹の隠れているすぐ近くと思しき場所あたりまで来て、止まった。

弘樹は必死に頭を回転させる。

このアパートはワンフロアに四室が並んでいる。響いてきて止まった足音。すぐ脇。そして恭子の部屋は、この階の一番奥。もう間違いない。あの警官の目的は、恭子の部屋だ。

でも、やっぱり何故だ。なんでそうなるんだ？

疑惑への更なる確信が、さらに弘樹を混乱させる。苛立ちが募る。どうしてあの警官が、単なる一般市民の、しかも公務員の恭子をわざわざ訪ねてこなくてはならない——?

腋の下に冷たい汗が流れる。

直後、閃《ひらめ》いた。

そうか——。たぶん、そうだ。

あいつ、あの中年のチンピラ。生まれついてのロクデナシ。たぶん、恫喝《どうかつ》と暴力のトラブルまみれでもある人生。だから今度も何か仕出かした。警察沙汰の事件を起こした。絶対にそうだ。で、拘束されたあいつの携帯の通信記録から、恭子の名前が出てきた。参考人として何かの話を訊くつもりなんだ。

だから、こうしてこのエリア所轄のあの警官が訪ねてきた。絶対にそうだ。

うん、と自分でもついうなずいた。

そう考えれば納得がいく。そうだ。間違いない。

弘樹は内心ほくそ笑んだ。

そういう部分、恭子は何気にお堅い。また、お堅い仕事でもある。たぶんあの男に愛想を尽かす。ちょうどこのおれに三行半を突きつけたように。うふ。

やはり、忍び笑いを禁じえない。いい気味だ。

となれば、と思う。

このナイフなんぞ持って、わざわざ説得に来なくても良かったんだ。とりあえずはこれから起こる会話の一部始終をここから隠れて聞き取り、恭子がショックを受ける様子を、この死角から充分に感じ取る。

そして後日、そうだな、たぶん二、三週間経ってから、またこのナイフを持って、ここを訪れる。たぶんその頃には、恭子のあいつに対する熱病は冷めている。

そしたら――。

そしたらまた、おれとのよりも戻るかもしれない。

そんなことを夢想しながら一人いい気分に浸り始めたとき、微かな刺激を額に受けた。思わず空を見上げる。濃い灰色に染まった空。雨が降り始めた。ポツ、ポツと、ナイフが入った紙袋の上にも雨粒が落ち始めている。我に返った。

……何かが変だ。

蹲ったまま雨に濡れ始めながら、不意に弘樹は思う。

この状況、何かがおかしい――。

警官の足音。あれからずっと聞こえていない。引き返した足音は、今のところ聞こえてきていない。ということは、たぶんまだ恭子の部屋の前に立っている。その気配も濃厚に伝わってきている。

ようやく気づく。

なんでだ。どうして玄関のチャイムを押さない？

普通、警察が何らかの話を訊きたくて参考人の家を訪れてきたのなら、すぐにチャイムを押すものじゃないのか。まずはチャイムを鳴らさなければ、外部から不在か在宅かは分からない。だが、あの和田とかいった警官は、たぶん今も恭子の部屋の前に突っ立っている。

どうしてだ？

雨が少しずつ激しくなってきた。その粒も大きい。背中に当たる感触がシャツを通して伝わってくる。手元にある紙袋に視線を落とす。

不意に、がたっ、という音が近くから聞こえた。弘樹ははっとして、改めて耳をそばだてる。続いて先ほどと同じスタンドを立てたような金属音——帰ってきた。たぶん恭子。

ややあって、コッ、コッ、コッという靴音が近づいてくる。たぶんあれ。恭子が市役所に行くときに履いているパンプスの音。間違いない。恭子だ。

やがて、その靴音は、弘樹のすぐ近くで止まった。

……まただ。

弘樹は思う。

またあのときと同じだ。あのときと、ほぼ同じ状況。嫌な予感がする。

何故だ。

その状況が目に見えるようだ。恭子と、あの警官。たぶんお互いに隣り合うようにして立っている。なのになんで、どちらも口を開かない。互いの挨拶の言葉が聞こえてこない。

やがて、微かに女のため息が聞こえ、弘樹は思わず自分の耳を疑った。

どうしたんです？

今、確かに彼女は言った。小さな声でそうつぶやいた。

は？

頭の中がますます激しく混乱してきた。

今の言葉、彼女は明らかに、あの和田という警官を以前から見知っている。それも、挨拶抜きでいきなり本題に入れるぐらい、この男のことを知っている。

けど、なんでだ??

すいません、という警官の声が微かに聞こえる。「……ですが、半月ほど前の公園であった出来事を、やはり報告しておいたほうがいいと思ったんです」

「何のことです」

「梶原さんと、小倉《おぐら》弘樹という若者について」

今の最後の言葉。警官の語尾から敬語が消えた。

「……それは、大事な話？」

恭子。こちらも語尾から敬語が消えた。

「色々と考えたのですが、あなたはやはり、知っておいたほうがいいと思う」

また、敬語なし。

ややあって、また小さなため息が聞こえた。

「今ここで、手早く話せますか」彼女はささやくように言った。「すいませんが、前に言いましたよね。もう、部屋には入れないって」

——決定的だった。

そして今さらながらに気づく。

あの公園での出来事。おれとあのチンピラが争っていたときに、この和田が現れたのは偶然ではない。

確信する。

ここに来た和田の目的は、あのチンピラではない。恭子のほうだった。

そして、その目的が暗示すること……最後に恭子が発した言葉が、確信を上書きしてゆく。

（もう、部屋には入れないって）

雨は、すでに本降りになっていた。

両手に握り締めている紙袋……その表面が雨に濡れ、ぐずぐずになり、中身が透け始めている。おとがいから絶えず雨粒が滴り落ちる。

冷え切っている。

腸《はらわた》もそうだ。冷え切っている。

淫乱《いんらん》――。

そんな言葉が脳裏を過った。この脇の部屋……想像しまいとしても、つい想像してしまう。入れ替わり立ち替わり出入りする男。出し入れされるペニス。吸い合う唾液。

不意に、あのチンピラの言葉が記憶に蘇《よみがえ》った。

（一晩中、ヒイヒイ言ってよがってやがった。必死に抱きついてきやがった）

あの下品極まりない中年男が、勝ち誇ったように嘲笑う。

（いっつもあいつからせがんでくる。相当な好きモンだ）

……馬鹿にしている。

どいつもこいつも、よってたかっておれを馬鹿にしている。軽く見ている。嘲笑っている。見下げて、とことん足蹴《あしげ》にしている。

発火した。

6

直後、和田は自分の目を疑った。

完全な不注意。しかしまさかこの雨の中で、そんな陰から人が出てこようと誰が想像したろう。

細い影。全身ずぶ濡れの男が、目の前に立っている。その顔を認識したとき、今度は鳥肌が立った。隣の彼女も息を呑んでいる。

小倉弘樹。両手をだらりと下げ、無言のまま一歩、二歩とこちらに近づいてくる。青白い顔には、およそ感情というものが表れていない。その完全なる無表情が意味するもの……。

ヤバい——確信する。

今までの話、全部この少年に聞かれた。

と同時に、若者の右手に握られているものに眼が釘《くぎ》づけになる。白い紙包み。表面がぐずぐずに溶け出し、中身のカタチが半ば露わになっている。その形状。直感で悟る。ナイフ。

気がついたときには自然に体が反応していた。若者と恭子の間に素早く半身を入れ、その手首を押さえようとした。事実、押さえかかった。

が、相手も素早く腕を引いた。迂闊だった。若者の手首。濡れている。和田の手のひらがぬるりと滑った。紙袋まで指先が落ち、ナイフの鍔と思しき部分でようやく引っかかった。和田は摑み取ろうとした。

おそらくは咄嗟の反応だったのだろう、若者は自由を奪われまいとして、さらに強引に腕を引いた。和田も同時に力を込めた。

不意にその抵抗がなくなった。しかし何かを握っている感触だけは、手の中に残る。

あっ、と愕然とした。

ナイフの鞘《さや》だけを握っている。抜き身は若者の手の中だ。蛍光灯の下、鈍く銀色に光っている。

威嚇《いかく》？　本気？　たぶん本人も何をやっているのか自覚していない。わからないまま若者は、右腕を恭子に向かってゆっくりと振り上げる。

体が勝手に動いた。相手が振り下ろすより一瞬早く、警棒を取り出す。至近距離から相手の大きく開いた脇腹を打つ。警棒の先を激しく打ち込んだ。

くぅっ――。

若者の喉奥から絞り出された吐息。和田は、さらに容赦なく背中を打った。

ぐらり、と若者の体が傾いた。恭子のほうに倒れ掛かるようにして、よろけながら腕を振り下ろす。その時点ですでに和田は、ナイフの先端が描く軌道と、背後にいる恭子の立ち位置の距離を見切っていた。ギリギリ届くかどうか。しかしもう振り向く余裕はない。

危ない。避けろ——。

わずか一歩でもいい。避けてくれ。

そう思いながら、さらに渾身《こんしん》の力を込め、若者の脇腹を真横から蹴った。若者が吹っ飛んでドアにぶつかる。そのままズルズルと尻餅《しりもち》をつき、カラン、という乾いた音がして、ナイフがコンクリートの床に落ちた。二次攻撃を防ぐため、咄嗟にナイフを遠くに蹴飛ばしたときに気づいた。その先端だけ、かすかに脂に曇っている。

嫌な予感がして、直後には恭子を振り返った。

依然として前と同じ位置に、恭子は突っ立っている。引き下がらなかったのだ。

和田は一瞬にして全身を見てとった。一見、何も外傷はない。思わずほっとする。

が——。

恭子の左頰に、ゆっくりと異変が現れ始めた。ぷつ、ぷつ、と左頰の肌から、ゆっくりと血が盛り上がってきている。さらにその前後に新しく噴き出してきた血が繫がり、頰の下から口元の脇にかけて、うっすらと赤い切り口が開いた。

茫然とした。

……防げなかった。しかもよりによって彼女の顔にナイフの先端が当たり、切り下ろされていた。

彼女も、頬の痛覚にようやく気づいたようだ。不意に左手を上げ、自分の手を左頬に当てた。それから左手のひらを離して、自分の顔の前に持ってくる。真っ赤な血がついている自分の手のひらを、じっと見つめている。その頃にはもう、傷口から大量の鮮血が噴き出していた。口元の脇を通り、細い顎《あご》の先から滴り始める。

ふと気づく。

ドアの脇で尻餅をついている若者。呆気に取られた表情で恭子を見上げている。

和田は悟った。こいつ……本気で傷つけるつもりはなかった。ましてや、結果的に顔を切りつけるなどとは、想像もしていなかった。

だが、今更それが何になる。

彼女はおとがいから血を滴らせたまま、若者をしばらく見下ろしていた。

ややあって口を開いた。

「ヒロ。早く帰りなさい」驚くほど冷静な口調だった。「あなたのせいにはしない。あとのことは、この和田さんと上手く辻褄《つじつま》を合わせる。そしてもう、二度とここには来ないこと」

直後、若者は正気に返ったようだ。

うわーっ、と悲鳴を上げながら立ち上がった。そして半ばよろけるようにして、アパートの敷地から外の道に飛び出していった。

その後ろ姿を見送ったあと、彼女は左頬から大量の血を滴らせたまま、和田を振り返った。

早く、と彼女は言った。「早く、タクシー」

思わず和田はうろたえた。救急車じゃなくていいのか。

「いいのか。それで」

彼女は少し笑い、それから顔をしかめた。たぶん表情筋に痛みを覚えた。

早く、と彼女は繰り返した。「タクシーを呼んで」

素早く携帯を取り出す。知っているタクシー会社を呼び出しかけ、もう一度彼女を見た。

「本当に単なる事故で、おれが発見したときにはすでにこうなっていたことで、いいんだね？」

彼女は血塗《ちまみ》れの顔で、微かにうなずいた。

そしてこう、つぶやいた。

「誰のせいでもない。私のせいよ、こうなったのは」

うん――。

思わずうなずき、和田は発信ボタンを押した。そして瞬間、泣きそうになった。誰にも凭《もた》れかからない毅《つよ》さ。すべてを引き受ける覚悟。言い訳をしない。だから、彼女のことが好きだった。

呼び出し音が二回鳴り、電話が繋がった。

7

翌朝、梶原は道路状況が許す限りのスピードで、山手通りを南下していた。

新宿の高層ビルを横目に見ながら、甲州街道へと右折する。首都高速四号線の高架下、片側三車線に広くなった道路に入る。国道二十号だ。この時間帯、早稲田通りを使うより、こちらのルートがはるかに早い。さらに速度を乗せる。右へ、左へとレーンチェンジを繰り返し、前方に散らばる遅いクルマを牛蒡《ごぼう》抜きにしていく。スピードメーターの針は、常に九十から百十の間をキープ。時には百三十キロ前後まで跳ね上がった。

黄色信号は当然のように無視だ。逆に加速して交差点を強引に抜ける。それでもたまに赤信号に引っかかった。そのたびに梶原は腹の底から湧《わ》き出てくる苛立ちと怒りに、ステアリングを何度も殴りつけた。

くそ。

よりにもよって、くそっ――。

電話があったのは、今朝の七時半だ。

着信は恭子からだった。朝っぱらから電話をかけてくるとは珍しい。そんなことを思いながら通話ボタンを押した。

ようーーそんな気楽な声を出しかかったとき、意外な声が響いてきた。

「梶原さんですね」男だ。だが、その声音には聞き覚えがあった。「和田です、警官の。覚えてますよね」

一瞬、混乱する。だが、仕事柄、ピンとくるものがあった。

恭子の電話なのに、恭子が電話をかけてこられない状況。彼女に何か起こった。それも、そうとう深刻な何か――。

「彼女、どうしたんだ」思わずそう急《せ》き込むように訊いていた。「なんで本人が電話をかけてこない？」

受話口の向こうで、軽いため息が聞こえた。

「梶原さん、いいですか。今から私が言うことを、気を落ち着けて聞いてくださいよ」

五分後、電話を切った梶原は玄関にあるクルマのキーをひったくるようにしてポケットに捻《ね》じ込み、マンションの部屋を飛び出した。

武蔵野市の北部にある総合病院に着いたのは、八時を十分ほど回った頃だった。クルマを来客用駐車場にぶち込み、エントランスへ飛び込んだ。奥の階段を一段飛ばしに駆け上がって行き、三階、３０８の個室を素早く探す。

あった。廊下の一番奥に見える。

さらに小走りに歩み寄っていき、ドアのノブを回した。

途端、狭い室内の光景が網膜に飛び込んできた。警官の和田。一瞬にして表情を読み取る。疲れ切っている。壁際のパイプ椅子《いす》にぐったりと腰を下ろしている。

そして恭子――。

梶原は恐る恐る、ベッドのほうに目を向けた。最初にそちらを見る勇気がなかった。だから最初に壁際を見た。

恭子はベッドに横たわっていた。剝き出しになった二の腕には化膿《かのう》止めの点滴の針が刺さっている。そしてその顔……真っ白だった。包帯でぐるぐる捲《ま》きにされ、眼と鼻孔と口元の部分だけ、わずかに皮膚が覗いている。

予想はしていたものの、その現実を目の当たりにして、足元から一気に力が抜けたような気がした。血が頭頂部から落ちてくる。一瞬、強い眩暈《めまい》も感じた。

ふらふらとベッドの脇に近づき、脇にあったパイプ椅子に力なく腰を下ろした。

包帯に捲かれた顔が、ほんの少しこちらを向いた。それで分かった。恭子は起きている。覚醒している。その両目がゆっくりと梶原のほうを向いた。

「大丈夫か」梶原は言った。「気は、確かに持っているか」

不意にその両目が微笑んだ。

少しからかうような、それでいて梶原を思い遣るかのような柔らかい笑みだった。それで分かる……大丈夫じゃないのはおれのほうだ。おそろしく動揺している。今ですら眩暈で倒れそうだった。実は小心者の自分。たぶん顔も真っ青だ。

おそらくはそれが、この恭子には分かっている。

梶原の両膝の先に、ベッドの縁がある。シーツがやや盛り上がったかと思うと、その裾から恭子の白い右腕が出てきた。感じる。細い指先が梶原の手を捜している。思わず両手で摑んだ。

もう一度、恭子を見る。

両目がさらに深く笑った。やはり、明るい笑みだった。

妙な気分になる。本来なら自分が気遣い、慰めてやらなくてはならない状況なのに、何故かこちらが元気づけられているような気がする。

梶原はなんと言っていいのか分からず、彼女の右手を握ったまま、ただ馬鹿のように恭子を見下ろしていた。

ベッドのあちら側、和田が軽い咳払《せきばら》いをした。

「彼女はまだ口が利けません。口元を動かすと、縫合した痕《あと》がわずかでも開き、ずれる可能性があるからです。包帯をこれだけ捲いてあるのも、その固定のためです」和田は言った。「ですから、私が代わって説明します」

「――はい」

「ここまでの経緯は、先ほど電話でお話ししたとおりです」そう言って、軽いため息をついた。

「傷口は、左頬骨から斜めに降りてきて口元のあたりまで。約七センチです。すぐにタクシーを呼び、この病院に運びました。私も同乗して来ました。さっそくオペが行われ、縫合はここに到着後、三十分で終わりました。それに伴う整形処理も同時に施されています」

「……はい」

「で、ここからは執刀医の所見です。傷口は表皮を抜け、真皮にまで達していましたが、幸い皮下組織にまでは至っていません。当然、その周辺の筋組織、つまり大頬骨筋や口角挙筋にも損傷はありません。ようするに、完治後、彼女が表情を動かしたとして、不自然に引き攣《つ》るようなことはないということです」

思わず、内心ほっと胸を撫《な》で下ろす。

和田はさらに話を続ける。

「さらに言えば、ナイフの先端がどうやら鋭利だったことも、彼女にとって幸いでした。言い方はやや変ですが、傷口は綺麗《きれい》に一直線で、どこにも引っ掛かりや引き攣れの痕がない。つまり傷口は、完全にフィットしているということです」

言いつつ、和田は紙袋をベッド越しに差し出してきた。

それを手に取る。重い。中を開けるなり、梶原は思わず呻《うめ》き声を上げた。

ナイフ。あのナイフだ。

おれが、この女に渡したナイフ……。

梶原は顔を上げ、改めて和田を見た。すると相手は、わずかに視線を逸《そ》らした。

「ただし、です。繰り返すようですが、傷口は真皮にまで達していました。表皮までの傷なら、時間の経過とともに完全に復元し、見た目にも分からなくなるという話でしたが、おそらくは、そこまでは期待できないだろうということでした」

――頭が痛い。

不意に思う。ガンガンする。恐怖に、脳全体が膨張していくような痛みを覚える。

ようは、と知らぬ間に口を開いていた。

「どういうことなんです?」

和田は相変わらず視線を床に落としている。ややあって、

「落ち着いて、聞いてください」そう、躊躇いがちに口を開いた。「縫合も素早く行わ

れた。整形処理も可能な限り完璧です。遠目にも、ぱっと見にも、すぐにそれとは分からないでしょう。ですが、ごくうっすらとではありますが、傷痕は一生残るということです」

すうっ、と全身の血液が引いていくのが分かる。足首から、そして腰から力が抜けていく。

不意にあのクソガキ――大たわけ野郎の、いかにも小生意気な面《つら》が目に浮かんだ。今度は一気に毛穴という毛穴が開き、真っ黒な怒りが腹の底から沸き起こった。全身の筋肉が怒りに震える。血液という血液が泡立ち、沸騰して逆流し、発狂しようとしている。ちくしょう、と梶原は思わず口走った。「あいつ、殺してやる」

本気だった。光り物を使うなんぞ半端な真似はしない。あっさりとは引導を渡してやらねえ。少しずつ、だが徹底的に撲殺してやる。嬲《なぶ》り殺しにしてやる。殺したあとで証拠が残らないよう、飯能の山の中にでも石灰とともに埋めてやる。

もう一度和田を見た。

「おい、あんた、あの野郎の住所を教えろ」梶原は吼《ほ》えるように言った。「知ってるだろ。今すぐ、教えろ」

が――。

直後だった。左手に強い圧迫を感じた。見下ろすと、恭子の右手が梶原の手のひらを強く握ってきていた。その細い手首の腱《けん》が、浮き立っている。

包帯だらけの恭子の顔を見た。ふたつの瞳がじっとこちらを見ていた。瞼《まぶた》が一度しっかりと閉じ、それからまた開いて、梶原を強く見てきた。

ダメ。

そう、明らかにその視線は訴えてきている。強く、刺すような視線――。

気圧《けお》される自分を感じる。

「なんでだ」ついそう訊いた。「こんな目に遭わされて、なんであいつなんぞを庇《かば》う?」

だが、恭子はもう一度目を瞑った。そしてしばらくして、また梶原を見てきた。そしてごくわずかに首を振った。

梶原は言葉をなくした。全身から次第に力が抜けていく。反面、それでもまだ怒りは燻《くすぶ》り続けている。

「私が今朝ここに来た、つい一時間ほど前のことです」不意に和田は喋り始め、「そのサイドボードの上で――」と、今は手帳しか載っていないデスクの上を指差した。「彼女の携帯が振動していました。一度鳴りやみ、そしてまた鳴り始め、ふたたび止まりました」

何を言おうとしているのか分からない。だから梶原は黙っていた。

「彼女は携帯を取り、そっと耳に押し当て、留守電を聞いていました」和田はなお話を続ける。「聞き終わったあと、携帯を渡してきました。留守電を聞いてくれというゼスチュアをしてきました」

言いながら和田は彼女の携帯を差し出してきた。このおれにも聞け、ということなのだろう。

再生ボタンを押しつつ、梶原は携帯を耳に当てた。

「弘樹です。ゴメン、本当に。わざとじゃなかったんだ。でも、あんなことになった。怖くなって逃げ出した。でも、やっぱりおれが悪いよね。だからおれ、身辺の整理をしたら今日の午後、警察に出頭します。本当に、ごめんなさい」

ツー。

梶原はなんと言っていいか分からず、もう一度和田の顔を見た。

「で、それに対する彼女のメモが、その手帳の最初のページにあります。その内容を若者に伝えるように、追加の走り書きで伝えてきました」

サイドデスクの上で、見開きになったまま裏返しになっている手帳を梶原は手にした。

その見開きには、こう書かれていた。

『医者によると傷は完治して、痕はまったくなくなるそうです。だからヒロは、警察に行かなくてもいいよ。自分を責めないで。元々は私が悪いんだから。でも、もう会いには来ないで。この件で、私たちの間は完全に終わりです。さようなら』

「当然、嘘です」和田は、梶原がその一文を読み終えたと見た時点でふたたび口を開いた。「ですが、それが彼女の意思です」

梶原の手から恭子がゆっくりと手帳を取った。そして、ペンで文章を書き始めた。さらさらと二、三行書いてから、梶原に渡してきた。

『もう分かったでしょ。わずかでも私の傷は一生残る。あなたはその傷を見るたび、あの子のことを思い出す』

さらに、その下の段の書き込みを読む。

『だから、私たちも、もう終わりにしよう』

瞬間、梶原はカッとなった。安く見られた。そう思った。

ざけんなよ、と声を上げて恭子を睨んだ。「終わり？　舐めたこと言ってんじゃねーぞ」

どうして？　という目で恭子が訴えかけてくる。

「おりゃあなあ、別におまえの顔に惚れてるわけじゃない。そんなもん、犬にでもくれてやる。中身に惚れている。強がりで言ってんじゃねえ。同情で言ってるんでもねえ」

そう一気にまくし立てた。「だからな、おまえとは別れねえ。金輪際《こんりんざい》だ」

恭子の目が一瞬きつくなり、それからやや潤んだ。

　そして、その指先が手帳を指した。おそらくは手帳を貸してくれ、という意思表示。梶原はそのとおりにした。

　恭子は手帳にまた文章をさらさらと書いた。

　梶原に見せてくる。新しいページには、一行だけ文字があった。

『私のこと、好き？』

　その文面を見るなり、梶原は激しくうなずいた。二度、三度とうなずいた。

　そして思わず口走った。

「聞いてくれ。今おれ、銀行に二千万ある。おまえがいつ仕事を辞めても、当分は一緒に食っていける。ついでに言うと、最近ずっと転職情報サイトを読み漁《あさ》っている。おれはもう、今の仕事は辞める。おまえのためじゃない。おまえとの将来のためだ。今まで言わなかったが、おれはもう、そこまで腹を括《くく》ってる」

　すると彼女は目元でくっきりと笑った。またペンを取り、三、四行書き終わった手帳を梶原に見せた。

『誰も、お金のことなんか聞いてないよ』

　さらに一行空けて、

『でも、もしお金なんかなくても、それでもう、充分』

　そして最後に、

『だって私も大好きだもん』

読み終わったあと、梶原は思わず恭子の顔を凝視した。その両目が、相変わらず穏やかに微笑んでいる。

何かを手に入れるとき、犠牲になるものがある。何かを手に入れれば、他の何かはその指の間から零《こぼ》れ落ちる。

人生、いいとこ取りはできない。人は限られた時間軸の中でしか存在できない。その上で納得して、次のステップへ進む。

あ……。

不意にその包帯だらけの恭子の像が、ぼんやりと不明瞭《ふめいりよう》になってきた。今、自分に何が起ころうとしているのか咄嗟に悟った。だから懸命に堪えようとした。

二十年近く前に群馬を出た。肥溜め同然の故郷。一生戻るもんかと心に決めた。そのときに誓った――。

おれはもう泣かない。死んでも涙は零さない。なにものにも心を動かされない。

無駄な努力だった。今、自分の両頬を涙が伝っているのを改めて自覚する。かろうじて声は出さないが、両目から噴き出る涙が、おとがいを伝って手の甲にぼとぼとと落ちていく。三十半ばにもなって、まるで無様なおれ……。

不意に手の甲に温かい感触を感じた。見ると、恭子の長く細い指が触れている。そしてもう一方の指先が開きっぱなしの手帳を持っている。

だって私も大好きだもん。

うう。

ついに堪えきれず、梶原は嗚咽《おえつ》を洩らした。

ややあって、ふと気づく。

ベッドの向こうから和田がこちらをじっと見ていた。梶原は慌てて頬を拭った。そしてもう一度和田の顔を見た。

すると和田はやんわりと微笑んだ。

さて。

と、和田は取ってつけたように言った。

「私はもう、どうやら邪魔な存在なようですから、これでお暇します」

そう言って立ち上がると踵を返し、ドアに向かって進んで行った。ドアノブに手をかけた瞬間、ふと思い出したようにこちらを振り返った。

そしてもう一度微笑んだ。

「私の結婚生活がどうやら不毛なものに終わりそうなわけが、今、ようやく分かりましたよ」

和田はつぶやくように言った。そしてクスリと笑った。「私は、そもそも結婚を決めたときから情熱がなかった。条件や、お互いの生まれ育った環境……まあ、釣り合いとしてこんなもんだろうと思っていた」

梶原はなんと答えていいか分からない。だから黙ったまま和田の次の言葉を待った。

「結局はそういうことなんでしょうね」和田は言った。「最初にその気持ちさえあれば、たいがいのことは乗り越えていける。すべてを覆ってくれる。たぶんですが、今はそう信じたい気分です」

では、と和田は軽く頭を下げ、部屋を出て行った。

8

六月三十日。日曜。

午後九時二十分、検温。

口腔体温　三十七・四度（前日比コンマ二プラス）。

耳内温　三十六・五度（前日比コンマ三プラス）。

今日もまた終日雨だった。

二週間前から梅雨に入った。時おり晴れ間が覗くこともあるが、基本的には毎日降り続いている。

彼女は雨の日には外出しないと言っていた。だから私も公園には行かない。気圧の変動を直《じか》に感じると、相変わらず頭や耳が痛くなる。

しかし、私はようやく気づいた。自分がいかに愚か者だったかに。

最近は暇さえあれば自分の日記を読み直している。だからこうして記憶が繋がっている。読み続けてさえいれば、記憶は再認を続ける。

私は思う。

今ではもう、四日ほどしか記憶は保《も》たない。だが、それがどうしたというのだ。誰しもこんな病にはなりたくないだろう。しかし、それを言い訳にして人生を投げ出していた。けれども再認を続けてさえいれば、たとえ完全ではないにせよ、記憶は繋がっていく。

思うに、私の人生はこれからまだ十年ほどは続くだろうが、それでもこれまでの六十年を振り返ってみれば、とても恵まれたものだった。経済的にも家族関係にも過不足のない家庭に育ち、大学に進み、そこで人間というものに興味を持ち、その興味の追究に一生を捧《ささ》げた。結果、納得のいく仕事を定年間際まで続けることができた。人として、これ以上の幸せがあるだろうか。

それなのに私は、たかがこんな病気で生きる気力を失っていた。やはり、愚か者だった。

おそらく、こういう心持ちになりえたのは、あの彼女に負うところが大なのだろう。あの日の日記を読み返すたびに、彼女の幼少期の心持ちは、私の水観に明け暮れていた頃の精神構造と重なるように思える。

精神の安定。

私は、ただそれのみを求めて川の流れを眺め続けていた。

彼女は、自分の幼少期のことを具体的には語らなかった。あの若さにして、分かっているのだ、と感じた。いくら悲惨だったとしても、その語りが自身の解決策にならない限り、自分の過去を語ることほど愚劣なことはない。残るのは自己憐憫《れんびん》の残滓《ざんし》だけだ。

彼女は、ずいぶんと田舎の育ちらしい。五、六歳の頃から家にいたたまれなくなると、たとえ夜でも家を抜け出していたという。そして近くの野原まで行き、じっとそこで夜空を見上げていた。

最初は、たまたまだったと言う。

東の空に、青味がかった満月がぽっかりと浮いていた。秋月だった。およそ重力というものを感じさせない、飛行船のような浮かび方だったという。夜露に濡れた野原が足元から広がり、銀色に染まっていた。

それまで泣いていたことも忘れて、ついその美しい光景に見入った。

それから彼女は、夜になるとしばしば家を抜け出て月を見た。日々の経過に伴い、様々な月の形を飽きることなく眺めた。

弦月。半月。三日月。上弦の月。下弦の月。

その見る時刻も替えてみた。

夕月。残月。

図書館に行き、様々な月の呼び名を調べた。

十六夜《いざよい》の月。立待《たちまち》の月。居待《いまち》の月。臥待《ふしまち》の月。更待《ふけまち》の月。有明の月。

そして満月にも、他の呼称があることを知った。

望月《もちづき》。名月。明月。

その字面を見ているだけで心の中でイメージが膨らみ、満たされるものを感じた。

やがて寒月が過ぎ、おぼろな光を放ち始めた春月を眺めていた頃、昼にも月が出ていることにふと気づいた。

気づけば、目を凝らさずともその輪郭が天空にくっきりと見えた。そして悟った。その位置が地球の裏側にない限り、自分はいつも月に照らされている。

月は怒らない。

月は、太陽のように私を突き刺す眼差しをしない。叩いたり、突き飛ばしたりもしない。気づかなくても、ただじっと寄り添ってくれている。黙って、いつも見守ってくれている。

子供心にも、ひどく安心したという。

私の保護者。無言の遊び相手。

今にして思えば、と彼女は言った。そう思うことにより必死に自分を守っていた。精神の均衡を保とうとしていた。

そしてこの癖は、驚いたことにそれから二十年近く過ぎた今も続いているという。彼女はもう現在では、この日のこの時刻なら、昼夜を問わず、天空のどこに月が存在しているかを正確に把握しているという。

例えば平日なら家に帰ったとき、部屋から見える方角に月があると、必ず窓を開け、しばらくは眺めている。休日も同様だ。空気の澄み切った夜には、あの公園に隣接する陸上トラックの広場に行き、深夜でも飽きることなく月を眺めている。特に、冬の澄み切った夜に、西の夜空にかかる月が好きだと言っていた。

月観。

あるいはそんな言葉はないのかもしれない。少なくとも調べた限りではない。だが、やっていることは間違いなく私のやっていた水観と同質のものだ。

言わずもがなのことではあるが、ある種の特化した環境というものは、必ず人格に影響を与える。そしてその人格は、表層に滲み出る。より正確には、その人相や雰囲気に浮き出てくる。例えば、ならず者の中で育った者は、激しく向こう見ずな雰囲気を匂わせるようになる。例えば格闘家の目の瞬きは、異常に少ない。

彼女。ミタニキョウコ。あの静謐な雰囲気。陶磁器のような白目の部分。ひんやりとして、しかし鋼《はがね》のような冷たさではない。人を撥《は》ね付けるような無慈悲なものではない。むしろ、その静かな冷たさが人を包み込む。

だから私は、彼女の呼びかけに反応したのだろう。彼女に語ったような印象を持ったのだろう。そして彼女にまとわりついたある種の男たちも、同様だ。その匂いを、その雰囲気を、敏感に嗅《か》いだ。

何故ならば、おそらくだが、彼らも私と同じようにどこか壊れているからだ。壊れているがゆえに、興味を持つ。惹かれていく。

たぶんそういうことなのだろうと、日記を読み返すたびに思う。

問題は、その先にある。

壊れている人間は――基本的にだが――周囲にいる親しい人間を幸せにはできない。少なくともその確率は非常に低い。何故なら、自己陶酔という意味ではなく、本当の意味で自分を愛せない人間は、最終的にはその親しい相手をも愛することができないからだ。

だから、その相手が一度自分を徹底的に壊し、再構築しない限りは、次へのステップはない。

愛ではない、と思う。むろん、嫉妬でもない。

しかし私は、この病気になって初めて親しくなった人間に、不幸になって欲しくはない。

だから私は願う。

もし彼女と一緒に長い時間を歩む人間が出てきたとしたら、その男が前述の意味でマトモであることを。仮に今はマトモでなかったとしても、彼女と出会ったことにより、自分を変え続けていこうとする男であることを。

今日は、いつになく気が高ぶっていたようだ。日記を長く書き過ぎた。少し肩の凝りも覚える。もう寝よう。

9

男は三日前にこの公園に戻ってきた。

七月十日に、ラジオで梅雨明け宣言を聞いたからだ。

自転車にビニールシートとダンボール、そしてカセット式のコンロなどを積み込んで、梅雨前のいつもの日中の場所に家戻りしてきた。

以来、三日晴れが続いている。しかしビニールシートの下の土は、約三週間降り続いた雨のせいで、まだかなりの湿気を含んでいる。ビニールの縫い目を通じて、寝転がっている男の脇腹から太腿《ふともも》にかけて、その湿気が立ち上ってくる。

公園全体が、人でざわめいている。池でボートを漕ぐカップル。遊歩道を連れ立って歩く家族。そのほとんどが半袖シャツか、Tシャツ姿だ。すべての顔が晴れやかに笑っている。昨日もそうだった。そして今日もそうだ。

無理もない、と男はぼんやりとその光景を眺めている。梅雨明け最初の日曜日なのだ。

そして午後一時を過ぎた頃、目の前のベンチに例の老人がやって来た。ゆっくりと腰掛け、鞄の中からおもむろに大きめの手帳を取り出した。思い出す。この老人の日記だ。それから老人はやや俯《うつむ》き加減の背中を男に見せ続けた。たぶん、延々と日記を読み返している。

その背中を見ているうちに気づいた。老人の雰囲気、梅雨前と微妙に何かが違う。なおも見続けて、ようやく自分なりに納得がいった。

心持ち、両肩の幅が大きくなったような気がする。その両肩から醸し出される雰囲気も、妙に明るい。すなわち、彼自身の気持ちの張りが、その姿勢に表れている。

男は思う。

この梅雨の間に、彼に何かがあったのか。もしかしたら、あの例の病気が、改善の方向に向かい出したのだろうか。

しかし、それなら今さらあのように日記を熱心に読み返すこともないだろう。

分からない。

だが、分からないながらも男は待っている。もうすぐ池向こうの時計台の針が二時を指す。梅雨前と変わらないのなら、必ずあの女もやって来る。たぶん、老人も待っている。

やがて、時計台の針が二時を示した。それから五分後——。

男は一瞬、その相手を見間違うところだった。

何故なら、彼女は一人ではなかった。連れがいた。大柄で筋骨格のよく発達した男。ごく薄いブルーグレーのサングラスをかけている。あっさりとした色合いのストライプのシャツに、ブルージーンズ。その男とともに、例の岸辺沿いの小径《こみち》をやって来た。

そして、男の向こう側を歩いている彼女の横顔を見るに及んで、さらに軽い驚きを覚える。その左頰に、半透明のテープが見える。おそらくは相当に大きな傷。明らかにこの一ヶ月の間に何かが起こった。

だが、この二人の足取りもまた、何故か軽い。

やがて二人は、老人のいるベンチの前まで来て、立ち止まった。

「こんにちは」

ミタニキョウコが呼びかける。

老人の顔が上がり、しかしやや戸惑ったような表情を浮かべた。

「ミタニです」彼女は微笑んだ。「日記の中の描写とは、やはり違いますか」

そう言って、自分の左頰を指差した。隣に黙って突っ立っている男もまた、ぎこちない笑みを浮かべている。

老人の顔に、ようやく笑みが浮かんだ。

「今日は、お連れさんもいらっしゃるのですね」

するとストライプシャツの男が軽く頭を下げた。

「初めまして。カジワラと申します」

意外にもその魁偉《かいい》な外見とは違い、非常に丁重なお辞儀の仕方だった。

「こちらこそ初めまして」老人は答えた。「私は、オオキドと言います」

あ……。

男はまた軽い驚きを覚える。考えてみれば、この老人が初対面で自分の名前を名乗ったのは、彼女以外には初めてだ。やはりこの老人には、何か内的な変化があった。

やがて老人がまた口を開いた。

「失礼ですが、どうしたんですか、その傷」

彼女はコンマ五秒ほど黙り、連れの男――カジワラの手を握った。そして笑った。

「ちょっと、転んでしまって」

老人は、一瞬強く彼女を見た。次いで、その返事の意味を吟味でもするかのように、ゆっくりとうなずいた。

「で、ちゃんと立てましたか」

はい、と元気よく彼女が答えた。

すると老人も微笑んだ。

ベンチの前の三人は、それからしばらく黙ったまま、お互いに微笑み続けていた。

「実は、今の仕事を辞めることになりました。引っ越しもします」しばらくして彼女は言った。「だから、ごめんなさい。ここに来るのも最後になります。お別れに来ました」

「そうですか」

老人はカジワラに視線を移した。

「で、あなたは、大丈夫ですか」

するとカジワラはやや照れたように、

「まあ、今のところは気合いだけですが」と、首をかしげた。「ですが、大丈夫にしていきます。少なくとも、その気持ちを持ち続けられると思います」

「エクセレント」老人は白い歯を見せた。「今の答え、いいですね」

はは、とカジワラも笑った。「ありがとうございます」

10

今、公園の木立の中を、梶原は恭子と駅に向かって歩いている。

靴底の濡れ落ち葉。まだ十分に水分を含んでいる。足を踏み出すたびに柔らかな入力が梶原の踵《かかと》に伝わってくる。

「ちゃんと立てましたか、か……」歩きながらも、思わずつぶやいた。「あの爺さん、さすが恭子の師匠」

ふ、と恭子は鼻先だけで笑った。

そして歩きながらも、梶原の顔をじっと見てきた。

「ねえ——」

「ん？」

「子供の頃、嫌なことがあったとき、何を見てた？」

少し考えたあと、

「遠くの山」梶原は簡潔に答えた。「だって、それしかなかったからさ。上州空っ風」

事実、それが原風景。冬になると埃《ほこり》に霞《かす》む遠山の風景——くそったれだ。

恭子は笑った。梶原も仕方なく苦笑した。

が、それも変わってゆく。
ヒトの原風景は変わる。この遊歩道の、梅雨明けの濡れ葉に埋もれた地表のように、
今から新しい記憶を積み重ねていく。
見えなくなっていく。薄らいでいく。和らいでいく。
やがて、見ても思い出さなくなる。少なくとも、痛みを感じなくなる。
そう信じたい。

あとがき

文庫化にあたり、自分が書いた小説を、三年ぶりに読み返した。

連載当時から考えてみると、最初に筆を下ろしたのは、もう六年も前の話になる。

私は日記というものをつけたことはない。ないが、ゲラを読み返しているうちに、ふむ、ふむ、と、まるで六年前の自分の日記でも読んでいるかのような錯覚に陥った。

人格がどこか壊れた女と、同じくどこかが壊れている四人の男が、彼女の周りを衛星のようにグルグルと廻《まわ》っている。みんな、なんとか自分の着地点を探そうとさ迷っている。簡単に言えば、そんな話だ。

この時期、私はいろんな意味で疲れていた。本質的には、自分の存在自体というものに対してだろう。そんな自分に呆《あき》れ、持て余し、ウンザリしていた。挙げ句、一年半ほど当時の仕事を放り出した。

この頃《ころ》から、私はさかんに思想書や仏教書を読むようになった。たぶん救いを求めていたのだと思う。だが、なるほど、と感じ入る事象の捉《とら》え方、考え方はあっても、どこにも自分が求めている答えはなかった。

当たり前だろう。

世の中は自分を中心に廻っているのではない。そんなに都合がよく、その時々の精神状態に合わせた答えが見つかるはずもない。たとえ非常に近い答えが見つかったとしても、それを咀嚼《そしやく》し自分のものにしていくためには、さらにその後に積み重ねていく経験と実感値が必要だろう。それでも自分のものになるとは限らない。

ヤバい……（苦笑）。

こんな辛気臭《しんきくさ》い出だしの『あとがき』を書くつもりではなかったのだが、気がつけば書いてしまっている。

仕方がないから話を続ける。

ちょうどこの小説を書き上げた頃に、知り合った女性がいる。

ひょんなことから、子どもの頃は何になりたかったのかという話になった。ちなみに私は、九州の西の果ての、片田舎の生まれだ。

「おれはさ、長距離トラックの運転手。遠くに行けて、なんだか楽しそうに思えたから」

私がそう言うと、彼女もうなずきながら答えた。

「私はね、いし」

——は？

医師？　医者ということか。それとも、意思？　……が、なんか、それにしては発音が変だぞ？

そう質問すると、相手は苦笑した。

「違うよ。イシ。ストーンの石」

私は呆気《あつけ》にとられた。石？　よりによって、石か……でも、なんで石？

「だから、石だよ」と、彼女は繰り返した。「だってさ、石だったら踏まれても蹴飛《けと》ばされても、痛くはないよ。平気でしょ。だから、石」

うわぁー、とそのとき私はドン引きした。

こいつ、一体どんな幼少期を送ってきたんだ。

でもやっぱり心のどこかでウケて、結局は笑ってしまった。

今、その彼女がどうしているか知らない。

だが、自分なりに納得のいく人生を生きていてくれたらと、この小説を再読した後でふと思った。それぞれの、その人なりの人生に幸あれ。

本書は二〇一一年六月、集英社より刊行されました。

初出　小説すばる　２００８年5月号~7月号、２０１０年4月号~6月号、9月号、10月号、12月号~２０１１年2月号

集英社文庫　目録（日本文学）

開高健　オーパ、オーパ!!　アラスカ至上篇 コスタリカ篇
開高健　オーパ、オーパ!!　モンゴル・中国篇 スリランカ篇
開高健　知的な痴的な教養講座
開高健 島地勝彦　水の上を歩く？
開高健　生物《いきもの》としての静物
開高健　風に訊け ザ・ラスト
垣根涼介　月は怒らない
岳真也　修羅を生き、非命に死す 小説 小栗《おぐり》上野介《こうずけのすけ》忠順《ただまさ》
角田光代　みどりの月
角田光代 佐内正史　だれかのことを強く思ってみたかった
角田光代　マザコン
角田光代　三月の招待状
角田光代 松尾たいこ　なくしたものたちの国
角田光代他　チーズと塩と豆と
角幡唯介　空白の五マイル チベット、世界最大のツアンポー峡谷に挑む
角幡唯介　雪男は向こうからやって来た

梶よう子　柿のへた 御薬園同心 水上草介
梶井基次郎　檸檬
梶山季之　赤いダイヤ(上)(下)
片野ゆか　ポチのひみつ
片野ゆか　ゼロ！ 熊本市動物愛護センター10年の闘い
勝目梓　決着
勝目梓　悪党どもの晩餐会
加藤千恵　ハニー ビター ハニー
加藤千恵　さよならの余熱
加藤千恵　ハッピー☆アイスクリーム
加藤友朗　移植病棟24時
加藤友朗　赤ちゃんを救え！ 移植病棟24時
加藤実秋　インディゴの夜
加藤実秋　チョコレートビースト インディゴの夜
加藤実秋　ホワイトクロウ インディゴの夜
加藤実秋　Dカラーバケーション インディゴの夜

加藤実秋　ブラックスローン インディゴの夜
金井美恵子　恋愛太平記1・2
金沢泰裕　イレズミ牧師とツッパリ少年たち
金子光晴　金子光晴詩集 女たちへのいたみうた
金城一紀　映画篇
金原ひとみ　蛇にピアス
金原ひとみ　アッシュベイビー
金原ひとみ　AMEBICアミービック
金原ひとみ　オートフィクション
金原ひとみ　星へ落ちる
兼若逸之　兼若教授の韓国ディープ紀行 釜山港に帰れません
加野厚志　龍馬暗殺者伝
加納朋子　月曜日の水玉模様
加納朋子　沙羅《さら》は和子《わこ》の名を呼ぶ
加納朋子　レインレイン・ボウ
加納朋子　七人の敵がいる

集英社文庫

月《つき》は怒《おこ》らない

2014年5月25日 第1刷
2014年6月7日 第2刷

定価はカバーに表示してあります。

著　者　垣根涼介《かきねりょうすけ》
発行者　加藤　潤
発行所　株式会社 集英社
東京都千代田区一ツ橋2-5-10　〒101-8050
電話　03-3230-6095（編集部）
03-3230-6393（販売部）
03-3230-6080（読者係）

印　刷　凸版印刷株式会社
製　本　加藤製本株式会社

フォーマットデザイン　アリヤマデザインストア　　マークデザイン　居山浩二

ISBN978-4-08-745187-0 C0193